# ENFER VERT

*DU MÊME AUTEUR*
*DANS CETTE COLLECTION*

LE MÉDECIN DE STALINGRAD
BATAILLON DISCIPLINAIRE
NATACHA
LA MAISON DES VISAGES PERDUS
LE RETOUR TRAGIQUE
LA ROUTE SANGLANTE
SYMPHONIE RUSSE
LE DERNIER PRISONNIER
LE CŒUR DE LA VI$^{e}$ ARMÉE
NUITS D'AMOUR DANS LA TAIGA
ILS SONT TOMBÉS DU CIEL
DANS UN MONDE INCONNU
MÉDECIN DES ESPRITS PERDUS
LES FRUITS SAUVAGES DE LA NUIT
NOCES DE SANG A PRAGUE
LE DESTIN PRÊTE AUX PAUVRES
JE GUÉRIRAI LES INCURABLES
BEAUCOUP DE MÈRES S'APPELLENT ANITA
AMOUR ET SABLE CHAUD
MANŒUVRES D'AUTOMNE
LE MÉDECIN DU DÉSERT
LA FILLE DU DIABLE
JE RÉCLAME LA PEINE DE MORT
LE DÉFI DES HOMMES
LE CANAL SILENCIEUX
ENFER VERT
L'HOMME AU VISAGE D'ANGE
UNE DÉESSE NE PLEURE PAS
L'ANGE DES OUBLIÉS
LE MÉDECIN DE LA VALLÉE
LA MENACE

HEINZ G. KONSALIK

# ENFER VERT

PRESSES DE LA CITÉ

*Le titre original de cet ouvrage est :*

AGENTEN LIEBEN GEFÄHRLICH

*Traduit de l'allemand par*
Jeanne-Marie Gaillard-Paquet



ISBN 2-266-00197-3

# 1

ALEXANDER Jésus Guapa était noir comme les sept péchés capitaux. « Bonne à tout faire » comme il ne s'en fait plus, il ignorait les obstacles; pour lui, l'impossible n'existait pas et, si c'était nécessaire, il allait jusqu'à voler ce dont son maître avait besoin, pour le lui présenter ensuite avec un large sourire rayonnant.

Mais ce jour-là — était-ce l'effet de l'air suintant d'humidité moite, de la forêt noyée dans une brume vaporeuse étouffante, ou du soleil flottant comme un œuf dans une sorte de soupe au lait fadasse —, ce jour-là, Alexander Jesus Guapa lui-même atteignait le fond du désespoir.

— C'est de la sorcellerie, Señorita! s'écria-t-il en agitant ses grandes pattes. Les bagages sont chargés, le bateau est prêt à partir et, au dernier contrôle, j'ai de nouveau constaté qu'il manquait une caisse. La troisième, Señorita! Cette fois-ci, il s'agit du matériel de cuisine. Il doit y avoir dans les parages un fils de garce voleur comme un singe!

Ses yeux en boules de loto virèrent en tous sens; il serra les poings et lança un grognement analogue au grondement sourd du tam-tam répercuté par l'écho.

Le docteur Ellen Donhoven sourit avec indulgence.

— Recompte encore une fois, Alexander Jesus, dit-elle. D'abord jusqu'à dix, et ensuite, tu recommences à un, c'est plus sûr!

Guapa retroussa le nez et, profondément vexé, il reprit d'un air digne la direction de l'embarcadère.

Tefé avait déjà reçu sa dose quotidienne de déluge et, à présent, le soleil grillait de nouveau toute la région saturée d'eau, sans égard pour ses fleuves gigantesques et ses forêts vierges incommensurables.

Tefé est une ville située en pleine forêt, entre la rive de l'Amazone et un lac dans lequel le rio Tefé prend naissance avant de se perdre dans les lointains inconnus du sud, là où s'arrêtent les routes et les sentiers, où les hommes ont même renoncé à établir leurs villages au bord du fleuve. Aucune présence humaine, ni ces misérables huttes de chasseurs d'orchidées ou de chercheurs de diamants, ni les tentes des aventuriers audacieux attirés par la forêt vierge de l'Amazonie dans l'espoir insensé d'une découverte miraculeuse qui transformerait leur vie en les comblant d'argent et de richesses. La plupart d'entre eux du reste périssent prématurément sous les flèches mortelles des Indiens, frappés par des êtres dont nul ne connaît le nom et qu'aucun Blanc vivant n'a jamais vus. Pas un seul missionnaire ne s'est jamais risqué à pénétrer jusqu'à eux, et c'est uniquement par l'intermédiaire d'autres indigènes qu'on a réussi à glaner quelques renseignements sur eux, sur la barbarie de leurs mœurs, sur les effets foudroyants de leurs poisons et sur la profondeur insondable de la haine qu'ils vouent aux intrus quels qu'ils soient, analogue dans ses proportions à l'infini de la forêt.

Cette région s'étendant au sud de Tefe est representee sur toutes les cartes géographiques par un espace nu, d'un vide tragique; une seule comparaison permet d'en saisir toute l'horreur : c'est un enfer bouillonnant de chaleur et d'humidité, d'une couleur verte uniforme et permanente, d'où émane tout ce que la nature peut produire d'hostile et de dangereux, suant la fièvre et la pourriture, un enfer qui peut vous engloutir à chaque pas, sans préavis et sans remède. Un océan d'arbres aux couronnes mouvantes. Des cours d'eau sans limite, peuplés d'alligators et de piranhas anthropophages, dont les rives couvertes d'un réseau inextricable de lianes grouillent de reptiles de toutes sortes. Des lacs et des mares où la mort rôde sans cesse sous la forme d'araignées géantes au venin fatal. L'enfer terrestre... Et pourtant ce pays maudit a toujours fasciné l'homme, attiré sans doute par le besoin de sonder les mystères de cette immensité vierge.

Le docteur Ellen Donhoven était une jeune fille élancée, d'allure sportive; son visage fin aux traits énergiques était auréolé d'une toison de cheveux blonds coupés court. Ses yeux bleus à l'expression rêveuse pouvaient sans transition s'assombrir brusquement et briller d'un éclat dangereux. Installée sur la terrasse de l'unique « hôtel » de Tefé — appellation pompeuse en vérité pour désigner une construction de bois dotée de cinq chambres à confort très relatif, avec leurs lits-cages et leurs moustiquaires loqueteuses —, elle avait posé les pieds sur la balustrade et déboutonné le col de son corsage, sans pour autant se libérer de l'accoutrement spécial de la forêt ni de ses bottines à lacets.

Assis près d'elle, le docteur Rudolf Forster buvait à petits coups le contenu tiédi d'une boîte de bière, *made in England*. Ce qui frappait au premier abord, chez lui, c'était son allure éminemment virile. Grand, les épaules larges et les hanches minces, avec son visage taillé à coups de serpe et ses yeux gris, il avait été pendant dix jours, depuis son arrivée d'Allemagne, le point de mire de toute la gent féminine de Manaus. Ellen était allée le cueillir à l'aéroport et, en guise de bienvenue, elle avait soupiré :

— Rudolf, vous êtes vraiment un être abominable

Voilà que, maintenant, vous me poursuivez jusque dans la forêt vierge! Que venez-vous chercher ici?

— Vous le savez bien, Ellen, avait répondu le docteur Forster. Il est possible que je sois un idiot incurable, mais n'est-ce pas le propre de tout homme amoureux? Non, non, ne craignez rien, je n'ai pas l'intention de recommencer. Pas un mot d'amour, Ellen, mais vous ne croyez pas sérieusement tout de même que j'allais vous abandonner seule aux tentacules de l'enfer? Si, de toute façon, on ne peut éviter cette folie, alors, tant pis, qu'elle soit multipliée par deux!

- Et qui va financer votre expédition?

— Votre père. (Forster sourit.) Quand il eut réussi à dénicher enfin le dément qui acceptait de vous accompagner, un poids lourd comme une montagne lui est tombé du cœur! Je n'ai pas besoin d'ailleurs de vous donner des détails sur ce que pense votre père de vos projets?

— Non, en effet, c est inutile, je le sais par cœur. Mais j'ai passé l'âge de la tutelle, et l'existence de la riche héritière d'un père plein aux as me donne la nausée. Je ne suis pas devenue médecin bactériologiste pour manipuler des cornues et des éprouvettes dans les laboratoires de l'entreprise de mes ancêtres, ni pour regarder au microscope s'ébattre les virus. J'ai d'autres projets en tête.

— Je sais.

A ce moment-là, Forster lui avait pris le bras et, ensemble, ils étaient allés vers la jeep qui les attendait sur le terrain d'aviation. Assis au volant, Alexander Jesus avait souri de toutes ses dents à leur approche.

— Qui est-ce?

— Ma première recrue. Fidèle comme un chien et rusé comme un renard. (Elle s'était alors immobilisée devant le nouveau venu, poings aux hanches.) Ainsi, c'est définitif, je dois vous traîner partout avec moi?

— Oui. C'est la volonté du caissier... Papa est bien heureux de me savoir ici pour prendre soin de sa fille.

Pauvre Rudolf, vous allez avoir un travail de titan!

— Je ne me fais aucune illusion à ce sujet. Il doit être notablement plus simple de dresser une panthère noire! Il faut pourtant bien que vous finissiez par admettre que vos projets dépassent les forces d'une jeune fille : pénétrer dans la forêt vierge, forcer des Indiens inconnus, des sauvages encore, jusque sur leur territoire, et prélever leurs poisons secrets aux fins d'analyse!

Pourquoi? Les femmes sont-elles moins braves que les hommes? C'est justement le contraire que je veux prouver. Vous autres, les mâles, vous m'énervez à la fin, avec votre sollicitude antique et solennelle à l'égard du « sexe faible »! Nous ne sommes pas faibles du tout... Nous sommes aussi endurantes et aussi résistantes que vous! En outre, il est presque certain que l'analyse de ces poisons inconnus nous ouvrira des horizons nouveaux, et que nous apporterons peut-être une révolution dans le domaine de la pharmacologie. Rappelez-vous le curare... C'était aussi, et c'est toujours, d'ailleurs, un poison dont les Indiens enduisaient leurs flèches. A quel stade en serait l'anesthésie contemporaine, sans le curare?

A l'époque, le docteur Forster avait renoncé à exposer à Ellen ses objections. Il songeait aux interminables discussions de Stuttgart, dont la villa du docteur Donhoven avait été le théâtre, aux longues soirées dans la chambre d'Ellen, et enfin à la capitulation désolée du vieux docteur Donhoven.

Eh bien, vas-y, chez tes Indiens! Va te faire ratatiner chez les réducteurs de tête! Ils en auront, du mal, avec une tête de mule comme la tienne! Mais tu es une grande fille maintenant... et moi, je ne suis plus qu'un vieux barbon décrépit...

Cela s'était prolongé pendant des heures et des heures, dans une ambiance affreuse, mais Ellen avait tenu bon. Cette caractéristique, du reste, la dépeignait à merveille : ce qu'elle voulait, elle s'arrangeait pour l'obtenir, envers et contre tout. Même contre son père, le propriétaire-fondateur des Établissements « Don-Medical », une des usines de produits pharmaceutiques les plus renommées d'Allemagne.

Il s'était écoulé plusieurs jours depuis le débarquement de Rudolf Forster et, à présent, assis sur la terrasse d'une vieille bicoque au bord du lac de Tefé, ils contemplaient l'embarcation spécialement agencée pour l'expédition, un canot à moteur large, à fond plat, capable de supporter aussi bien les eaux calmes du lac que les marécages boueux de la forêt.

Le chargement était terminé, et l'équipe au complet. Seul Alexander Jesus courait en tous sens, en poussant des gémissements, et en prenant le ciel plombé à témoin de la malhonnêteté foncière des hommes.

La caisse manquait vraiment. Alexander avait refait quatre fois le compte. Tout le matériel de cuisine, y compris la tente, les marmites et les poêles.

- Hier, j'ai discuté avec un type qui revenait du rio Caicara, un pêcheur d'eau douce. (Le docteur Forster posa la main sur l'avant-bras d'Ellen; elle tourna la tête vers lui et le fixa d'un regard perçant.) Le type a entendu dire qu'un hélicoptère des services topographiques de l'État s'était écrasé en aval du rio Tefé, tout près du confluent du rio Repartimento et du rio Tefé. Deux autres hélicoptères partis immédiatement au secours du premier finirent par découvrir avec bien du mal l'épave sur le bord du fleuve. En perdant un peu d'altitude, les pilotes réussirent à apercevoir une bande d'Indiens nus comme des vers occupés à étirer les deux pilotes entre deux pieux, comme on le fait avec des peaux de bêtes. Il leur était impossible d'atterrir, et ils furent bien obligés de tirer sur ses sauvages du haut de leur engin. Sans succès bien entendu, car les gars s'éparpillèrent aussitôt dans la forêt vierge.

— C'est exactement à cet endroit-là que je veux aboutir...

Ellen leva la main et caressa doucement la joue de son compagnon.

— Pauvre Rudolf! Tous les moyens vous sont bons pour essayer de me faire lâcher prise, hein? Ne vous donnez pas tant de mal, allez! Nous levons l'ancre demain matin à l'aube.

— Merde! (Forster vida d'un trait le fond de sa boîte de bière.) Ellen, j'en viens à croire qu'il n'existe qu'un seul moyen de mettre un frein à votre esprit aventurier, c'est de vous faire quatre gosses coup sur coup!

— Possible... (Elle éclata d'un rire clair et se leva d'un bond. Malgré l'équipement tropical peu seyant, son corps aux courbes parfaites aurait fait damner un saint.) Mais seulement au retour de l'expédition, Monsieur le fort des halles!

Forster se leva à son tour et la saisit aux épaules. Très proches l'un de l'autre, leurs regards se croisèrent, lourds de sentiments inexprimés. On sentait Ellen sur la défensive; quant à lui, il réprimait à grand-peine son inquiétude.

— Ellen, je romps ma promesse... Je ne peux pas y résister. N'éprouvez-vous même pas une légère étincelle d'amour à mon égard?

— Vous êtes un très chic type, Rudolf.

— C'est tout?

Pour l'instant, oui. (Elle rejeta la tête en arrière; Forster connaissait ce mouvement caractéristique d'Ellen : il traduisait une décision sur laquelle il n'y avait pas à revenir.) Nous sommes bien d'accord pour ne pas accabler l'expédition avec des problèmes privés, n'est-ce pas, Rudolf? Nous avons besoin de toutes nos forces physiques et psychiques pour affronter la forêt. Quand nous en aurons terminé avec ce chapitre... Oui, je vous aime bien.

— Je la déteste, cette forêt, Ellen, je la maudis même avant d'avoir pris contact avec elle.

— Méfiez-vous, vous verrez que vous ne tarderez pas à lui vouer un amour brûlant, Rudolf.

Elle se dégagea de l'étreinte et, d'un pas léger, descendit jusqu'à la jetée. A mi-chemin, elle se retourna : Forster était appuyé sur la balustrade de la terrasse; on aurait dit un jeune garçon qui portait sur ses épaules toutes les souffrances du monde.

— Je suis bien contente que vous soyez là! lui cria Ellen.

Puis elle se détourna brusquement, comme si cette simple phrase en disait déjà trop long.

Devant ses yeux, le lac scintillait, d'un vert cru; la forêt venait s'y tremper les pieds, muraille immense, infranchissable d'où émanaient des effluves de pourriture.

« Demain matin, songea-t-elle. Demain matin, nous plongerons dans cet abîme d'inconnu... »

Toute l'équipe de l'expédition est réunie, en partie sur le bateau, en partie sur l'embarcadère.

Fernando Paz, Brésilien de descendance espagnole, contrôlait une dernière fois ses caisses. Il participait au voyage à titre de laborantin et avait la responsabilité des microscopes et de toute l'activité chimique de l'exploration, ce qui représentait en pleine forêt vierge une lourde charge. Ellen l'avait recruté à Rio de Janeiro, dans un laboratoire de recherches pharmaceutiques. Fernando Paz était un petit bonhomme rondouillard et preste comme une belette, toujours le sourire aux lèvres et la cigarette au bec. On racontait même que, la nuit, il faisait sonner plusieurs fois son réveil pour s'accorder un répit durant son sommeil, le temps d'une cigarette... Malgré tout, le regard de ses yeux sombres avait gardé quelque chose de l'enfance.

Assis sur un sac de marin au bord de l'eau, Pietro Campofolio attendait les ordres. Lui aussi, il était né à Rio, mais d'ancêtres italiens; ses grands-parents avaient récolté au passage quelques gouttes de sang indien, ses parents réalisaient une mixture d'Italien et d'Espagnol; quant à lui, il se sentait italien jusqu'à la moelle des os : il lisait les journaux italiens, vitupérait la politique de son pays natal et chantait les grands airs d'opéra tirés de Verdi et de Puccini. Il possédait d'ailleurs une voix de ténor splendide, néanmoins, ce n'était pas dans l'opéra qu'il s'était lancé, mais dans l'anthropologie, car depuis toujours l'histoire du genre humain l'avait fasciné, réaction bien compréhensive de la part d'un homme originaire d'un pays qui, peu à peu, s'était transformé en un véritable creuset de races. Ainsi Campofolio devint anthropologue, avec, pour profession de rechange, chanteur de charme. Il s'était joint, dès Manaus, à l'expédition d'Ellen, car les sauvages inconnus du rio Tefé et du rio Juma l'attiraient aussi. Il projetait entre autres de définir l'âge de cette race d'hommes, par des mensurations crâniennes, et d'en tirer ensuite un ouvrage scientifique.

Le troisième, sur le bateau, s'appelait Rafaël Palma; c'était un mulâtre qu'Ellen avait engagé comme cuistot, car Palma était un génie de la casserole. Il savait transformer un vieux mouton en rôtis tendres à souhait; il s'y entendait à assaisonner les rognons de sanglier mieux qu'un chef du Ritz, à Paris, et ses salades — dont Palma était seul à connaître le secret de fabrication — vous avaient un goût de printemps concentré à la vinaigrette. Pour lui, la disparition de la caisse contenant le matériel de cuisine équivalait presque à la fin du monde. Dès la découverte du vol par Alexander Jesus, il avait parcouru ce sale trou de Tefé comme un fou pour rafler tout ce qu'il pouvait y avoir encore de casseroles et sauteuses, pichets et terrines, assiettes, tasses et couverts, mais nulle part, il ne réussit à se procurer une tente. A qui viendrait-il à l'idée de dormir sous un bout de tissu, à Tefé?

— On en sortira quand même, Señorita! s'écria Palma, en voyant apparaître Ellen sur la passerelle. On construira une hutte en feuilles d'arbres, à la manière des indigènes. D'ailleurs, pour la cuisine, c'est bien mieux, les fumées et les vapeurs s'évanouissent plus facilement. Que le diable emporte ce maudit voleur!

Un peu à l'écart, assis sur un tronc d'arbre au bord du lac, le quatrième homme de la troupe, Gaio Moco, rêvait.

Moco était à lui seul un cas étrange. C'était un Indien de pure souche, originaire de la région située autour de Juma et de Itanhaua, exactement l'endroit où Ellen voulait aboutir. Un jour, il avait émergé de la forêt vierge, le corps sillonné des traces de lutte contre les bêtes sauvages. Il ne possédait en tout et pour tout qu'une lance et, autour des hanches, un pagne fait de feuilles d'arbres géantes. Dès qu'il était sorti de l'obscurité moite de la forêt, il avait jeté sa lance sur le sol, levé les deux mains vers le ciel. Ainsi pénétra-t-il dans le domaine de la civilisation, trois ans auparavant.

L'unique missionnaire de la région, établi sur l'île Pananim, au milieu de l'Amazone, l'avait recueilli et lui avait enseigné la langue portugaise. Au bout d'un an, il l'avait baptisé et en était arrivé à conclure que jamais, de toute son existence, il n'avait rencontré un être meilleur que Gaio Moco.

Gaio Moco, c'était son nom, du moins celui qu'il avait déclaré porter depuis sa naissance. De lui, on ne savait rien de plus.

Jamais il n'expliqua les raisons qui l'avaient poussé à quitter les profondeurs de sa forêt. C'était un être silencieux, toujours affable, mais il aimait la vie solitaire, à l'écart des autres. Un être jeune dont le regard rêveur parfois s'attardait longuement sur les forêts lointaines, comme s'il avait la nostalgie de son pays.

Lorsqu'on commença à parler de l'expédition, à Tefé, Gaio Moco se déclara, sans la moindre hésitation, prêt à l'accompagner en tant qu'interprète. Le missionnaire lui donna sa bénédiction et lui fit cadeau d'une petite croix d'argent. Il avait le pressentiment que Gaio Moco lui souriait pour la dernière fois; malgré tout, Gaio suspendit pieusement la croix à son cou.

— Où est José? demanda Ellen en faisant des yeux le tour de son monde.

Moco lui indiqua un point vague, dans le village.

— A la poste, qu'il a dit, Señorita! (Il avait une voix grave et mélodieuse. Son regard glissa vers l'embarcadère, et ses yeux noirs prirent un éclat inhabituel.) C'est demain que nous partons?

— Oui, au lever du soleil, Moco. Je crois que toi et moi, nous sommes les seuls à nous réjouir de cette perspective.

— Je vais revoir Ynama, commenta Moco, perdu dans ses pensées.

Qui est Ynama?

— Une jeune fille.

L'Indien se leva et, à pas lents, longea la berge du lac. Ellen le suivit des yeux; cette déclaration lui coupait le souffle. Une jeune fille... Il rêve d'une jeune fille. Depuis trois ans. Une jeune fille qui vit quelque part dans le lointain inaccessible. Petite, brune de peau, avec de longs cheveux noirs, et nue comme au paradis. Pourquoi Moco s'était-il enfui de sa forêt?

Elle retourna au bateau où Alexander Jesus et Rafaël Palma se disputaient à grand renfort de cris et de gestes. Palma venait de déposer sur la rive une montagne de casseroles et de récipients; il réclamait de la place pour son matériel, ce qui était impossible, car le bateau débordait déjà de sacs et de caisses. Ellen se demandait même par quel miracle les huit membres de l'expédition allaient encore pouvoir s'y entasser. Le seul que ces détails laissaient parfaitement indifférent était Alexander Jesus.

Pendant ce temps, à la poste, José Cascal était en communication téléphonique avec un interlocuteur mystérieux de Manaus. Le préposé gisait dans un coin, au bord de l'épuisement; il se contentait de boire de l'eau glacée et de fumer un gros cigare vert. Depuis deux semaines qu'il habitait au bord de l'Amazone, il n'avait pu s'habituer au climat; la moiteur de l'air saturé d'eau qui sévissait tous les jours à la suite de la grande pluie l'anéantissait. La sueur lui coulait par tous les pores, comme l'eau d'un sas. Les yeux voilés d'agonie, il contemplait José Cascal sans prêter la moindre attention à ce qu'il racontait.

De tous les membres de la petite troupe, José Cascal était sans contredit le plus étrange et le plus mystérieux. C'était un homme de taille moyenne, mince et sec, au visage mi-jaune, mi-chocolat, de cette couleur qu'on trouve souvent au Brésil chez les métis, un héritage bigarré dont les nuances variaient à l'infini, comme les fleurs de la forêt. José Cascal portait une petite moustache noire qu'il entretenait avec un soin méticuleux. Ses cheveux plats et pommadés donnaient à sa petite tête au crâne mince un air d'oiseau de proie. Ses yeux bruns semblaient perpétuellement aux aguets, comme s'ils étaient voués à une observation constante.

Lui, Ellen ne l'avait pas engagé. Il était venu de son propre chef. Ou plutôt, en service commandé. Le gouverneur de Manaus le lui avait envoyé et, sans sourciller, José Cascal avait présenté au docteur Donhoven toute une théorie de papiers d'identité, d'ordres de mission et de lettres portant cachets.

— Je sais, Señorita, avait-il dit avec la galanterie d'un grand d'Espagne, que ma présence parmi vous est indésirable. Personnellement, croyez-moi, j'aurais préféré rester à Manaus... auprès des jolies filles... Mais les ordres sont les ordres. Aucune expédition vers les régions inexplorées de la forêt vierge ne part sans être accompagnée d'un fonctionnaire du gouvernement.

— Pour quelle raison? Jusqu'à présent, il n'en était rien... Ah! Je devine... C'est encore un mauvais tour de mon père!

Elle tapa furieusement du pied, ce qui donna à Cascal, un vrai connaisseur en matière de beauté féminine, l'occasion d'admirer un spécimen bouillant de doctoresse allemande. Mais il se contenta de hocher la tête.

— Votre père n'y est pour rien, Madame. C'est le gouvernement qui m'a donné l'ordre de me joindre à vous, pour assurer votre protection.

Comment? Un homme chargé de me protéger contre les sauvages? C'est d'un ridicule... Parce que, à votre avis, il vous suffira d'agiter tous les fanions nationaux pour que les Indiens se mettent au garde-à-vous?

Sûrement pas, Señorita. Mais le gouvernement aime à avoir l'œil sur tout, dans la mesure du possible.

Ah! Je comprends. (Ellen eut un rictus sardonique.) Je pourrais, par exemple, séduire le grand chef des Jumas et, du même coup, compromettre la pureté de la race? Ou bien, découvrir des filons d'or et les exploiter moi-même? Ou bien encore, on pourrait m'élever au rang de déesse blanche de la forêt, déesse de l'Abondance, à l'instar de la reine des abeilles? (Elle éclata d'un rire strident et, une nouvelle fois, Cascal admira son charme piquant.) Ne craignez rien. Tous ces obstacles, je me sens capable de les surmonter moi-même!

Mais la discussion ne servait à rien. José Cascal demeura à Tefé à titre d'observateur officiel, et il procura à l'expédition quelques fusils de chasse et deux mitraillettes venant de l'intendance militaire, ainsi qu'une caisse de cartouches de dynamite enveloppées de papier paraffiné, ce qui n'était pas à dédaigner.

— Un de ces cigares explosifs produit un effet magique... (Ce fut son unique commentaire, en réponse au regard réticent d'Ellen.) Ils peuvent nous sauver la vie. Pour les Indiens, un feu d'artifice de ce genre équivaut à la chute du soleil sur la terre... Cela nous ouvrira la voie, si besoin est.

José Cascal loucha vers le préposé au téléphone ruisselant de sueur et approcha de ses lèvres le récepteur.

— Il n'y a plus aucun doute maintenant, dit-il en prenant soin de détacher chaque mot. (La communication avec Manaus ne cessait de crachoter; les lignes téléphoniques étaient suspendues dans les arbres, le long de l'Amazone, exposées à toutes les intempéries. Seuls les bureaux de poste avaient droit à leur pylône.) Le but de l'expédition de cette damnée Allemande est situé entre le rio Repartimento, le rio Juma et le rio Itanhaua, autrement dit exactement dans le triangle en question. J'ai tout tenté pour la détourner vers le rio Coari. Je lui ai raconté les histoires d'Indiens les plus atroces, ceux qui vivent comme au paradis terrestre, vous savez bien? Sous la protection de leurs flèches empoisonnées... Que le diable l'emporte! Rien à faire pour qu'elle lâche prise!

L'interlocuteur invisible de Manaus se plongea dans une profonde réflexion, puis il reprit d'une voix grave :

— José, la responsabilité de cette expédition vous incombe entièrement. Je vous charge de la mission difficile de détourner par n'importe quel moyen le docteur Donhoven de ce triple confluent. Bon Dieu, dire que l'Amazone compte des milliers d'affluents et que la forêt, sur des millions de kilomètres carrés, est encore inexplorée... Pourquoi choisir justement ce petit bout de terrain sacro-saint?

C'est ce qu'elle s'est mis en tête, mon Général.

— Eh bien, arrangez-vous pour lui nettoyer le cerveau.

— Impossible... On voit que vous ne la connaissez pas, cette sacrée Allemande, mon Général!

— Bah! Une femme...

— A votre place, je ne me prononcerais pas avec tant de légèreté. (Cascal commençait à prendre la mouche. De loin, surtout du fond d'un fauteuil moelleux, les choses paraissaient différentes, et très simples. « Mais viens-y donc, mon Général, se disait-il. Et aiguise ta prothèse sur le cuir d'Ellen Donhoven. Hurler dans un téléphone, voilà qui est à la portée du premier venu... ») Ellen Donhoven est semblable à un robot en surcharge d'énergie.

— Détruisez quelques fils, et votre robot changera de direction, vous verrez.

— Je vais essayer, mon Général. Mais de toute façon, nous sommes obligés de remonter une partie du rio Tefé, avant qu'elle ne s'aperçoive de quelque chose.

— Bien entendu. (A Manaus, le général devait sans doute jeter un coup d'œil sur une carte géographique.) Ne vous éloignez pas du fleuve. L'expédition doit prendre fin au plus tard au confluent du rio Repartimento.

— Je vous le promets, mon Général.

Cascal raccrocha; avant de quitter la poste, il prit encore le temps de donner une tape sur la joue du fonctionnaire épuisé; en réponse, il n'y eut qu'un long grognement.

Par cette simple promesse, Cascal ouvrait toutes grandes les portes d'un enfer, pire que celui de la forêt.

Au petit jour, l'embarcation surchargée s'éloigna lentement de la rive et commença à glisser sur les eaux paisibles du lac, encore assombries par la nuit.

Alexander Jesus avait réussi un tour de force à peine croyable : non seulement chacun avait trouvé place dans le bateau, mais même les casseroles et les récipients de Rafaël Palma furent casés. Il faut avouer du reste que le bateau enfonçait dans l'eau jusqu'à la cote maximale; les alligators qui encombraient le fleuve de leurs énormes corps semblables à des troncs d'arbre, à l'écorce épaisse, pouvaient satisfaire à loisir leur curiosité au passage de cet étrange équipage; leurs crânes plats, d'une laideur repoussante, dépassaient le bordage.

Ellen était d'humeur excellente. Tout se déroulait selon le programme établi. La nuit précédente, rien n'avait pu être dérobé, car Palma et Guapa s'étaient relayés pour monter la garde. Derrière, coincé entre deux caisses, Campofolio, l'anthropologue, se consacrait à son violon d'Ingres : sa voix éblouissante de ténor parcourait tout le répertoire des marins italiens. José Cascal et le docteur Forster, installés derrière Ellen sur des sacs contenant les toiles de tente, observaient le lever du soleil sur la forêt vierge vers laquelle la barque se dirigeait à grande allure. Gaio Moco, l'Indien, tenait la barre; ses yeux brillaient comme s'ils étaient déjà éclairés par un rayon de soleil.

En route vers le village, songeait-il. Et vers Ynama. Vers les huttes arrondies, blotties dans la vallée florissante. En trois ans, on aura oublié la faute de Gaio Moco. Car Gaio va rapporter au pays la science des Blancs, ce qui est bien plus précieux que toutes les têtes des ennemis.

Tant qu'ils voguèrent sur le lac, ils purent maintenir une vitesse relative; mais aussitôt passé le confluent du rio Tefé, il leur fallut réduire notablement l'allure. La forêt étalait ses ramifications jusque dans les eaux nonchalantes du fleuve, racines d'arbres géants embroussaillées de lianes et de fougères hautes de plusieurs mètres. Des troncs pourris flottaient à la surface et des bancs de sable obstruaient le fleuve. Parfois, le fond du bateau raclait le lit du fleuve, tant était réduite la profondeur; et tout aussi brusquement, la longue perche d'Alexander Jesus, qui avait pour mission de sonder les bas-fonds, se perdait dans un abîme sans fin.

Des rives proches leur parvenaient les effluves des millénaires : odeur douceâtre de putréfaction et de pourriture, cloaque de la nature. Cris d'oiseaux et hurlements de toutes sortes accompagnaient les voyageurs comme un bruit de fond et, pendant les entractes, un silence inhumain pesait derrière ces murailles vertes dont le faîte semblait toucher le ciel. Seul le ronflement du moteur troublait le vide sonore; mais on avait alors l'impression que même ce bruit de civilisation était aspiré par la forêt comme par une éponge géante, suintante d'humidité.

Pendant cinq heures d'affilée, ils glissèrent sur le rio Tefé sans presque jamais quitter le milieu du fleuve. Puis Rafaël Palma, le magicien des estomacs, distribua du pudding au chocolat, avec des noix sèches. Il s'était installé une cuisine de fortune parmi les caisses, à l'extrémité de la barque, avec deux réchauds à gaz.

— Ce soir, il y aura des rognons de porc, annonça-t-il en claquant la langue. Accompagnés d'un plat de légumes aux pousses de bambous.

— Une vraie croisière de luxe, ricana le docteur Forster en plongeant sa cuiller dans le pudding. Pourquoi ne pas la recommander à une agence de voyages allemande : trois mois dans la forêt inexplorée, pension complète, avec navigation de plaisance sur un fleuve tropical et la possibilité de passer par les mains expertes des rétrécisseurs de têtes. Recommandé tout particulièrement aux épouses encombrantes et belles-mères acariâtres.

José Cascal avait entrepris d'expliquer à Ellen les secrets du paysage. Entreprise aisée, du reste, car mis à part les murailles de végétation éternellement vertes, un fleuve boueux et un ciel bleu capable de se transformer d'une seconde à l'autre en un plafond lourd d'où crevait aussitôt un déluge, il n'y avait rien à voir.

— Pas un sentier, renchérit Cascal. Pas la moindre trace de vie humaine, et cela, sur des centaines de milliers de kilomètres carrés. Un demi-continent en friche, inutile et vierge. Quelles possibilités de toutes sortes dorment dans ce pays immense, Señorita! Les trésors inconnus du sol et du sous-sol, les bois précieux, les forces hydrauliques... Mais il nous manque l'argent et la main-d'œuvre. Ah! Si nous étions en Russie! Ils ont commencé la conquête de la Sibérie il y a une trentaine d'années, et aujourd'hui ils en tirent déjà des richesses fabuleuses. Et pourtant, que représente la Sibérie en regard du bassin de l'Amazone et de la Grande Mata! Ici gît le secret de la métamorphose de toute l'humanité. Si nous avions les moyens de cultiver ces terres, nous pourrions faire de ce territoire le silo du monde entier. Bien sûr, de temps en temps, nous posons des collets dans la forêt, nous construisons un morceau de route, défrichons quelques pouces de terrain, fondons de nouveaux villages... Mais c'est à peine si ce travail laisse des traces dans cette forêt insaisissable. Des générations de colonisateurs pourraient s'établir ici... Mais où trouver l'argent?

Au bout de sept heures de voyage, commença la grande pluie quotidienne. Moco, l'homme de barre, amena la barque sur la rive; puis on monta les tentes en hâte pour se mettre à l'abri. Des tornades d'eau se déversèrent sur les toiles tendues; le rio Tefé, habituellement paresseux jusqu'à la stagnation, écumait.

Moco fut le seul de la troupe à ne pas chercher un refuge contre la pluie. Sans broncher, il resta fidèle à son poste, tenant la barre, les yeux fixés sur les rives proches. Il en voyait des détails qui passaient inaperçus aux yeux de ses compagnons! Et combien!

Une boîte de conserve rouillée, par exemple, retenue prisonnière dans les racines enchevêtrées d'un arbre, à la surface de l'eau. Une planche de bois provenant d'une caisse voguait aussi à la surface du fleuve. Pour Moco, ces signes annonçaient un danger imminent : jamais des objets ne flottaient à contre-courant ! Si donc des boîtes et des planches traînaient à cet endroit, il devait y avoir en amont au moins un Blanc, peut-être même plusieurs. D'où venaient-ils? A Tefé, en tout cas, on ignorait qu'un bateau remontât le fleuve. L'expédition d'Ellen Donhoven était la première à pénétrer dans la forêt, au-delà du lac.

Moco garda le silence. Dès la fin du déluge, Palma fit passer à la ronde une Thermos de thé, rafraîchie dans l'eau du fleuve. Puis ils poursuivirent leur croisière, et Moco sonda les moindres recoins des deux rives avec un redoublement de vigilance.

Au bout de huit heures de randonnée, José Cascal proposa de s'arrêter et de faire les préparatifs pour la nuit. La canicule lourde et moite les vidait tous de leur substance; elle leur pesait sur les poumons, faisait palpiter les cœurs en désordre, et enserrait les tempes comme un étau. Ils étaient tous à plat, écroulés parmi les caisses, le corps suintant de transpiration, anéantis comme sous l'effet d'une forte fièvre. Et cela, au bout de huit heures de voyage seulement !

— Et maintenant, un bon bain rafraîchissant ! s'exclama le docteur Forster avec un regard concupiscent vers le rio Tefé. Un plongeon, et...

— ... et quelques bouillonnements de l'eau. En dix secondes, vous êtes réduit à l'état de squelette, poursuivit Cascal en riant. Les piranhas... Ils ne s'inquiètent pas de savoir si vous êtes du pays ou non ! Leur gloutonnerie ne respecte aucune frontière.

Gaio Moco contourna un banc de sable et, avec une prudente lenteur, il laissa le fond du bateau glisser sur le sable. Aussitôt, quatre alligators accoururent au triple galop... Manifestement, ce banc de sable constituait leur domaine réservé. Cascal réagit comme un habitué des surprises de la forêt : il saisit un fusil et tira deux fois. En plein dans l'œil de deux de ces horribles sauriens, qui firent un demi-tour sur eux-mêmes et fouettèrent violemment l'eau de leur puissante queue à la peau couverte d'écailles... Le fleuve se teinta de sang, et le rio Tefé, exactement comme l'avait prédit Cascal, se mit réellement à bouillonner. Une horde de petits poissons à la peau argentée se jeta sur les alligators déjà à l'agonie et entreprit de les déchirer : leurs bouches uniquement composées de rangées de dents acérées arrachèrent des quartiers entiers de chair frémissante encore de vie; en quelques secondes, il ne resta plus des deux monstres que quelques os soigneusement raclés et des lambeaux de peau à écailles flottant avec nonchalance à la surface de l'eau.

L'horreur se lisait dans les yeux exorbités d'Ellen; devant elle venait de se dérouler le jeu impitoyable de la nature, mourir ou survivre.

— Tout, autour de nous, est aussi atroce que ce spectacle, déclara Cascal d'une voix lugubre. Señorita, il n'est pas trop tard pour renoncer...

— Renoncer? Pourquoi? (Ellen sauta d'un bond sur le banc de sable; elle avait déjà surmonté le choc.) Parce que deux crocodiles ont été dévorés sous nos yeux? Messieurs... (Elle posa son regard inquisiteur sur chaque homme à tour de rôle, au fur et à mesure qu'ils sautaient sur le banc de sable.) Je ne veux plus entendre parler des dangers que présente ce voyage... Celui d'entre vous qui a peur peut rentrer. En ce qui me concerne, personnellement, je continue.

— Épouser une femme de cette trempe suppose un cœur de héros! murmura Fernando Paz, le chimiste, à l'oreille de Campofolio, tout en traînant son sac sur la terre ferme. Dire qu'avec cela, elle a le visage et l'aspect d'un ange perché sur le maître-autel de l'église Santa Barbara!

Ils établirent leur premier campement au milieu du

banc de sable, mais comme le sol trop meuble n'assurait pas une stabilité suffisante aux piquets, ils renoncèrent aux tentes, et délimitèrent leurs alcôves avec des caisses sur lesquelles ils tendirent les toiles. Chacun se retira en hâte chez soi.

Paz et Campofolio s'endormirent aussitôt, au moment où le crépuscule déployait ses voiles d'ombre sur la forêt. Rafaël Palma prit encore le temps de préparer le thé du petit déjeuner. Alexander Jesus commença par courir de tas de caisses en tas de caisses, en demandant bien haut si tout allait bien, puis il alla se rouler en boule au fond de l'embarcation, entre deux sacs.

Cascal aussi se retira rapidement. A la lueur d'une lampe de poche miniature, il mesura sur la carte la distance parcourue durant cette première journée de voyage; la vitesse de croisière du bateau lui permit de venir vite à bout de ses calculs.

Tous, ils se sentaient écrasés par une lassitude pesante comme du plomb. Les rognons de porc au jus préparés par Palma ne reçurent aucune louange; les consommateurs pourtant s'étaient régalés et y avaient fait honneur; mais ils étaient tout simplement trop épuisés pour avoir le courage d'accomplir un effort supplémentaire.

— Demain, je leur préparerai des écorces d'arbre bouillies, maugréa Palma en s'allongeant auprès d'Alexander Jesus dans le bateau. De toute façon, ils bouffent n'importe quoi, comme des cochons.

Puis la nuit enveloppa le monde, la nuit merveilleuse des tropiques avec son ciel pur constellé de points d'or, comme dans une légende. La forêt à présent donnait libre cours à ses senteurs de séduction, même l'eau du rio Tefé exhalait des parfums piquants. On entendait chuchoter et gazouiller dans les arbres; des oiseaux aux larges envergures sortaient brusquement de l'obscurité à grands coups d'ailes, et planaient au-dessus du fleuve; quelque part dans la forêt, un nocturne inconnu entama son chant d'amour, une douce mélodie aux accents traînants et aux trilles envoûtants, auprès duquel notre rossignol ferait figure de débutant.

Gaio Moco s'accroupit à la proue du bateau, les yeux fixés sur le fleuve dans lequel scintillait le reflet des étoiles. Du bastion de caisses qui abritait Campofolio et Paz lui parvenaient des ronflements sonores. Enroulés dans une moustiquaire, ils se reposaient des fatigues harassantes de cette journée caniculaire.

Lorsqu'une main s'appesantit sur son épaule, Ellen ne broncha pas; elle ne tourna même pas la tête. Debout à l'extrémité du banc de sable, tout comme Moco, elle contemplait le rio Tefé.

— A quoi pensez-vous? demanda le docteur Forster.

— Au risque de me voir taxée de sensiblerie à bon marché, je répondrai... à la maison!

— Tiens! Votre cœur palpite tout de même un peu?

— Non. Je suis moi-même surprise de la facilité du chemin qui sépare Stuttgart de l'Amazone.

— Nous sommes seulement en train de passer la porte de l'enfer, Ellen.

— Allons, Rudolf, l'expression commence à s'user. Nous ne quitterons le fleuve qu'à la dernière seconde. Quand il cessera d'être navigable. Ensuite, Moco nous servira de guide. Je n'ai pas l'intention de parcourir le continent tout entier... Les Peaux-Rouges de Juma sont les seuls qui m'intéressent.

— Les seuls! Comme ça sonne bien! Une seule fois lécher une glace fondante.. Ellen! (Il la força à se tourner vers lui.) Ellen, vous avez peur!

— Non.

— Tout au fond de vous-même...

— Laissez-moi tranquille!

— Même si vous portez des bottes et tirez au fusil, même si vous traversez la forêt et si vous vous conduisez comme un homme... vous n'en restez pas moins une femme. Encore un peu de patience, et vous serez bien forcée de vous le rappeler. Quoi qu'il arrive, je resterai près de vous.

Il tourna sur les talons et reprit la direction de son alcôve, d'un pas mal assuré sur le sable mou. Ellen le suivit des yeux et, dans son regard, on aurait pu lire tout ce qui n'avait pas été prononcé tout haut et qui lui oppressait le cœur. Mais il n'y avait pas de lecteur. L'éclat de ses yeux n'en était que plus éloquent.

Le lendemain matin, le petit déjeuner reçut les hommages reconnaissants des convives, car il est utile de sauvegarder le moral d'un cuisinier, sinon l'estomac risque d'en pâtir. Aussitôt terminé, la troupe se remit en route.

Cascal terminait juste ses calculs, portant la distance qui les séparait du lac de Tefé — soixante-dix kilomètres — sur son journal de voyage, lorsque Moco coupa le moteur et hurla à l'adresse des membres de l'expédition :

— Le réservoir est vide! Il faut que je le remplisse!

Il plaça son tuyau entre le réservoir et les bidons d'essence réunis au centre de l'embarcation, et pompa. Il y eut un bruit de gargouillis, et l'air pénétra dans le réservoir.

Moco arrêta son engin, puis il tapota le bidon. Son visage alors se métamorphosa en un masque inerte. Il arracha le tuyau et donna un violent coup de pied dans le bidon, ce qui l'envoya rouler par-dessus bord.

— Vide! cria-t-il d'une voix rageuse. Vide!

Puis il frappa sur les autres bidons. Tous rendirent un son creux.

— Ils sont tous vides! hurla-t-il en serrant les poings. Nous n'avons plus une goutte de carburant.

— Ce n'est pas possible..., bredouilla Campofolio. Ce n'est pas possible. Sans essence, le bateau est hors d'usage...

Alexander Jesus se mit à danser comme un dément sur le pont.

— Tas de voleurs! grinça-t-il. Rien que des voleurs partout! Les bidons étaient pleins, j'en suis sûr! C'est moi-même qui les ai embarqués. Quelqu'un les a vidés avant notre départ! Je ne suis pas responsable! Je ne suis pas coupable...

Moco était appuyé au moteur silencieux. Le regard de ses yeux noirs devenait dangereux. On sentait que la sauvagerie primitive de sa race prenait le dessus sur le vernis de la civilisation. Ellen vint vers lui.

— Les Blancs appellent ça du sabotage, dit-il d'une voix sombre. L'expédition était condamnée à l'échec... Un seul bidon plein... et maintenant, il est vide...

José Cascal se fraya un chemin parmi les sacs et les caisses. Lui aussi arborait comme les autres une physionomie affolée et, en approchant d'Ellen, il leva les bras au ciel.

— C'est la fin, cette fois! s'écria-t-il. Impossible d'aller plus loin. Sans essence, on ne peut rien faire. Une seule solution maintenant, nous faisons demi-tour, et nous nous laissons pousser par le courant. Dans deux jours, nous aurons rejoint le lac, et il nous sera possible d'appeler au secours par signaux lumineux.

— *Vous* faites demi-tour, José! corrigea Ellen en le repoussant avec dégoût sur le côté. Quand la technique lâche, il faut bien que l'homme prenne la relève... Je continue le chemin à pied.

— A pied? hurla Cascal au comble de la stupéfaction. C'est de la folie pure.

— Laissez-moi le soin d'en juger, Cascal. (Ellen observa attentivement les hommes debout en face d'elle.) Si vous voulez faire demi-tour... Je vous en prie. Le bateau est à votre disposition. Quant à moi, je m'enfonce à pied dans la forêt. Il y en a au moins un parmi vous qui ne me lâchera pas, n'est-ce pas, Moco?

— Oui. Je vous accompagne jusqu'au bout, Señorita! déclara l'Indien d'une voix ferme.

— Je m'y oppose formellement! hurla José Cascal.

– De quel droit? Dans la forêt, le pouvoir officiel n'a plus cours. Avez-vous l'intention de me retenir par la force?

– Si besoin est... oui! (D'un coup de baguette magique, Cascal extirpa un revolver de la poche de sa veste.) Docteur Donhoven, soyez donc raisonnable. Traverser la forêt vierge à pied! Affronter des siècles de putréfaction, sans compter les reptiles et les fauves, les Indiens qui ne pensent qu'à tuer, les milliards de mouches venimeuses... Non, je ne le permettrai pas.

— Moco, fit Ellen, en se tournant vers l'Indien, il veut nous imposer de force sa volonté...

– N'oubliez pas les piranhas, Señor! déclara Moco de sa voix de basse.

La menace à peine voilée fit frémir chacun d'entre eux. Cascal abaissa son arme.

– Ce qu'il faut avant tout, c'est réfléchir et discuter posément, dit-il. La bravoure est une qualité très noble, certes, mais sans s'en apercevoir, on franchit très vite la frontière de l'absurdité. Songez-y donc : comment parviendrez-vous à garder le sens de l'orientation, dans la forêt? Au compas? Señorita... Il ne s'agit pas d'une excursion dans les landes.

— Moco nous guidera.

Cascal lança à l'Indien un regard meurtrier qui en disait long. Il aurait sans doute préféré le savoir au diable.

– Et cette assurance vous suffit?

— Parfaitement. Un homme en route vers la femme qu'il aime trouve toujours son chemin, quels que soient les obstacles... même à travers la forêt.

Tiens! La voilà, la femme, intervint Forster avec un sourire à l'adresse d'Ellen. Vous voyez! C'est la femme qui vient de parler. Cascal... (Il posa la main sur l'épaule du Brésilien.) La situation se tourne contre vous, et vous m'en voyez navré : j'accompagne Ellen, même si nous sommes condamnés à franchir des marécages infestés de dragons!

Cascal sursauta. Il chercha ses mots et finit par lâcher péniblement :

— Est-ce que... Est-ce qu'il y a d'autres imbéciles parmi vous?

— Je dirais même qu'il n'y a que des imbéciles, Señor! (Fernando Paz se gratta le nez, qu'il avait d'ailleurs assez proéminent.) Nous n'abandonnons pas notre doctoresse! Quant à moi, je ne tiens pas, plus tard, à me cracher au visage chaque fois que je verrai ma bobine dans un miroir.

— Bien! Bien! (Épuisé, Cascal s'effondra sur une caisse.) Rien que des gentlemen! Candidats au suicide... Señores... Je vous le dis, pas un seul d'entre nous ne reviendra vivant de cette promenade!

— Si. Vous! (Ellen fit un grand geste du bras.) Prenez le bateau et laissez-vous porter par le courant. Moco, il y a assez d'essence pour rejoindre la berge?

— Oui, Señorita.

Il remit le moteur en marche et fit glisser l'embarcation jusqu'au bord, à travers les eaux épaisses. Alexander Jesus sauta le premier sur la terre ferme, mais, à son grand effroi, il enfonça jusqu'aux genoux dans une boue visqueuse et nauséabonde. Quelques mètres plus loin, heureusement, le sol s'affermissait. Il attrapa le cordage que lui lançait Moco, l'amarra à un tronc d'arbre et entraîna le bateau le plus près possible pour éviter que les autres ne subissent le même sort que lui.

— Répartissons les bagages, déclara Forster lorsqu'ils furent tous sains et saufs sur la terre ferme. On ne prend que le strict nécessaire, ce que chacun peut porter sans fatigue. Rien de superflu. L'essentiel, ce sont les armes, les munitions, les médicaments, les allumettes, le laboratoire portatif, le matériel photographique, et les casseroles de Palma. Et aussi, bien entendu, les moustiquaires. (A Cascal qui leur tournait le dos, plongé dans une contemplation chagrine devant le fleuve, il allongea un coup de poing.) Quand vous débarquerez à Tefé, vous n'aurez qu'à remiser le reste du chargement dans un débarras, derrière l'hôtel. On l'a payé assez cher, ce matériel, pour essayer de le récupérer en bon état.

Pourquoi moi? riposta Cascal en lui faisant face. Une teinte gris cendre transformait son visage de métis. Il avait reçu un ordre de mission et donné sa parole : pour lui, il n'y avait pas d'autre solution.) Je vous accompagne.

Vous? Comme ça, tout d'un coup?

Je ne suis pas un lâche! Je déteste l'absurde, c'est tout.

Et malgré tout...

Oui. Mais uniquement à cause de la présence d'une femme.

Puis il aida Palma, Moco et Alexander Jesus à débarquer les caisses.

La nuit vint... La première nuit sous la seule protection des arbres hauts comme des tours de garde, avec des feuilles géantes comme toit. La dernière nuit avant la plongée dans l'inconnu.

Une nuit peuplée de pressentiments...

## 2

Les tentes étaient montées, deux feux brûlaient encore et attiraient des hordes de moustiques. Rafaël Palma faisait la vaisselle au bord du fleuve, avec du sable. Pendant ce temps, à la lueur d'un projecteur alimenté par une pile puissante, Ellen transcrivait les dernières phrases de son rapport d'expédition, tandis que, dressé au milieu des bagages éparpillés, José Cascal contemplait l'eau d'un air sombre. D'ailleurs, cette contemplation muette était devenue au cours des dernières heures son occupation principale. Il ne prenait plus part aux discussions ni aux indications données par Ellen, d'après une carte géographique de la région de Tefé dont la précision n'était pas la qualité maîtresse. Du reste, il n'existait aucune carte précise de cette région, il fallait se contenter des mensurations superficielles relevées du haut d'un hélicoptère. Cascal évitait soigneusement tout contact avec le docteur Forster et observait Gaio Moco avec une expression de haine réprimée à grand-peine.

Cascal commençait à en avoir par-dessus la tête de sa mission problématique. Le général avait beau jeu : empêcher l'expédition de pénétrer dans le secteur des sources du rio Juma, par n'importe quel moyen... Il ne connaissait pas Ellen Donhoven, cet ange chargé à cent mille volts. Et il ne connaissait pas non plus les folles notions d'héroïsme des autres types, prêts à la suivre les yeux fermés à travers cette forêt inexplorée, uniquement pour prouver que leur bravoure égalait celle de cette femme. Pour se donner de grands airs de virilité! Mais, au fond, ils étaient tous d'accord : cette marche à pied au cœur de l'Enfer Vert frôlait l'aliénation mentale. N'empêche qu'ils couraient tous comme des cabots derrière une chienne.

Cascal s'arracha à sa contemplation pour embrasser d'un coup d'œil l'activité du campement. Il assista au petit manège d'Alexander Jesus : le Noir chercha un gros arbre qu'il escalada à la manière des singes en s'aidant des lianes, jusqu'à une hauteur d'environ dix mètres : il y établit son hamac au creux de deux branches et se roulant en boule comme une panthère noire, d'un cri il attira l'attention de Palma, debout au pied de l'arbre, immobile parmi son matériel de cuisine éparpillé.

— Eh! C'est un abri plus sûr que la meilleure des toiles de tente! s'écria Alexander Jesus du haut de son perchoir. Monte avec moi, Rafaël!

Le cuisinier se tapa le front de son index, d'un air entendu, et pénétra dans la tente réservée à ses activités professionnelles. Il s'accroupit au milieu de ses trésors, le cœur serré de tristesse à la pensée de devoir en abandonner la majeure partie. Étant donné que chacun devait porter son propre matériel — ainsi en avait-il été décidé, à une exception près : Gaio Moco se chargerait d'une partie des bagages d'Ellen —, Rafaël Palma n'arrivait pas à sortir du dilemme. Qu'allait-il jeter sur son dos, le lendemain matin, au moment du départ? Car s'il aimait la cuisine, et la bonne chère, en revanche, il détestait tout effort corporel. Incapable de prendre une décision, il exhala un soupir tragique et se glissa sous sa moustiquaire en pensant avec un frisson d'horreur que les repas, à partir du lendemain, se réduiraient aux poissons du fleuve et aux animaux sauvages qu'ils arriveraient à abattre. Surtout des singes. Rafaël Palma ne connaissait pas moins de trente-quatre recettes pour accommoder le singe, mais c'était quand même une maigre consolation.

On décida de monter la garde à tour de rôle pendant la nuit bien que, d'un avis unanime, on jugeât cette disposition superflue.

– Pour la tranquillité de chacun, précisa le docteur Forster en jetant un coup d'œil vers Alexander Jesus toujours paisiblement niché dans son perchoir, un chewing-gum entre les dents.

Puis il regarda Ellen; assise sur une caisse devant sa tente, elle fumait une cigarette en silence.

– Vous aussi, vous dormirez plus tranquille, Ellen.

— Je ne connais pas la peur, Rudolf, vous le savez bien. Pourquoi quelqu'un viendrait-il nous attaquer? Nous n'avons que des intentions pacifiques.

— Ce serait assez rassurant de pouvoir également donner cette explication aux bêtes sauvages et aux reptiles du coin.

José Cascal revenait de son refuge au bord de l'eau; il n'avait pas encore la moindre idée de la conduite à adopter dans les jours et les semaines à venir. Un seul leitmotiv hantait son cerveau : nous n'atteindrons jamais les sources du rio Juma. Il nous est totalement impossible d'aller jusque-là...

— C'est la raison pour laquelle le feu continue à flamber. (Forster but le fond de sa boîte de bière en quelques gorgées, puis la jeta au loin, dans les broussailles. Pour le dîner, Palma avait accordé une distribution exceptionnelle de deux boîtes par personne, les dernières, car la caisse pleine de ces boîtes n'accompagnerait pas l'expédition.) L'homme de garde doit donner l'alarme au moindre signe anormal.

— Belle nuit en perspective! ricana Cascal. Si Alexander Jesus entend un grognement de singe, pendant son sommeil, il tire à la ronde... La forêt grouille de rumeurs inconnues.

Ellen Donhoven sourit; elle paraissait lasse et fit un geste du bras à l'adresse de Cascal.

— José, vous êtes têtu. Cette immensité ne peut abriter assez de démons pour faire naître en moi la peur.

— Le manque de bon sens est le pire fléau de l'humanité. (Cascal haussa les épaules avec résignation.) Bonne nuit!

— Bonne nuit, José.

Juste au moment où il se penchait pour entrer sous sa tente, Cascal sursauta; pétrifié, il demeura immobile, la tête rentrée dans les épaules. Quelque part dans le ciel nocturne, de l'autre côté du fleuve, on entendait un ronflement de moteur qui allait se rapprochant à l'allure d'un cyclone; le vrombissement enfla, atteignit une intensité maximale, puis se perdit tout aussi brusquement dans l'obscurité. Et de nouveau, la nuit s'étendit sur le calme de la forêt comme un voile frissonnant.

Gaio Moco venait de transporter du bois sec pour alimenter le feu; lui aussi, il leva les yeux vers les mystères du ciel nocturne. Les têtes de Campofolio et de Fernando Paz émergèrent de la moustiquaire commune.

— Bon Dieu! Mais c'étaient des avions! s'écria Palma en pointant un index menaçant vers le ciel.

— Il devait y avoir toute une escadrille! (La bouche entrouverte par la stupeur, Forster regardait Ellen Donhoven.) D'après le ronflement, de lourds avions de transport. En pleine nuit, et en pleine forêt...

— Vous êtes tous devenus fous! (Cascal avait retrouvé le contrôle de lui-même; des deux bras, il chassa des fantômes invisibles, et hocha la tête.) C'est tout simplement un gros coup de tempête.

A cette allure? Dans ce cas, les arbres devraient plier sous les rafales jusqu'au sol... Or il n'y a pas le moindre souffle de vent!

— Des avions! Mais enfin. Señores, ce serait contraire aux lois les plus élémentaires de la raison. (Cascal fit entendre un rire rauque; en fait, il ne se sentait pas trop bien dans sa peau.) Où se dirigeaient-ils? Il n'y a devant nous que quelques milliers de kilomètres de néant.

— Je vous dis que c'étaient des avions, insista Campofolio avec entêtement. J'ai assez volé dans ma vie pour reconnaître les bruits de moteurs. D'ailleurs, cela ne nous concerne pas. Et puis, quelle importance? C'est sans doute un transport militaire. Bonne nuit...

Forster s'était chargé de commencer le tour de garde. Il attendit devant la tente d'Ellen que la faible lumière fût éteinte à l'intérieur, puis il rejoignit le feu d'un pas pesant et s'assit sur un des bidons d'essence vides. Gaio Moco était étendu à même le sol, de l'autre côté du feu; à croire que cet homme ignorait la fatigue physique. Forster lui lança par-dessus les flammes son paquet de cigarettes, et Moco lui sourit avec reconnaissance. Il manquait de pratique; la cigarette serrée entre le pouce et l'index, il tirait de petites bouffées comme une gamine débutante, et rejetait la fumée très loin devant lui.

— Gaio, sois franc, dit Forster.

— Gaio ne ment jamais...

L'Indien ne quittait pas sa cigarette des yeux.

— Est-ce que les projets de Señorita Ellen ont des chances de succès? Tu crois que nous arriverons un jour à rejoindre les Indiens Jumas?

— Tant que je suis avec vous, vous traverserez la forêt. Seuls, jamais.

— Tu connais bien le pays?

— Je sais où vit ma tribu. Tout près des Jumas.

— Supposons qu'il t'arrive quelque chose. On ne sait jamais, une morsure de serpent, la fièvre, un accident quelconque... Quelles seront alors nos chances?

— Pour ainsi dire nulles, Señor. (Moco jeta son

mégot incandescent dans le feu.) La forêt vous enlacera et vous étouffera comme un serpent le ferait d'une souris.

— Merci, Gaio.

Le docteur Forster se prit la tête entre les deux mains.

Comment arriver à faire entendre raison à Ellen? songea-t-il au comble du désespoir. Faut-il soutenir la thèse de Cascal, ce lâche dont la lâcheté pourtant finit par prendre peu à peu le visage du bon sens? Faut-il essayer de convaincre les autres que le programme d'Ellen dépasse les limites de la raison, pour qu'ils se décident à rentrer en bateau à Tefé?

Il se tourna vers la petite tente sombre sous laquelle reposait Ellen. C'est sans espoir, se répondit-il à lui-même. Même si tous les autres l'abandonnaient, elle continuerait seule avec Moco. Ne serait-ce que pour prouver que la résistance d'une femme est au moins égale à celle d'un homme. C'était presque devenu un complexe chez elle.

Deux heures plus tard, Fernando Paz prit la relève. Puis ce fut le tour de Campofolio, et ensuite Palma s'assit auprès du feu à son tour. Un peu à l'écart de tous, Moco dormait toujours, étendu sur le sol, roulé en boule, la respiration imperceptible; les moustiques même l'évitaient... Avant de s'endormir, il s'était frotté le corps avec l'essence d'une plante spéciale, apparemment inodore pour le genre humain, mais pour les moustiques, sans doute, le comble de l'écœurement; il suffisait pour s'en assurer de suivre leur manège : ils décrivaient tous, spontanément, une grande courbe pour fuir la proximité de Moco.

Rafaël Palma s'endormit pendant la garde. On aurait eu mauvaise grâce de lui en tenir grief, car, le cœur broyé de chagrin, il avait passé la majeure partie de sa nuit parmi son matériel et ses provisions, à essayer de faire un tri; puis il avait préparé un sac et après l'avoir jeté sur ses épaules et risqué quelques pas, force lui fut d'admettre que c'était trop lourd. Alors il avait recommencé son manège, le cœur encore un peu plus triste qu'avant. Finalement, il lui était resté quinze kilos de boîtes de conserve; quant aux casseroles, il les avait réunies dans un autre sac qu'il se proposait de porter autour du cou, pour faire contrepoids avec les provisions. Les larmes lui coulèrent des yeux, quand il se décida pour ce pesant équipement de marche, pire qu'un barda de fantassin. De jour en jour, il deviendra un peu plus léger, se consola-t-il, mais la vie deviendra aussi de jour en jour plus terne. Rien que du poisson grillé ou du singe à la sauce aux raisins secs... Il n'y avait pas de pire torture pour un cuisinier marqué d'un sceau sacré, comme Rafaël Palma.

Assis près du feu, la tête pendante, il s'endormit presque aussitôt et se mit à ronfler avec entrain. A quelques mètres de lui, dans les hauteurs, Alexander Jesus grognait dans son arbre. Il ne se passa rien. Il n'y eut ni bête sauvage qui osât se risquer à l'intérieur du campement pour emmener Palma en otage, ni serpent géant qui s'en prît à Alexander Jesus Guapa dans ses branchages, ni Indien Moco.

La nuit passa, et comme Palma dormait profondément, il n'y eut plus de relève. Toute la troupe imita Palma, jusque tard dans la matinée. Mais alors, un cri perçant, atroce, à vous broyer le cœur, la fit se dresser en chœur, le fusil prêt à tirer.

Un nouveau cri, semblable au premier, leur parvint du faîte des arbres. Ils reconnurent cette fois la voix d'Alexander Jesus. Le Noir descendit de son perchoir en s'agrippant aux lianes; il tremblait de tout son corps. S'il est vrai que les Noirs parfois peuvent prendre un teint blême... C'était le cas pour Guapa. Sa peau noire avait des reflets d'un bleu-gris. Dès qu'il eut mis pied à terre, il entama une danse folle, comme s'il entrait en transe ou que des milliers de fourmis lui grimpaient le long des jambes. La bouche grande ouverte, il exhibait des dents éblouissantes, et de son gosier sortaient de drôles de sons qui ressemblaient au glapissement d'un cochon de lait. Autour de son cou, quelque chose d'assez étrange se balançait au rythme de la danse; il ne l'avait certainement pas la veille, en grimpant dans l'arbre. Le docteur Forster et José Cascal réussirent à identifier l'objet sur-le-champ; quant à Moco, ses yeux avaient pris une nouvelle fois un éclat inquiétant.

— Il a perdu la raison? demanda Ellen bouleversée.

— On ne saurait le lui reprocher... (Le docteur Forster montra du doigt l'objet en question, suspendu au cou d'Alexander Jesus.) Une tête en réduction...

Mon Dieu!

Ellen serra le bras de Forster de toutes ses forces.

Palma et Gaio Moco maîtrisèrent Guapa, ce qui n'était pas chose facile, car il bombardait tous ceux qui l'approchaient de trop près. L'écume lui sortait de la bouche, il roulait des yeux affolés de peur.

Moco apporta à Ellen l'horrible menace sur les paumes ouvertes de ses mains, tout comme on offre un cadeau précieux sur un plateau d'argent.

Elle appartenait à un Blanc, jadis..., dit-il paisiblement. Nous devons faire très attention.

On fait demi-tour! hurla Cascal. (Cette fois, ses yeux trahissaient une peur authentique, car cet intermède ne faisait pas partie d'un plan établi destiné à semer l'effroi... Il se trouvait en face d'une menace de mort, typiquement sauvage, et qui le concernait, lui, au même titre que les autres.) Demi-tour, immédiatement! On en revient à ce qu'on disait hier : on laisse le bateau glisser jusqu'au lac Tefé, à la faveur du courant... Vite, démontons les tentes...

Un instant, José... (Ellen jeta un coup d'œil inquisiteur sur Forster; lui aussi, il semblait pétrifié d'horreur.) S'agit-il de votre expédition ou de la mienne?

— Quelle différence maintenant? cria Cascal. J'ordonne le retour immédiat à Tefé, en arguant de mon titre de représentant officiel du gouvernement.

— Vous vous répétez, José. Je vous ai signifié clairement, pas plus tard qu'hier, que votre stupide pouvoir officiel n'avait pas cours ici!

— Ce spectacle d'une tête réduite à la grosseur d'un poing, et ayant appartenu à un Blanc, comme vous et moi, ne vous suffit pas? Sommes-nous tous promis au même destin? reprit Cascal d'une voix tonnante. Le feu brûlait, quelqu'un montait la garde, un Indien — et du regard, il dénonçait Gaio Moco qui tenait toujours entre les mains le sinistre trophée — il y avait un Indien parmi nous, un de ces Indiens qui, généralement, ont l'ouïe tellement fine qu'ils entendent ramper les vers de terre... et malgré tout un sauvage a réussi à grimper sur l'arbre jusqu'à Alexander Jesus pour lui suspendre cet affreux collier. Sans être ni vu ni entendu... Si cela ne vous suffit pas, je me demande ce qu'il vous faut encore pour vous détourner de vos projets démentiels! Sommes-nous vraiment tous condamnés au même sort?

— Je continue! affirma Ellen avec calme. Moco? Qu'en penses-tu?

— Laissez-moi poursuivre tout seul, Señorita...

— Toi aussi?

Une profonde déception marqua immédiatement le visage d'Ellen. Elle se pencha sur la tête en réduction et songea aux multiples récits célébrant les prouesses de ces chasseurs de têtes. Une tête grosse comme le poing d'un enfant, débarrassée de son support osseux, séchée et tannée, mais encore identifiable par sa forme humaine comme ayant appartenu à un homme blanc, un visage au rictus insoutenable qui semblait la regarder d'un air moqueur. Le secret et le destin abominable de cet être l'environnaient d'un souffle glacial.

Qui avait pu être cet homme, de son vivant? Un

aventurier? Un collectionneur d'orchidées? Un explorateur? Un missionnaire? Un chasseur? Tous les ans, la forêt engloutissait son contingent de Blancs audacieux, dont personne par la suite n'entendait plus parler. Personne ne les recherchait d'ailleurs. A quoi bon? On savait bien qu'on ne les retrouverait jamais. D'ailleurs, par où commencer les recherches?

Par la suite, des expéditions arrivaient parfois à glaner çà et là, par hasard, des renseignements sur certaines exécutions de Blancs. Ou bien encore, les Indiens parlaient eux-mêmes de fleuves gigantesques qui s'étaient emparés des ennemis blancs...

— Qu'est-ce... Qu'est-ce que tu vas en faire? demanda Ellen, mais elle avait de la peine à maîtriser sa voix.

Gaio Moco serra les mains autour de la petite tête glabre.

— Je vais la suspendre à ma ceinture.

— Nous devrions l'enterrer, comme il convient à tous les chrétiens, suggéra Campofolio, en hommage à son éducation foncièrement religieuse, datant de sa Sicile natale.

Sur la rive, éclatait un nouveau tapage. Tout en reportant les caisses sur le bateau, Alexander Jesus Guapa glapissait d'une voix languissante des notes à la Madone et aux saints; il perdait complètement le sens des réalités; la peur des mauvais esprits, ancrée en lui depuis des millénaires, lui ôtait la raison.

— Démontons les tentes, décida tout d'un coup Ellen, en se cachant les mains dans sa veste, car personne ne devait remarquer combien elles tremblaient. Ces messieurs peuvent reprendre immédiatement la direction de Tefé... Bon voyage! Et toi, Moco, veux-tu faire le tri de nos affaires? Nous partons dans une heure...

Elle se retourna et d'un pas ferme s'en alla vers le fleuve.

On ferait mieux de lui défoncer le crâne! grinça Cascal.

Avec quoi? fit le docteur Forster en grimaçant un sourire. On n'a pas encore découvert l'outil capable de réaliser une telle performance.

Il embrassa du regard les autres membres de l'expédition réunis autour de lui; la sueur leur coulait à flots sur le visage. Le soleil ramenait avec lui la chaleur étouffante des tropiques, la forêt commençait à bouillonner.

Alors, qu'avez-vous décidé?

C'est à vous d'abord que je pose la question, grogna Fernando Paz.

Je ne la quitte pas, répondit simplement Forster.

Encore un fou! hurla Cascal.

Je l'aime. (Forster prit sa respiration.) C'est ce qui m'excuse de considérer comme normale la décision la plus insensée.

Une heure plus tard, la marche forcée à travers le grand inconnu commençait.

Il ne manquait personne... Tous, ils empruntèrent l'allure d'Ellen. Même Alexander Jesus. Pendant quatre heures, sans interruption, il récita des prières à haute voix jusqu'à en devenir complètement aphone, mais il ne leur tourna pas le dos. Du reste, il lui paraissait encore moins sûr d'affronter tout seul un retour hasardeux avec le bateau que de poursuivre avec toute la troupe l'avancée dans l'antichambre de l'enfer.

En tête de file marchaient Moco et Rafaël Palma. A l'aide du sabre d'abattis appelé machette, à la lame acérée, ils défrichaient un sentier à travers les sous-bois enchevêtrés, mètre par mètre, à une allure de tortue. On aurait pu les comparer à une troupe d'escargots en marche pour la conquête de l'Amérique.

Pendant quatre jours, ils se battirent au corps à corps avec les géants de la forêt vierge; chaque minute représentait une torture, ils se vidaient lentement de leur substance. Tous les soirs, Ellen traçait sur la carte le chemin parcouru, grotesque serpentin, comparé à la distance qui restait à parcourir ou à l'immensité incommensurable de la Mata. José Cascal calcula qu'à cette allure il faudrait au moins six mois à l'expédition pour atteindre les sources du rio Juma et du rio Itanhaua. Si toutefois elle ne se dissolvait pas en cours de route.

— Et même si ça doit durer un an, riposta Ellen avec un entêtement sans limite. Qu'importe! J'ai tout mon temps... Je n'ai pas l'impression de rater quoi que ce soit d'intéressant, du côté de la civilisation. On peut bien consacrer une année de son existence à déchiffrer l'inconnu, plutôt que de flâner sur la Riviera ou de perdre son temps à Copacabana. Qu'est-ce que vous en pensez, Rudolf?

Le docteur Forster replia la carte et la rangea dans un étui de cuir.

– Vous avez raison, Ellen, comme toujours.

Alexander Jesus avait retrouvé la paix. Et comme les quatre dernières nuits n'avaient apporté aucun élément troublant, les autres aussi cessaient progressivement de se faire du souci. Aucun élément troublant... exception faite du menu fretin habituel, rencontres inopinées avec les serpents venimeux, les araignées géantes, les alligators et les piranhas, une fois même avec un sanglier que Rafaël Palma abattit sous les vivats triomphaux de ses compagnons. Fernando Paz et Pietro Campofolio, les plus téméraires de tous, se lancèrent même dans des randonnées, le soir, après l'établissement du campement; ils sondaient les environs, à la recherche de scarabées à la carapace chatoyante, de papillons géants aux couleurs bigarrées, et de magnifiques plumes soyeuses échappées de la queue de quelque oiseau de paradis inconnu.

Seul Moco se méfiait... Il restait sur ses gardes, car il

connaissait, lui, les pièges de la forêt, et savait que le calme était plus dangereux souvent que l'affrontement avec les Indiens sauvages. La menace planait, il le sentait par tous les pores, mais n'en parlait pas. Tel un fauve prêt à bondir à la moindre alerte, même pendant son sommeil, car aucun bruit, même le bruissement le plus imperceptible ne lui échappait, il dormait à l'écart des deux seules tentes qui leur restaient.

L'une d'elles abritait Ellen, Forster et José Cascal, tandis que les autres membres de l'expédition se partageaient la seconde. Leur espace était tellement restreint d'ailleurs, qu'ils dormaient étroitement serrés les uns contre les autres, et pouvaient à peine remuer.

Chacun portait une charge de quinze kilos... quinze kilos sur le dos, ce n est pas tellement lourd en soi, mais par une température de quarante degrés et un pourcentage d'hygrométrie maximal, à travers des sentiers taillés à la force du poignet dans le fouillis de lianes et de branches enchevêtrées, sur un sol mou et gluant de pourriture... Au bout d'une heure, les quinze kilos avaient doublé, au bout de trois heures, la charge pesait trois cents kilos, et au bout d'une journée de marche sous la canicule, ils avaient l'impression de porter une montagne tout entière!

Le quatrième soir, Paz et Campofolio, au cours de leur promenade rituelle, firent une étrange découverte : sur la rive du rio Tefé, deux douilles de cartouches surnageaient, prisonnières du réseau de plantes aquatiques.

– Ce sont des balles de fusil, constata Forster. Curieux... Il n'y a pas longtemps qu'elles se trouvent dans l'eau! Il doit y avoir une expédition qui nous précède ici, dans les parages.

– Impossible. Toutes les expéditions doivent être déclarées à Manaus et recevoir une autorisation gouvernementale.

José Cascal considérait les deux épaves d'un air sombre.

— Un solitaire alors? Est-ce que ça existe encore?

— Ici, dans ce pays, on trouve de tout, Señor, répondit Cascal en enfouissant les douilles dans sa poche pour pouvoir les examiner plus tard, sans témoin.

En effet, sous sa tente, il étudia la trouvaille sous toutes ses faces, à la loupe. Les douilles étaient de fabrication américaine...

– Bon Dieu! grogna-t-il tout bas, en les enveloppant soigneusement comme si elles étaient en or, ils se sont endormis, à Tefé, ma parole! Tout ce qu'ils méritent maintenant, c'est la bastonnade!

Ce même soir, Alexander Jesus fut de nouveau victime d'un coup du destin. Lui, le brave Noir toujours disposé à rendre service, et fidèle à sa prière du matin et du soir, comme le lui avait enseigné la Mama, il n'arrivait pas à comprendre pourquoi il était ainsi poursuivi par la malchance. Il accompagnait Palma au bord du fleuve, dans une sorte de petite crique où paressaient de gros poissons dodus, totalement inconnus du cuisinier, du reste, tant au point de vue scientifique que gastronomique, lorsqu'il entendit derrière lui un bruissement de feuilles, Alexander Jesus fit exactement le mouvement qu'il aurait dû éviter, un pas sur le côté. Il mit le pied sur une masse arrondie et molle, perdit l'équilibre et tomba sur les genoux. Une seconde plus tard, un corps gluant et froid s'enroulait autour de lui avec une puissance inouïe. Il eut l'impression d'être broyé au niveau des hanches, et entendit des crissements dans ses articulations.

Alexander Jesus poussa des hurlements à réveiller un mort; et au bord de l'eau, Palma sursauta, tiré brutalement d'une profonde réflexion concernant le meilleur moyen de prendre les poissons. En se retournant, il aperçut son ami aux prises avec un anaconda géant, sorte de boa constricteur non venimeux doué d'une force prodigieuse; on dit qu'il ne fait qu'une bouchée d'un cochon de lait!

Le serpent dressait sa tête hideuse à la gueule grande ouverte, vers Palma, tandis que ses muscles puissants étreignaient le malheureux Alexander Jesus jusqu'à l'étouffement.

– Au secours! hurla Palma. Au secours! (D'un bond, il courut vers le campement où les cris de Guapa avaient déjà donné l'alarme, et rencontra ses compagnons armés de fusils et de machettes.) Vite! Un anaconda! Il va l'étouffer! Vite!

José Cascal atteignit le premier la crique. Il essaya vainement de viser la tête du serpent, mais toujours le pauvre Alexander Jesus apparaissait dans la trajectoire; il se débattait comme un diable, frappant de ses poings nus le corps du boa, mais que pouvait-il contre un tel monstre?

En trois bonds, Moco approcha. La machette scintilla dans l'air, on entendit une sorte de grincement horrible, et la tête de l'anaconda tomba sur le côté. Mais les muscles ne lâchaient pas prise pour autant. Il fallut que Moco et Cascal unissent leurs forces pour desserrer l'étreinte mortelle. Guapa roula de quelques mètres sur le sol et resta étendu sur le dos, comme un poisson jeté hors de l'eau.

– *Madonna!* gémit-il. *Por amor de Jesus!*

Puis il éclata en sanglots désespérés, et Palma ne réussit à le calmer qu'en lui offrant les dernières gouttes de bière de la réserve.

Plus tard, Forster mesura le serpent... Six mètres quarante de long, et son corps avait la grosseur de la cuisse d'un homme fort. Le seul qui se réjouit de cette belle prise fut Rafaël Palma; le soir même, il y eut au menu des steaks d'anaconda au paprika, mais quel que fût l'art consommé du cuisinier et la bonne volonté des convives, les morceaux de reptile ne voulaient pas descendre. Néanmoins, Palma rayonnait : il connaissait onze manières différentes d'accommoder la viande de serpent...

A la suite de cet incident, Ellen comprit que la marche forcée à travers la forêt ne dépendait pas du temps, mais du système nerveux des membres de l'expédition.

Fernando Paz n'était pas un lâche, loin de là, mais il commençait en son for intérieur à donner raison à Cascal le taciturne.

Ne serait-il pas préférable de retourner quand même à Tefé pour renouveler l'équipement? suggéra-t-il. Il n'est pas trop tard. Tant qu'on pouvait se servir du bateau, bien sûr, l'entreprise avait un sens... Mais maintenant! Nous retombons dans les expéditions de style médiéval... Pourquoi ne pas rentrer, faire le plein de carburant, et recommencer à zéro? Cette fois, ça marcherait, j'en suis sûr. Qu'est-ce que vous en dites, Pietro?

Campofolio. avec la galanterie chère au cœur de tout Italien, commença par jeter un coup d'œil sur Ellen dont la mine volontairement absente le plongea dans un grave conflit intime. Il avait peur, et ne craignait pas de le reconnaître tout bas; mais quel est l'homme qui étalerait sa peur en présence d'une femme. surtout d'une jolie femme?

Si on s'en tenait aux règles du bon sens..., fit-il avec un savant opportunisme.

Justement, le bon sens. c'est maintenant le seul élément qui puisse encore nous sauver! (Forster entoura de son bras les épaules d'Ellen, et aussitôt, il la sentit se raidir, dans une tentative instinctive d'autodéfense.) Depuis plusieurs jours déjà, nous savons que notre folle entreprise n'a pas la moindre chance de réussir, et nous ne nous en cachons pas. Pourtant nous suivons le mouvement comme des moutons de Panurge... Ellen. tête de bourrique... C'est votre vie que vous jouez?

Oui.

La réponse était claire et nette, et toute question supplémentaire se révélait superflue. Forster ne l'ignorait pas, néanmoins, il insista :

Pourquoi?

C'est le but que je me suis fixé... Et je l'atteindrai! Rudolf, vous au moins, vous devriez me connaître! Pensez à mon père. Je le vois d'ici, si jamais je rentrais bredouille. « Ah! Ah! Ma petite fille... tu vois, la forêt vierge, c'est quand même au-dessus de tes forces, je le savais bien. Contente-toi de jouer au tennis... » (Elle rejeta la tête en arrière, ses yeux bleu-gris brillèrent d'un éclat sauvage.) Dussé-je même n'avancer que de cent mètres par jour... J'arriverai jusqu'aux Jumas! Messieurs... (Elle les regarda tous, à tour de rôle, un sourire amer autour des lèvres.) Je connais parfaitement votre opinion sur moi... Ce qui lui manque, à cette bonne femme enragée, c'est une troupe de dix gosses qui lui accaparent toute sa vitalité... Rassurez-vous, j'aime les enfants, un jour viendra peut-être où j'en aurai dix effectivement. Mais avant, je veux atteindre la tribu des Indiens Jumas.

Durant la nuit suivante, Cascal vint rejoindre le docteur Forster auprès du feu, tandis qu'Ellen dormait seule sous sa tente, enroulée dans un mince sac de couchage en nylon.

Vous aimez Señorita Ellen, n'est-ce pas? murmura le fonctionnaire brésilien.

Et l'Allemand répondit tristement d'un signe de tête affirmatif.

Et elle, elle vous aime?

Difficile à dire. Pas un seul savant n'a pu vérifier, jusqu'à présent, si l'iceberg qui heurtait un navire éprouvait de l'amour pour ce navire... Nous en sommes là. Nous avons largement dépassé le stade du premier baiser, et pourtant, nous nous vouvoyons encore. Je découvre parfois chez Ellen un reflet, un rayonnement, une lueur analogue à celle du soleil à travers une brume légère. Une brève remarque, un coup d'œil, une pression de la main... Oui, je crois qu'elle m'aime aussi. Mais ce foutu territoire Juma avec ses poisons mortels a la priorité sur moi. Je pense que, chez elle, il y a une lutte constante entre le cœur et le cerveau et jusque maintenant, le cerveau a toujours remporté la victoire.

— Dans ce cas, il serait temps que vous fassiez alliance avec le cœur pour lui donner un coup de main. (Cascal souriait de toutes ses dents.) Pour un Sud-Américain, cela ne présenterait pas la moindre difficulté, mais vous autres, les Nordiques, vous êtes tellement maladroits! Allez donc faire l'amour avec elle, et si elle résiste, ne vous en occupez pas. Une fois le choc passé, si elle y a trouvé son plaisir, croyez-moi, elle verra le monde avec des yeux tout différents. La plupart des femmes considèrent la vie sous l'optique de l'amour... Vous, les gens du Nord, vous ne vous en apercevez pas, c'est tout. La carte de visite la plus valable n'est pas celle qui porte un titre de docteur ès prouesses de l'intellect, mais le potentiel de désir qui sommeille au niveau du sexe. Cher Docteur... Vous avez pourtant bien eu chez vous un certain Sigmund Freud... Méditez un peu sur son enseignement, et vous tomberez exactement sur le chapitre préféré des femmes.

— A moins qu'on ne gâche tout chez Ellen.

— Essayez toujours, mon vieux. (Cascal frappa Forster à l'épaule avec une familiarité amicale.) Si je ne me trompe, Señorita Ellen ressemble à un volcan dont il suffit de faire sauter le cratère. Une fois libéré, il crache des flammes jusqu'au ciel!

Forster ne partageait pas la conviction de José Cascal. Il connaissait Ellen Donhoven depuis trois ans déjà. A l'hôpital où lui-même était interne, elle avait fait ses stages. C'est lui qui avait appris à la jeune débutante les premiers rudiments d'une injection intraveineuse, d'un lavement d'intestin, des réductions de fracture et de l'introduction d'une sonde. Elle avait obtenu des résultats extrêmement brillants à tous ses examens, un vrai génie sur le plan théorique... Le docteur Forster lui avait enseigné la pratique, les mille et un problèmes auxquels un médecin généraliste se trouve confronté. Malgré tout, il demeura toujours entre eux une certaine distance dont l'origine sans doute se trouvait dans le mot du docteur Füller, son chef, un observateur de premier ordre.

— Rudolf, lui avait-il dit un jour, surtout, ne lâchez pas prise. La petite a peur de l'amour. Elle sait bien que le jour où elle rencontrera l'amour, elle oubliera tout le reste, et c'est de cela qu'elle a peur. Si vous voulez conquérir Ellen, mon vieux, imitez Gengis Khan... Mais croyez-moi, Gengis Khan était d'une trempe exceptionnelle.

Pensées absurdes au cœur de la forêt. Autour de lui, la nuit dessinait en ombres chinoises le faîte des murailles géantes; des dangers imprévisibles les guettaient de toutes parts, le fleuve bruissait avec ses piranhas gloutons et dans les arbres, singes et oiseaux sifflaient à tour de rôle un dialogue mystérieux.

Faire l'amour avec Ellen, songea Forster. La forcer dans ses retranchements, suivant l'opinion de José Cascal. Vaincre son cœur. Avait-il une chance de succès?

Il hocha la tête, incapable de s'y résoudre. Tant il avait peur de la perdre à jamais. Et si elle n'attendait que ce coup de force? Avait-elle la nostalgie d'un homme plus fort qu'elle qui la ferait ployer sous son joug?

Forster se leva et fit les cent pas devant les braises rouges. De sa couche, Gaio Moco l'observait attentivement : pour lui, le monde était beaucoup plus simple. Il allait retrouver sa tribu et tuer Nyco, le sorcier, pour le punir d'avoir raconté des mensonges au peuple; puis il épouserait Ynama, la jeune fille aux longs cheveux noirs.

Comme ils sont malheureux, les Blancs, se dit-il. Ils transforment leur vie en un véritable enfer...

Le lendemain matin, Moco proposa à Ellen de construire des pirogues.

— Cela prendra un certain temps, déclara-t-il. Mais nous avons ici tous les outils nécessaires. Personnellement, je pourrai me charger d'évider trois troncs d'arbre et de tailler de larges pagaies. Si nous longeons les rives, là où le courant est faible, nous avancerons plus vite qu'à pied. Aux endroits peu profonds, on pourrait même pousser les embarcations avec de longues perches.

— Les gondoliers de la forêt, ricana Campofolio. O mia bella Venezia! Mais la proposition n'est pas mauvaise. Pas mauvaise du tout!

Fernando Paz aussi manifesta un enthousiasme délirant, ainsi que Palma et Alexander Jesus, les inséparables, qui étaient toujours du même avis, et qui, cette fois encore, approuvèrent en chœur, les yeux brillants.

— Une pirogue... Parfait, commenta Guapa. L'essentiel, c'est de quitter au plus vite ce pays maudit.

Le plus récalcitrant fut José Cascal. Une fois de plus, la proposition de l'Indien venait contrecarrer ses propres projets.

— Et les rapides? demanda-t-il en le foudroyant d'un coup d'œil venimeux. Les reconnaissances aériennes nous ont montré une série de rapides, en amont, ainsi que de bizarres cascades. Pas question de pirogue là-dessus. Nous serons jetés à l'eau et emportés comme du bois sec.

— Nous pourrons contourner les rapides, riposta le docteur Forster. (Il avait remarqué qu'Ellen accueillait la proposition de Moco comme une planche de salut.) Pour éviter les rapides et les cascades, nous porterons les pirogues sur la terre ferme et les remettrons à l'eau un peu plus loin. Il ne fait aucun doute que nous avancerons plus vite ainsi qu'à pied à travers toute la forêt vierge.

— Vous avez déjà essayé de porter un tronc d'arbre? hurla Cascal. Ou de le traîner au milieu des lianes et des branchages? Je ne vous donne pas longtemps avant d'être tous écrasés au sol!

— Je choisirai un bois très léger, intervint paisiblement Gaio Moco. Du muahua... Il flotte comme du liège.

José Cascal serra les poings derrière son dos. A quoi bon essayer de faire preuve d'humanité? se dit-il. D'éviter à tout prix l'inévitable?

Il faut commencer par supprimer l'Indien, car c'est lui l'âme de toute la bande. Dépouillé de son âme, le corps ne tardera pas à se disloquer. Sans Moco, une Ellen Donhoven elle-même n'a plus rien d'une héroïne.

Il haussa les épaules et grogna.

— Vous verrez, vous ne tarderez pas à me donner raison.

Et il réintégra sa tente.

Ce matin-là, la mort de Moco était chose décidée.

Au début, tous se mirent bravement à l'ouvrage. Moco et Palma parcoururent la forêt à la recherche des muahua; ils en abattirent quelques-uns, coupèrent les branches secondaires et regagnèrent le campement en portant les troncs épais sur leurs épaules, sans aucune fatigue apparente. A les voir, on aurait pu penser que quatre forts chevaux ne seraient pas parvenus à les tirer, tant ils paraissaient massifs. Forster et Campofolio ne cachèrent pas leur surprise, et ils voulurent à leur tour faire l'essai... Une fois évidés, ces troncs d'arbre devaient effectivement avoir la légèreté du liège, tout comme le balsa réputé insubmersible.

Pour Cascal, cette merveille de la nature n'en était plus une, car il connaissait bien le muahua dont se servaient les Indiens pour tailler leurs esquifs rapides comme l'éclair. Poussés par le courant, en plein milieu du fleuve, ils battaient de vitesse n'importe quel canot à moteur.

— Combien de temps faut-il compter avant de pouvoir se remettre en route? demanda Ellen.

Moco avait posé les futures pirogues sur des souches formant chevalet pour délimiter toute la partie à creuser.

— Un mois, deux peut-être, Señorita.

De l'autre côté du fleuve, les autres étaient en train d'abattre arbustes et buissons et de couper les lianes sur une certaine surface, en prévision d'un séjour prolongé. Palma et Alexander Jesus construisaient un foyer avec les galets du torrent, car selon l'avis de Palma, pour avoir du courage, il faut un estomac satisfait.

— Deux mois! (D'un geste théâtral, Cascal fit mine de s'arracher les cheveux.) D'ici là, tous tant que nous sommes, nous serons crevés...

— Bah! Nous avons du temps devant nous, beaucoup de temps! (Ellen adressa à l'Indien un sourire reconnaissant.) Fais-nous de belles pirogues, Gaio.

Il était évident que cette longue période sédentaire ne se passerait pas sans incident. Tandis que Paz, Guapa, Moco et Palma s'activaient autour des pirogues, torses nus et luisants de sueur, mais délivrés des attaques obsédantes des moustiques grâce à la plante miraculeuse de Gaio Moco, José Cascal tournait en rond, incapable de se rendre utile; en revanche, il ne manquait pas une occasion d'être désagréable, et, au bout de quelques jours, il devint la bête noire de la petite troupe. A tel point qu'un jour, le docteur Forster se vit obligé d'intervenir brutalement.

— Señor Cascal, il est possible que vous ne partagiez pas notre point de vue, possible aussi que, fonctionnaire d'une catégorie exceptionnelle, vous soyez capable d'avoir une idée personnelle. Tout cela, nous le reconnaissons et ne vous en tenons pas grief. Mais ce n'est pas une raison pour vous faufiler partout et mettre des bâtons dans les roues! Vous retardez le travail, et cela, nous ne pouvons pas le tolérer plus longtemps.

— Vous allez voir où tout cela vous mènera, grogna Cascal d'une voix aigre. Pas un seul d'entre nous n'en sortira vivant, de cet enfer. Nous nous lançons tous, le sourire aux lèvres, dans une aventure qui nous mène droit au suicide! Tas de fous!

Durant toute cette période, Ellen eut beaucoup à faire. De ses promenades crépusculaires, Campofolio lui avait rapporté trois araignées géantes, à glandes venimeuses, dont elle parvint à extraire le venin. Elle en versa quelques gouttes dans des éprouvettes et à l'aide du laboratoire portatif de Fernando Paz, commença à l'analyser. Puis elle en concentra une partie, allongea l'autre, et injecta ces vaccins à des rats d'eau pris au piège par Alexander Jesus.

Les résultats de ses expérimentations ne manquèrent pas d'intérêt. Injecté tel quel, le venin provoquait la mort par paralysie des voies respiratoires au bout de vingt minutes. En fait, dix secondes suffisaient pour provoquer la paralysie des organes moteurs. Injecté en solution concentrée, la mort survenait presque instantanément. En revanche, la solution diluée n'entraînait pas la mort, mais au bout de très peu de temps, les rats ne réagissaient plus aux morsures, piqûres et entailles. Ils devenaient insensibles à la douleur.

Regardez! s'exclama Ellen sidérée, en recommençant l'expérience devant le docteur Forster. Je leur donne un coup de bistouri sur le dos, et ils ne tressaillent même pas! Pas le moindre symptôme de souffrance. L'analgésique parfait!

– Extraordinaire, en effet, murmura le docteur Forster en posant le bras sur les épaules d'Ellen pour surveiller avec elle les réactions des rats insensibilisés.

– Et si nous nous trouvions en face d'une découverte révolutionnaire dans le domaine de l'anesthésie?

Pourquoi pas, après tout? Insensibilisation totale, sans qu'il soit nécessaire de paralyser le système sensoriel.

Il l'embrassa tendrement sur la joue; Ellen se laissa faire.

Bravo, Ellen! Toutes mes félicitations... Mais il y a longtemps que nous connaissons cela...

— Ah! Vous êtes un monstre. (Ellen Donhoven montra les rats du bout de sa pincette.) Un peu de patience. Robert Koch non plus n'a pas découvert du premier coup son Bayer 305...

— C'est juste. Seulement au bout de la trois cent cinquième expérience.

— Rudolf, je ne trouve vraiment pas qu'il y ait là matière à rire! Quand donc finirez-vous par me prendre au sérieux?

— Quand vous prononcerez devant un digne représentant de l'État allemand, un oui haut et fort!

— Ce ne sera pas demain... (Elle remplit de venin une seringue à injection.) Rudolf, vous voulez m'aider ou bien vous préférez continuer à tenir des propos enfantins? Je me propose de disséquer les rats pour suivre le processus d'évolution du poison dans l'organisme.

— Bien sûr, je vais vous aider, Ellen. Vous savez que je ne vous abandonnerai plus jamais...

La construction des pirogues avançait rapidement. L'un des troncs d'arbre était déjà suffisamment évidé pour qu'on puisse le mettre à l'eau et lui faire faire un essai dans la crique. Le résultat se révéla excellent malgré une certaine tendance à chavirer, comme à toutes les pirogues.

Cascal ricanait.

— Si vous chavirez dans le Rhin ou l'Elbe, les conséquences ne sont pas dramatiques, dit-il d'une voix acerbe. Vous en êtes quitte pour un bon rhume. Mais dans le rio Tefé, vous auriez beau être champion olympique de natation, les piranhas ne vous en boufferaient pas moins en dix secondes. Faire un plongeon, chez nous, constitue la meilleure garantie de funérailles rapides et radicales.

— Elle n'est pas encore terminée, fit Moco en pointant sur Cascal la flamme menaçante de ses yeux sombres. Tout l'art de la construction d'une pirogue réside dans son équilibrage. Je le connais bien, car je l'ai appris, et les meilleures embarcations de ma tribu étaient toujours les miennes.

Le dix-neuvième jour, un nouveau drame éclata; cette fois, la victime ne fut plus Alexander Jesus, mais Rafaël Palma, le cuisinier. Pendant une corvée de bois, il marcha sur quelque chose de mou et fut mordu à la cheville. Au lieu de hurler à l'instar de son inséparable camarade, il regagna le campement en courant comme il pouvait, se jeta sur son lit et ôta sa chaussure. Juste au-dessus de la cheville, on distinguait très nettement la blessure du dard où quelques gouttes de sang étaient coagulées; toute la cheville enflait déjà en prenant une teinte bleuâtre.

— J'ai froid, Señor, dit Palma au docteur Forster penché sur la jambe blessée. Je suis gelé comme en plein hiver, je claque des dents...

— Du poison! s'écria Cascal à haute voix. Il va y rester. Notre premier cadavre... Et les autres suivront.

— Vous ne pourriez pas boucler ce qui vous sert de dard, vous? riposta Forster furieux. (Et d'un geste, il appela à la rescousse Fernando Paz et Campofolio.) Messieurs, arrangez-vous pour que ce type reste hors de ma portée...

Ils prirent chacun Cascal par un bras et l'emmenèrent à l'écart, sans rencontrer la moindre résistance. Mais le coup avait porté: Palma roulait des yeux exorbités par l'angoisse et Alexander Jesus récitait déjà des prières à haute voix.

— Je vais mourir? Docteur... J'ai froid... Je suis glacé jusqu'aux os...

— Mais non, vous n'allez pas mourir, dit Forster d'une voix ferme.

Après une anesthésie locale, le docteur incisa toute la cheville, aidé d'Ellen. Tout comme jadis à l'hôpital, à l'époque où, toute fraîche émoulue de l'université, elle l'assistait au cours des interventions bénignes, en tenant les pinces et en obstruant les vaisseaux, sous sa direction.

Forster fit une incision profonde, extirpa toute la partie du muscle déjà touchée par le venin, et saupoudra la plaie de pénicilline. Puis il posa un drain et fit un énorme pansement autour de la jambe.

Les yeux agrandis d'effroi, fixés sur le ciel lointain, Palma gisait sur son lit de fortune sans un mouvement, comme s'il avait déjà accepté l'idée de la mort.

— Tant que Palma n'est pas guéri, il n'est pas question de songer à poursuivre l'expédition, déclara Ellen le soir même. Installons-nous donc en prévision d'un séjour prolongé.

— Demain matin, vous le retrouverez mort sous sa tente, grinça Cascal. Vous ne croyez tout de même pas sérieusement arrêter les effets de ce venin d'un simple coup de bistouri, Docteur?

La nuit tombait déjà lorsque, soudain, de la berge du rio Tefé, Alexander Jesus une fois de plus poussa un hurlement sonore. Il surveillait ses pièges à rats, en principe, mais quand les autres le virent faire un bond en l'air en levant les deux bras vers le ciel, ils crurent à une nouvelle catastrophe.

— Une barque! criait-il. Une barque avec un homme blanc!

Cascal réagit le premier. Comme si on l'éperonnait, il sauta sur ses pieds, saisit son fusil et courut rejoindre le Noir. Seul Moco put le rattraper, de son pas de félin, souple et silencieux.

— Ce n'est pas possible, bredouillait Fernando Paz tout en courant. Un Blanc ici? D'où viendrait-il?

— N'oubliez pas les douilles... rappela Forster. Tiens, et ça, qu'est-ce que c'est?

En effet, le ronronnement se faisait de plus en plus distinct, il n'y avait pas à s'y tromper, c'était bien un moteur de hors-bord. Quelle mélodie plus enchanteresse, en plein Enfer Vert, que celle venue de la civilisation lointaine! Un canot à moteur...

— Ça crache et ça ronfle, reprit Paz en entamant une danse de sauvage à la manière d'Alexander Jesus. C'est un moteur, un vrai moteur...

Puis il entonna « O sole mio » et courut d'un trait jusqu'au bord du fleuve. Ah! oui, c'était bien un Italien pur sang.

Sur la berge, Alexander Jesus faisait de grands signes en agitant sa chemise.

— Ici, hurlait-il. Ici!

José Cascal tira deux coups de fusil en l'air et Moco alluma immédiatement un feu sur lequel il jeta une brassée de feuillage humide.

— Il arrive! s'écria Campofolio, les yeux rivés sur ses jumelles. Il nous fait des signes. Mon Dieu! C'est vraiment un Blanc!

Lentement, le canot s'approcha de la crique. L'homme assis à la poupe portait un costume verdâtre, analogue à un vêtement de camouflage militaire, et un chapeau de paille. Grand et fort, rasé de près, il émanait de toute sa personne une force indomptable que rien, et surtout pas la forêt vierge avec toutes ses embûches, ne semblait pouvoir altérer.

Était-ce un ange venu d'une planète inconnue?

En apercevant la femme, il ôta son chapeau avec galanterie; dans ses épais cheveux blonds scintillaient les reflets d'or du soleil couchant.

Ce qu'il peut être antipathique, se dit immédiatement le docteur Forster.

Dès le premier coup d'œil, il ressentit presque physiquement le danger que représentait cet homme.

Le bateau grinça sur le sable de la crique, le moteur crachota, puis se tut. L'homme aussitôt sauta sur la terre ferme et s'inclina légèrement devant Ellen Donhoven, tout comme il l'aurait fait au cours d'une soirée mondaine pour inviter la jeune femme à danser.

Mais il n'eut pas le temps de prononcer le moindre mot, car José Cascal s'interposa, le fusil braqué. Forster et les autres membres de l'expédition formaient cercle autour des deux hommes.

— Qui êtes-vous? demanda Cascal d'une voix sèche. D'où venez-vous? Qu'est-ce que vous faites ici? Comment vous êtes-vous procuré ce canot? Depuis quand vivez-vous dans ce coin?

L'homme regarda autour de lui, manifestement ahuri de cet accueil peu amène. Il dépassait les autres d'une bonne tête, ce qui lui permettait de contempler Ellen, restée un peu en arrière du groupe. Toute son attitude, son regard et son sourire avaient quelque chose de désarmant; il paraissait très juvénile.

— C'est son habitude de poser tant de questions à la fois? fit-il en riant. Tout d'abord, la réponse la plus simple : le canot vient de chez McHarper et Cie, Miami, et a coûté, moteur non compris, quatre cent cinquante dollars. Il est fait d'une matiere synthétique insubmersible, précaution indispensable avec ces maudits fleuves grouillants de vie.

Ellen Donhoven éclata d'un rire clair. Les joues de Cascal virèrent au violet tant il était furieux.

Quant à Forster, le rire d'Ellen lui parut une fanfare. « Jamais je ne l'ai entendue rire ainsi, se dit-il. Et cette gaieté... (Son cœur se serra...) A moins que mon antipathie spontanée à l'égard de cet homme ne me fasse perdre toute notion d'objectivité? »

— Qui êtes-vous? répéta Cascal dans un cri.

Par-dessus les têtes, l'homme fit signe à Ellen.

— Est-ce que tous les membres de votre troupe sont aussi impolis que ce type-là? (Puis il abaissa le canon du fusil vers le sol et plongea le regard de ses yeux gris, froids comme le métal, dans celui de Cascal.) Si je me présente, permettez que ce soit d'abord à une dame. Señor, dans votre pays je n'ai rencontré, jusqu'à présent, que des gentlemen... Ne me forcez pas à vous apprendre à le devenir.

Avant que Cascal ait pu répliquer un seul mot, l'étranger l'avait empoigné et jeté sur le côté comme une vulgaire bûche de bois. En deux pas, il rejoignit Ellen. Leurs regards se croisèrent... Deux flèches acérées qui se heurtaient violemment et s'embrochaient réciproquement.

— Cliff, fit l'homme. Je m'appelle Cliff Haller, trente-sept ans, maintes fois vacciné contre tous les virus connus et inconnus, célibataire, buveur de whisky invétéré, orphelin de père et de mère, et par-dessus le marché, l'idiot intégral qui adore la forêt vierge...

— Dans ce cas, je fais le pendant, répondit Ellen en riant. Car moi aussi, j'adore la forêt vierge. Ellen Donhoven, Allemande et docteur en médecine, egalement célibataire, et affublée de la manie incurable de faire des recherches sur les poisons indiens, pour le plus grand profit de la pharmacologie allemande.

— Terrible! (Cliff Haller se tapa la main sur la cuisse.) Nous pouvons fonder sur-le-champ un joli petit asile d'aliénés. (Il se détourna et rencontra une rangée de regards sombres. Des deux mains, Haller ébouriffa sa toison dorée comme les blés mûrs.) Messieurs.. Je m'excuse d'être en vie. Si votre gros bébé noir n'avait pas hurlé comme un possédé, je serais passé sans me faire voir, croyez-le! Mais à présent, je suis là.

C'est très bien ainsi, Mr. Haller (Le docteur Forster mentait, mais leur situation précaire ne permettait pas de s'attarder aux sentiments personnels.) Nous avons un malade, une morsure de serpent venimeux. Je l'ai opéré, mais il a beaucoup de fièvre, et votre canot à moteur pourrait, le cas échéant, lui être d'un grand secours, car si son état empire, nous pourrions peut-être le ramener d'urgence à Tefé?

— Toute une bande de toubibs, hein? (Cliff Haller examina attentivement chacun de ses interlocuteurs, et son regard s'appesantit longuement sur Gaio Moco, puis sur les pirogues en chantier.) Et un Indien! Je suppose que vous aurez tout le temps de m'expliquer les raisons de votre balade touristique à travers l'enfer. Tout d'abord, pour éviter tout malentendu entre nous : il n'est pas question que j'aille à Tefé!

— Mais le malade...

— De deux choses l'une : ou nous le remettons sur pied, ou nous lui taillons une belle croix d'acajou.

— Comment osez-vous? grinça Fernando Paz, et José Cascal en profita pour relever son fusil.

— Vous êtes le type même de l'assassin cynique par excellence, dit-il. Mais nous saurons bien vous forcer à regagner Tefé...

Cliff Haller se tourna vers Ellen. Ses yeux gris étaient remplis d'un étonnement d'enfant. On aurait cru un gros ours qui se laisse chatouiller, pour pouvoir frapper au moment choisi par lui.

— Vos hommes me font marrer. Devinez un peu quand on a réussi pour la dernière fois à forcer la volonté de Cliff Haller. Non?... Il avait deux ans, et on l'avait mis de force sur son pot... Ellen, je vais vous aider. Je vous emmène chez moi, et là, nous aviserons. C'est une invitation...

— ... que j'accepte très volontiers, Mr. Haller.

— Appelez-moi donc Cliff...

— Vous habitez ici, près du fleuve? demanda Cascal. (Il avait du mal à respirer, tout d'un coup.) Personne n'est au courant pourtant...

— Oh! Il y a tant de choses qu'on ignore dans le

monde! Une hutte en pleine forêt vierge est vraiment dénuée de tout intérêt.

— Depuis quand vivez-vous dans cette région?

— Dites-moi, ce type-là est-il fonctionnaire du bureau des recensements?

Cliff saisit Ellen à la taille, et le docteur Forster se mit à ricaner tout bas à la pensée de la riposte cinglante qui allait suivre. Il saura tout de suite à qui il a affaire, songea-t-il.

Mais il ne se passa rien. Ellen se contenta de rejeter la tête en arrière, et Forster en fut pour ses frais. Il serra les poings : Cascal avait raison, la femme se soumet d'instinct à l'homme fort, et Ellen ne fait pas exception à cette règle.

Allons jeter un coup d'œil sur votre malade, pour commencer, dit Cliff Haller.

Vous êtes médecin? interrogea Forster.

Non. Pourquoi? Il est indispensable d'être médecin pour regarder un malade?

Et sans plus s'occuper des autres, il entraîna Ellen vers la tente où reposait Rafaël Palma.

Dans un accès de rage, Campofolio donna un violent coup de pied dans un tas de bois.

On peut dire qu'on a pêché le bon numéro, hein? Ça va devenir amusant.

Possible, mais il possède un moteur. (Alexander Jesus roulait des yeux émerveillés.) Finis les kilomètres à pied...

N'empêche que c'est un cas suspect. (Cascal prit son fusil sous le bras.) Les autorités ignorent tout de sa présence en ces lieux. Je vais l'observer de près, ce Mr. Cliff, faites-moi confiance. Quiconque éprouve le besoin de se cacher dans la forêt n'a sûrement pas la conscience tranquille.

A partir de cet instant, le commandement de l'expédition passa aux mains de Cliff Haller. Ellen Donhoven ne lui opposait pas la moindre résistance; d'ailleurs, elle semblait métamorphosée. Il suffisait que Cliff ouvrît la bouche, et Ellen, la première, accomplissait ses ordres.

On transporta Rafaël Palma sur le canot. Sa jambe brûlait de mille feux, mais l'enflure avait légèrement diminué. Malgré les puissants calmants du docteur Forster, dont les effets duraient peu de temps, Palma souffrait le martyre. Le poison avait dû se propager dans les centres nerveux et provoquer une inflammation généralisée. Le malheureux grinçait des dents, la souffrance lui arrachait des larmes. Alexander Jesus mettait à profit ses moindres instants de liberté pour prier.

Malgré l'obscurité de la nuit, Cliff Haller décida le départ immédiat. Il prit en remorque les deux pirogues les plus avancées, dans lesquelles les hommes s'entassèrent tant bien que mal. Ellen eut droit à une place réservée sur le canot, au chevet de Rafaël Palma. Ils remontèrent le courant avec un redoublement de prudence.

— Il est complètement fou! haletait Cascal, blême de peur, et cramponné des deux mains aux bords de la pirogue. En pleine nuit! Alors que le fleuve est parsemé de bancs de sable, invisibles dans l'obscurité. Il ne peut pas les connaître tous! Et si jamais la pirogue se renverse...

Il eut un sanglot. Les autres ne pouvaient détacher leurs regards de l'eau sombre. « Dix secondes, et c'est la mort, pensaient-ils. Dix secondes, et nous sommes transformés en ossements agités par une masse bouillonnante de piranhas assoiffés de sang. »

Au bout de trois longues heures de navigation, Cascal et Forster furent les premiers à apercevoir une faible lueur au loin. Ils échangèrent un regard qui en disait long.

— De la lumière, fit Cascal. Ce doit être sa cabane. Vous savez ce que signifie cette lumière?

— Que ce voyage de cauchemar va prendre fin.

— Qu'il n'est pas tout seul! (Cascaı serra le fusil contre lui.) Il a quelqu'un dans la cabane qui attend son retour...

La maisonnette avait été construite en bois dans une jolie courbe du rio Tefé, sur un terrain plat, nivelé et défriché sur une trentaine de mètres à la ronde.

A première vue, elle avait un air romantique et confortable, mais quand on y regardait d'un peu près, on ne découvrait plus qu'une misérable hutte au toit formé de branchages tressés dont l'étanchéité était assurée par des morceaux d'écorces décortiquées. Le matériel entreposé sous des hangars avoisinants n'en paraissait que plus insolite : bidons d'essence, pièces détachées pour moteur, tout un assortiment d'outils, des nasses et des filets de pêche neufs, d'excellente qualité. Trois grosses lampes à pétrole brûlaient à l'entrée de la cabane et près des remises, et jetaient jusqu'au débarcadère une faible lumière. Les deux bras étendus, Cliff Haller fit à ses compagnons de hasard les honneurs de cette oasis de civilisation perdue dans l'immensité d'une contrée désertique.

— Ce que j'ai à vous offrir n'a aucun point commun avec une hacienda, dit-il à Ellen. Mais tout de même, vous trouverez ce que vous avez probablement oublié depuis des semaines : un vrai lit.

Dès que la flottille aborda, la porte de la cabane s'ouvrit et une fille émergea en pleine lumière. En apercevant les pirogues, elle fit un bond sur le côté, dans l'ombre. Malgré la brièveté de son apparition, ils avaient tous eu le temps de constater qu'elle tenait un fusil entre les mains. Cliff Haller coupa le contact, et le moteur se tut.

— Ne t'inquiète pas, Favorita! s'écria-t-il. J'ai recueilli toute une expédition d'un seul coup. (Puis il se pencha vers Ellen, son fameux sourire ensorcelant aux lèvres.) C'est Rita, une très chic fille.

— Votre fiancée?

— Euh... pas précisément. Disons que nous nous sommes rencontrés sur le trottoir. à Rio de Janeiro. et que nous ne nous sommes plus quittés. C'est une histoire fort simple.

Il tendit la main à Ellen pour l'aider à mettre pied à terre. Alexander Jesus et Fernando Paz soulevèrent le pauvre Palma avec mille précautions pour le porter à la cabane, où Rita les accueillit, la mine sombre et le fusil prêt à l'action.

C'était une de ces femmes sud-américaines d'une beauté étonnante, car elles réalisaient la synthèse de plusieurs races foncièrement différentes, espagnole, portugaise, indienne. Tout ce que ce pays possédait de sauvagerie exotique, de barbarie et de grandeur, de potentiel de haine et de fascination, semblait réuni dans ce type de femme, produit issu tout aussi bien du ciel que de l'enfer.

Bonjour! dit Forster, mais la fille ne faisait aucune attention à lui.

Près du débarcadère, Cliff Haller donna quelques brèves explications à Ellen, debout près de lui; puis il la prit par les épaules, et ensemble ils montèrent vers la cabane. Dans les yeux de Rita naquit une étincelle dévorante.

Mon Dieu, pensa Forster. Plutôt vivre six mois dans une contrée infestée d'embûches qu'entre deux femmes jalouses l'une de l'autre...

— Je te présente Miss Ellen Donhoven, médecin originaire d'Allemagne, fit Cliff Haller à sa manière désinvolte, dépouillée de toute fioriture. Elle veut aller chez les Jumas pour leur barboter leurs poisons. Mais, apparemment, la malchance l'a poursuivie dès le départ, essence volatilisée, toute une série d'accidents... Bref, nous allons lui remonter sa mécanique...

Rita foudroya Ellen du regard, puis, sans un mot, elle rentra dans la cabane.

— Elle me déteste, constata Ellen tout haut. Vous devriez lui dire que je vous ai suivi uniquement à cause du malade, Cliff, et non pour une autre raison.

— Je n'ai pas d'explication à lui donner.

Cliff Haller aida Alexander Jesus et Fernando Paz à installer Palma dans la maison.

L'intérieur était en fait plus spacieux qu'on aurait pu s'y attendre; il se composait d'une salle de séjour et de trois chambres. Le plus déconcertant, c'était la présence, dans la chambre à coucher, d'un mobilier américain cossu composé de chaises et de tables de jardin, et de deux lits de fer avec de vrais matelas. Une grande cuisinière au propane occupait tout un coin de la cuisine. D'un rapide coup d'œil, José Cascal nota les moindres détails et, affolé, exhala un long soupir.

Tout ce confort en pleine forêt vierge! D'où provenait tout ce matériel? Le petit canot à moteur n'aurait jamais été capable d'effectuer ce véritable déménagement. Et surtout, que cherchait-il, ce Cliff Haller, sur le cours supérieur du rio Tefé? Pourquoi un Blanc et une jolie fille s'étaient-ils construit une cabane en pleine forêt vierge, au milieu des Indiens et des éléments hostiles à la vie humaine?

— Vous vivez comme un pacha, ici, fit Cascal, l'œil aux aguets.

— Peut-être en suis-je un...

— Comment avez-vous réussi à amener ici tout ce matériel?

— Voilà une question digne d'un problème de mots croisés. Qu'il vous suffise de savoir que la cabane est là et qu'il n'y manque rien. Rita, mon chou, nos visiteurs ont faim. Prépare une bonne soupe! (Il avança une chaise vers Ellen et, d'un geste du bras, invita les hommes à s'asseoir.) Il y a de la place pour quatre. Les autres devront se contenter d'une caisse. Un instant, Messieurs, je vous prie, je reviens tout de suite.

Il sortit de la maison en courant, suivi de Rita. Le

docteur Forster regarda Ellen écrasée sur sa chaise, jambes étendues; elle paraissait épuisée.

— Notre arrivée déclenche une tragédie intime, fit-il d'un ton plein de sarcasme en guise de commentaire. Nous n'aurons pas un instant de paix ici.

— Il faut d'abord que Palma se remette sur pied. A votre avis, Rudolf, combien de temps devra-t-il encore garder le lit?

— Impossible de faire des pronostics, avec ce genre de venin. La guérison peut tout aussi bien venir très vite, ou s'éterniser sur trois ou quatre semaines.

— Nous sommes bien obligés de nous installer ici durant tout ce laps de temps.

Le docteur Forster perçut avec effroi le soulagement d'Ellen. Il sentait vaguement qu'elle lui échappait, mais n'avait aucun moyen ni aucun argument pour y remédier.

Dehors, la remise fut le théâtre d'une prise de bec, brève mais d'autant plus violente. Cliff cherchait une caisse vide, assez solide pour faire office de siège; au moment de rentrer, il eut la surprise de voir Rita lui barrer le chemin.

— Combien de temps restent-ils? demanda-t-elle d'une voix dure, tandis que ses yeux lançaient des éclairs.

— Pas la moindre idée, bougonna-t-il.

— La doctoresse allemande t'intéresse, hein?

— Tire-toi, mon chou... et ne dis pas de sottises. Tu sais bien que je t'aime.

— Mais elle, elle est belle et intelligente, et elle t'excite. Je l'ai bien vu quand tu as posé ton bras sur ses épaules.

— C'est une femme d'un courage incroyable.

— Et moi, je ne suis pas courageuse, peut-être? J'ai hésité une seconde à te suivre dans cet enfer? Est-ce que je ne pousse pas le courage jusqu'à trahir pour toi mon pays?

— Bon Dieu! Boucle-la. (Les yeux gris de Cliff Haller perdirent leur expression débonnaire.) Et surtout, chérie, pas de sottises, hein?

— Toi non plus, pas de sottises, hein? Je n'aime que toi, tu le sais bien...

Sur cette menace, elle rentra en courant dans la maisonnette, suivie de Cliff qui portait sur ses épaules la caisse vide.

— Ces femmes..., marmonnait-il. Si seulement on pouvait les fuir toutes comme la peste... Mais comment s'en passer, on en a bigrement besoin, nom de Dieu!

Rita Sabaneta — tel était son vrai nom — prépara une soupe au lard et aux pois qui se révéla un vrai régal. Après ce repas, somme toute frugal, Cliff Haller examina la blessure de Palma. Sans rien dire, il étendit sur toute la jambe malade une sorte de bouillie verdâtre et huileuse, stockée dans une grande cruche en terre cuite d'origine indienne. Forster ne put cacher sa méfiance devant une médecine aussi barbare, mais Moco le rassura d'un signe de tête.

— C'est une pommade faite de racines et de feuilles pliées, dont se servent nos guérisseurs, expliqua-t-il dès que Cliff eut tourné le dos. Son efficacité dépasse de beaucoup celle des remèdes des Blancs.

— Espérons-le!

Forster se pencha sur le cataplasme. Malgré son odeur écœurante de feuilles décomposées, il devait avoir un effet sédatif et rafraîchissant, car au bout de quelques minutes, Rafaël Palma cessa de geindre et finit par s'endormir.

En son for intérieur, le jeune médecin décida d'analyser le mélange, avec la conviction intime que la médecine classique pouvait éventuellement s'enrichir d'apports indiens. Après tout, le curare provenait aussi de l'Amazonie.

Une heure plus tard, on s'installa pour la nuit. Un des lits fut attribué à Ellen, tandis que Cliff et Rita se partageaient l'autre, avec un naturel désarmant. Quant à José Cascal, il s'étendit aux côtés de Forster. Depuis son arrivée, Cascal tournait autour de Rita Sabaneta comme un chat autour d'une soucoupe de lait, pour essayer de lui arracher des renseignements sur l'identité et la mission de Cliff Haller.

— Quelle est votre impression, Señor? murmura-t-il à l'adresse de Forster.

— Mauvaise. Ce Cliff est un aventurier dangereux.

— En revanche, sa compagne me fait l'effet d'une véritable merveille de la nature.

— Possible. J'entrevois pas mal de complications.

— Vous avez vu les bidons d'essence? Et toute cette installation domestique? Comment ce gars est-il parvenu à monter tout cela depuis la rivière?

— Attendons un peu. Tout ce que je souhaite, c'est la prompte guérison de Palma. Après, on verra bien.

Cascal ne répondit rien. Il s'étendit sur le dos. Les deux solutions sont mauvaises, pensa-t-il. A trois cents kilomètres d'ici, commence la zone interdite aux curieux.

Il faut à tout prix disloquer l'expédition dans les tout prochains jours.

La troupe vivait chez Cliff Haller depuis deux jours; l'ouvrage ne manquait pas. Les hommes poursuivaient la construction des pirogues et le matériel de leur hôte leur fut d'un grand secours. En effet Cliff leur prêta un chalumeau, ce qui leur permit de calciner l'intérieur des troncs d'arbre à la manière des Indiens, méthode beaucoup plus rapide et radicale que l'évidage normal avec un couteau. Les Indiens remplaçaient le chalumeau civilisé par des braises, il est vrai, et il ne leur restait plus ensuite qu'à gratter les résidus carbonisés.

Cascal en profita pour flairer dans tous les coins. Il ne lui manque rien, constata-t-il. Chalumeau, bouteilles d'oxygène, carburant, tout un atelier parfaitement équipé, des caisses de viande et de légumes en conserve, d'origine américaine, et même des boîtes de Coca-Cola. Il y en a pour deux chargements complets au moins, estima-t-il, hors de proportion avec le canot. Comment a-t-il fait venir ces produits de la civilisation jusqu'ici?...

Durant cette période, on entendit souvent percer le rire de Rita Sabaneta, mais c'était un rire dur, cynique, presque hystérique. Fernando Paz et surtout Pietro Campofolio dont le sang italien bouillonnait devant tant de beauté à portée de la main, rôdaient sans cesse autour d'elle, lui racontaient des blagues et l'aidaient dans la mesure du possible, lui débitaient mille compliments sur ses talents de cordon bleu, et rivalisaient de jalousie.

Le soir du troisième jour, Ellen était assise sur le ponton, seule, les yeux fixés sur la rivière aux eaux noires; le docteur Forster venait juste de la quitter, après avoir tenté une fois de plus de briser sa réserve.

— Nous avions décidé de ne plus aborder ce sujet, avait-il dit. Mais ce n'est pas possible, Ellen. Je vous aime...

Je le sais, Rudolf. C'est le drame de votre vie... Vous connaissez mes projets.

— Ils ne sont pas incompatibles. A moins que vous ne cherchiez à être conquise par la force? (Il pensait à la manière de Cliff, pleine d'assurance, et à l'éclat qui illuminait le regard d'Ellen rivé sur lui.) Il est très facile de jouer à l'homme fort.

D'un geste brusque, il l'avait attirée à lui, mais au moment où il se penchait pour l'embrasser, elle le bombarda de coups de poing et réussit à se dégager de l'étreinte.

— Pas de ça, Rudolf, dit-elle d'un ton glacial qui lui fit l'effet d'une douche froide. Ne détruisez pas l'image exemplaire que j'ai de vous.

Furieux, déçu et confus en même temps, il remonta

en courant jusqu'à la cabane, avec le sentiment qu'éprouve l'élève pris en faute, ce qui l'empêcha de voir une haute silhouette se détacher de l'obscurité de la remise et emprunter le même chemin que lui, vers la rivière. Derrière l'homme, une ombre menue se profilait sur les arbres : elle glissait sans bruit, comme un chat.

— C'est vous, Cliff? (Cliff Haller posa ses mains sur les tempes d'Ellen.) Pourquoi ne dormez-vous pas encore?

— Et vous, Ellen?

Debout derrière elle, il laissa glisser lentement ses mains sur la ligne des épaules. Ellen éprouva une sorte de frémissement intérieur. « Je suis complètement folle, se dit-elle. Je renvoie Rudolf, mon meilleur camarade, et je frissonne sous la caresse de cet aventurier inconnu... »

Mais sa résistance était bien faible, en comparaison des exigences de son cœur. Elle but les paroles de Cliff comme une drogue bienfaisante.

— Il est dangereux de rester seul au bord d'une rivière de la forêt. Les Indiens nous observent jour et nuit. Nous ne les voyons pas, nous, mais eux, ils ne nous quittent pas des yeux.

— J'ai Moco pour me garder du danger.

— Où est-il? fit Cliff en regardant autour de lui.

— Quelque part... Je ne sais pas exactement. (Elle baissa les paupières.) Rita va s'apercevoir de votre absence.

— Elle dort... Et, d'ailleurs, je suis un homme libre. Tout comme vous d'ailleurs, Ellen, vous êtes une femme libre. Nous nous ressemblons terriblement. Tous les deux, nous ne tenons pas compte de notre entourage, nous faisons ce que nous voulons, nous allons droit au but, nous possédons cette forme de courage capable de renverser le monde, Ellen...

Les mains de Cliff quittèrent les épaules d'Ellen pour glisser un peu plus bas, jusqu'au niveau de la poitrine.

A travers la toile mince de la chemise, il sentait distinctement la courbe des seins. Le sang battait aux tempes d'Ellen. « Réagis, se dit-elle sur un ton de commandement. Une bonne claque, c'est tout ce qu'il mérite. Un coup de pied au tibia, pour que ça lui serve de leçon... »

Mais elle ne broncha pas. Les yeux fermés, elle laissa les doigts gourmands jouer avec sa poitrine.

— J'ai le sentiment que nous sommes faits l'un pour l'autre, dit Cliff à voix basse.

— Il faudrait alors que nous agissions comme des fous, murmura Ellen.

— Serait-ce une faute? Il est plus facile de vivre sans tabou...

Il la tourna vers lui, la serra violemment contre lui et l'embrassa. Ses lèvres froides et humides s'entrouvrirent sous le baiser de Cliff; elles brûlèrent soudain d'un feu longtemps contenu.

Enfin, Ellen eut la force de se détacher de l'emprise.

— Nous sommes vraiment fous! bredouilla-t-elle. Dans quelques jours, nos chemins divergent et nous ne nous reverrons plus jamais.

— Vous en êtes sûre? (Cliff de nouveau l'attira contre lui; ses yeux gris lançaient des flammes.) Nous resterons ensemble.

— Quoi?

— Nous irons ensemble surprendre les Jumas. La région des sources du rio Juma et du rio Itanhua a toujours été pour moi un pôle d'attraction. Cette cabane ne représente qu'un relais.

— Nous... Ensemble... (Le cœur lui manquait, elle n'arrivait plus à parler. Aussi se jeta-t-elle dans les bras de Cliff avec toute la spontanéité d'une enfant ravie.) Cliff... O Cliff... Tu m'accompagnes...

— Et même si cette contrée ne présentait pas le moindre intérêt pour moi, je ne te laisserais plus continuer toute seule maintenant. Ellen, ma petite, je suis parfois un cochon, mais il m'arrive aussi de temps en temps de dire la vérité... Je t'aime, nom de Dieu!

— Cliff!

Étroitement enlacés, ils s'embrassèrent encore et toujours, avec toute la passion qui bouillonnait en eux. Puis Cliff enleva Ellen dans ses bras, et ils s'évanouirent dans l'obscurité, du côté de la remise.

Sous les arbres, l'ombre menue n'avait pas fait un mouvement mais dès la fuite de Cliff et d'Ellen, elle commença à s'agiter.

Une poigne solide fit sursauter Rita; elle étouffa un juron en se retournant. Elle n'avait rien vu ni rien entendu. Pas le moindre indice d'une présence humaine.

— Reste là! fit Moco à voix basse.

Et il attrapa prestement le poignard que Rita serrait désespérément dans sa main droite.

— Je le tuerai! grinça Rita. Je les tuerai tous les deux!

— Pourquoi? Il en vaut vraiment la peine?

— Je l'aime...

— Laisse-les ensemble. (Moco cacha le couteau dans sa ceinture. Vaincue, Rita alla s'adosser à un arbre, la poitrine soulevée de sanglots, les cheveux fous.) Ils ont besoin l'un de l'autre.

— Et moi? Moi aussi, j'ai besoin de Cliff. J'ai tout abandonné pour le suivre, et voilà qu'il me laisse tomber comme une vieille godasse usagée... Je le tuerai, je ne peux pas faire autrement, il faut que je le tue!

Elle fit un bond de côté, mais Moco la cueillit au passage et la colla contre le tronc d'arbre.

— Il faut apprendre la patience, dit-il d'une voix sombre. Regarde, moi... Voilà trois ans que j'attends Ynama, et j'en ai profité pour observer l'autre face du monde. J'ai beaucoup appris... La vie serait trop facile si on n'était pas obligé d'attendre. Après avoir rendu visite aux Jumas, Cliff la lâchera. Il ne l'emmènera pas avec lui, car leurs routes sont diamétralement opposées.

Et toi, tu seras là, au carrefour. Apprends la patience...

Il la lâcha. Rita lui tendit la main avec un sourire, et elle regagna la cabane à pas lents. En passant devant la remise, elle hésita un instant. Des mots balbutiés à voix basse montaient de la nuit; ils déchirèrent le cœur de Rita.

Au bas du mur extérieur de la maison, José Cascal fumait une cigarette, accroupi à même le sol. Il cacha le bout incandescent dans le creux de sa main, pour ne pas se faire repérer, mais Rita Sabaneta le reconnut immédiatement, et elle tressaillit. Avait-il assisté à la scène? Ou bien venait-il seulement de sortir? Elle attendit, la suite lui donnerait la réponse...

Cascal n'avait rien remarqué. Deux minutes auparavant, il s'était glissé hors de la maison, avec l'intention bien arrêtée d'inspecter les lieux en détail, et surtout le hangar. Une découverte inopinée l'avait bouleversé : sous le lit où était étendu Palma, il y avait un parachute soigneusement replié, ce qui semblait résoudre une des énigmes entourant Cliff Haller, celle du transport du matériel.

Mais qui lui envoyait tout cela? D'où venaient les avions? A Manaus, il en était sûr, on n'avait jamais eu vent de ces déplacements aériens.

Les énigmes prenaient de l'ampleur... et les soupçons de Cascal grandissaient au rythme de ses découvertes.

Quelle belle nuit! fit José à l'adresse de Rita, comme s'il ne s'était assis là que pour pouvoir admirer à l'aise les splendeurs déployées de la forêt nocturne. Vous non plus, vous n'arrivez pas à trouver le sommeil?

Trop de bestioles hantent ces parages, répondit Rita d'une voix sourde. Des chats...

Des chats? répéta Cascal en levant la tête. Je n'entends rien. Vous ne voulez pas dire, des panthères?

Oui, des panthères aussi. (Rita s'adossa à une poutre de bois et fixa Cascal d'un regard inquisiteur.) Vous venez de Manaus?

Oui.

Vous êtes patriote?

Cascal aurait donné cher pour saisir le sens caché de cette question. Patriote, certes, il l'était. En tant que fonctionnaire, il était payé pour aimer sa patrie.

Bien sûr, répondit-il. Y a-t-il un seul Brésilien qui n'aime pas sa patrie? Un si beau pays, qui n'a pas son pareil...

Seriez-vous prêt à mourir pour lui?

Là, il s'agissait d'être prudent. Cascal ne se sentait nullement l'âme d'un héros, il en avait conscience, mais il se rendait vaguement compte qu'il allait être question de bravoure. Seule restait obscure pour lui la forme qu'allait prendre cet héroïsme.

N'importe quel Brésilien est prêt à sacrifier sa vie pour la patrie, dit-il avec un accent pathétique du plus bel effet. Des milliers l'ont déjà prouvé...

— Alors, suivez-moi, Señor...

Cascal hésita. Il n'était pas si simple de se lancer aveuglément dans une aventure aussi énigmatique. Quant à mourir, il n'y tenait pas tellement.

— Où? demanda-t-il en lançant sur Rita un coup d'œil plein de méfiance.

— Je vais vous montrer quelque chose.

— Quelque chose qui est un danger de mort?

— Pas pour le moment. Qui peut devenir un danger de mort, lorsque vous l'aurez vu. Et seulement au cas où vous prendriez des dispositions...

Cascal poussa un soupir de soulagement. Voilà qui lui paraissait plus raisonnable. Le choix de l'héroïsme... En pleine forêt! Il demeura encore un instant assis, essayant désespérément de se creuser la cervelle. Quel était ce nouveau mystère, capable de se transformer en danger mortel?

Venez donc, insista Rita. Nous avons très peu de temps devant nous.

Cascal disparut dans la maison et revint aussitôt, un

revolver en main, dont il ôta le cran de sûreté. Mais Rita hocha la tête.

— Précaution inutile... Nous sommes seuls.

Rita précéda Cascal jusqu'à une petite construction située derrière la maison et qui ressemblait à un atelier; là aussi, caisses et appareils de toutes sortes encombraient le sol.

Elle ferma soigneusement la porte derrière elle; puis elle alluma un briquet. A la lueur de la petite flamme vacillante, elle se faufila jusqu'à une table sur laquelle était posée une sorte de coffre en acier.

Cascal haussa les épaules.

— C'est ici que Cliff entrepose ses économies? questionna-t-il avec ironie. Rita... Je ne suis pas un détrousseur de trésor.

— Ça vaut bien plus cher que de l'argent.

Elle ouvrit le coffre et le couvercle retomba sur la table. En même temps, elle déploya deux longues antennes. Cascal blêmit... Il avait devant les yeux un poste émetteur complet.

— Ce... C'est incroyable..., bredouilla-t-il. (Penché sur l'appareil, il poussa les boutons et brancha la batterie. Il y eut un bourdonnement sourd, des aiguilles oscillèrent sur des chiffres de fréquence et des échelles graduées.) A qui sont destinés les messages qu'il envoie?

— Je ne sais pas. (Debout près de la boîte, Rita faisait une moue boudeuse; son visage grimaçait, et la faible lueur dansante la défigurait.) Il reçoit des messages en anglais, et il émet également en anglais.

— Et pourquoi trahissez-vous son secret, Rita?

— Admettez que je sois une bonne patriote.

— Ou plutôt supposons que vous brûlez de haine contre Cliff et Ellen Donhoven parce qu'ils sont en train de vous trahir, vous...

— Croyez-vous que ce soit tellement important? (Elle renfonça les antennes dans leur gaine d'acier et referma le couvercle.) Alors, vous êtes convaincu maintenant que cet objet peut représenter un danger mortel?

— Si Cliff apprend que je suis au courant, certainement. (Cascal sentit courir sur son épiderme le chatouillement du danger suspendu sur sa tête.) Que savez-vous de ses activités, Rita?

Son objectif est le même que celui de la doctoresse allemande. La région des sources.

— Dans quel but?

— Ça, il ne me l'a pas dit. Et quand je lui pose la question, il se met à rire. « C'est le nombril du monde, dit-il. Et ce nombril suppure »... Je ne suis jamais arrivée à deviner le sens de cette phrase.

Cascal hocha la tête; il comprenait fort bien, lui, ce que Cliff Haller désignait par « le nombril du monde ». Quelques centaines de kilomètres encore, et le monde dormirait sûrement d'un sommeil moins paisible que jusque-là.

— Comment reçoit-il son matériel?

— Trois fois, on lui a expédié des caisses par parachute. Des petits avions de tourisme, d'après ce que j'ai pu voir... Mais j'ignore d'où ils venaient.

Ils quittèrent le réduit et revinrent vers la hutte, sans bruit, comme des voleurs. D'une main tremblante, Cascal alluma une cigarette, et sans dire un mot Rita la lui arracha des lèvres et tira quelques bouffées nerveuses.

— Qu'est-ce que vous allez faire? demanda-t-elle un peu plus tard.

Cascal avait les yeux fixés sur la nuit. La découverte du poste émetteur secret éveillait sa conscience : il sentait poindre en lui la nécessité de faire face à une mission qui allait exiger de sa part une bonne dose de cran.

— Je ne quitterai pas Cliff d'une semelle.

— C'est tout?

— Qu'est-ce que vous attendez, Rita?

— Un bon patriote tue l'ennemi de la patrie...

— Plus tard. (Il jeta sa cigarette qui brusquement avait perdu tout son charme.) J'ai encore besoin de lui. Je veux savoir jusqu'à quel point il est impliqué dans ce jeu. (Il fixa Rita cette fois d'un regard impitoyable, mais elle ne baissa pas les yeux.) Vous ne savez vraiment pas ce dont il s'agit?

— Non. Tout ce que je sais, c'est que Cliff est un aventurier.

— Bien pire, fillette, bien pire qu'un aventurier... (Il jugea plus prudent de rentrer maintenant.) C'est un vautour qui flaire la charogne... Mais je vous expliquerai plus tard.

— Alors, qu'est-ce que vous attendez pour le supprimer, ce vautour?

— C'est ce que je ferai... en son temps. Pour le moment, il est préférable de le laisser encore fureter à l'aise.

— Vous n'êtes qu'un lâche!

Rita lança son cri de guerre avec tout le mépris dont elle était capable, puis elle courut jusqu'à la maison. Cascal la suivit, mains au dos. Sa nouvelle mission lui donnait d'avance la chair de poule.

Dans la remise, gémissements et soupirs allèrent s'atténuant puis le calme revint. Là aussi, deux lueurs rouges trouèrent l'obscurité.

— Nous pourrons partir dans trois jours, murmura Cliff Haller en tirant une voluptueuse bouffée de sa cigarette. Palma sera rétabli. A propos, qui est donc ce Cascal?

— Un fonctionnaire quelconque de Manaus, envoyé par le gouvernement.

— Ah...

— Il s'est joint à nous parce qu'il avait reçu l'ordre de me protéger... Un ordre complètement idiot.

— Peut-être..., commença Cliff, le front plissé par la réflexion. (Pour lui, la mission de José Cascal n'avait rien d'un ordre idiot. Au contraire, sa présence ajoutait une preuve supplémentaire au réseau qui enserrait le fameux mystère de l'Enfer Vert.) Il faudra se débarrasser de lui le plus vite possible.

— Facile à dire. Mais le moyen?

Ellen caressait les cheveux blonds de Cliff, collés par la transpiration, et elle éprouva soudain un bien-être indicible, jamais atteint encore dans sa vie. Pas même à l'époque de son premier amour... ce jeune étudiant en médecine tout aussi inexpérimenté qu'elle et qui, tout comme elle, cédait surtout à la curiosité. Jamais encore elle n'avait ressenti cette plénitude de sensation, jusqu'au moment où, dans les bras de Cliff, la voûte céleste se brisât en mille cristaux scintillants.

— Il peut tomber du bateau, par exemple...

— Ce serait un crime, Cliff! Comment peux-tu envisager une chose pareille?

— Pardonne-moi, petite fille.

« Autant ne pas donner d'explication, se dit-il. De toute façon, elle ne comprendra jamais. Pour elle, il n'existe chez les Jumas qu'un poison violent, mais ce que je poursuis, moi, est plus mortel que mille tonnes de ce poison. Là où je vais, il n'existe plus ni morale, ni voix de la conscience, ni lois; tuer représente une nécessité vitale qui n'a rien à voir avec la morale. »

Il fit demi-tour sur lui-même et glissa les mains sous le corps nu d'Ellen. Un soupir venu du plus profond de l'être l'encouragea. Le corps d'Ellen se cabra en une attente impatiente.

Dans les branchages, tout autour de la remise, les oiseaux de paradis entonnèrent un concert de gazouillis et de pépiements.

Rafaël Palma se remit rapidement grâce à la bouillie miraculeuse de Cliff. Au bout de cinq jours, il clopinait partout, et, pour fêter son retour à la vie, il prépara une énorme ratatouille à base de singe et d'un fruit à la chair blanche et farineuse, que Moco appelait chiquaquoa, et dont le goût rappelait celui de la tomate.

Le chiquaquoa a la réputation de décupler la puissance des mâles, annonça Palma avec emphase, ce à quoi Cascal ajouta sur-le-champ, en guise de commentaire :

Nous en avons bien besoin...

Non sans fixer Ellen Donhoven de son regard de félin; mais elle ne baissa pas les yeux, convaincue qu'il s'agissait là « d'une façon de parler ».

Par deux fois, Cascal surprit Cliff disparaissant en pleine nuit de la maison, pour aller envoyer un message-radio. Pour annoncer vraisemblablement que l'expédition n'allait pas tarder à repartir... Chaque fois, il profita de l'aubaine... Il attendit que Cliff eût terminé son travail, puis à son tour se glissa dans la remise et brancha le poste encore tiède sur la fréquence de l'émetteur secret de Manaus.

— Bravo, vous êtes l'enfant chéri de la Fortune! répondit le général par la voie des ondes, dès que Cascal eut raconté en quelques mots ses découvertes. Laissez Cliff Haller suivre sa piste! Il nous indiquera sans le savoir la brèche par où l'on s'infiltre sur nos plates-bandes et s'il passe, nous bouclons la trappe derrière lui. José, je suis très content de vous.

Le départ ressembla à celui d'un cirque ambulant. Cliff prit en remorque trois pirogues, mais n'emporta de tout le matériel accumulé dans la cabane et ses dépendances que le poste émetteur, comme put le constater Cascal. En effet, au moment de démarrer, Cascal mit pied à terre une dernière fois, sous prétexte d'aller chercher son revolver qu'il prétendait avoir oublié dans la maison, et il fit ainsi une brève inspection des lieux.

Ellen essaya bien de protester, soutenant qu'il était scandaleux d'abandonner tant de trésors, mais Cliff la rassura.

— Les Indiens ne nous voleront rien, ils ont une peur panique de ce qu'ils ne connaissent pas. Imaginez un peu qu'ils s'approchent des bouteilles d'oxygène et tournent une molette? Bien sûr, il y aura un sifflement qui, pour eux, serait la voix même du diable... Jamais plus ils ne remettraient les pieds dans cette région.

Les embarcations avancèrent à une allure de tortue, en file indienne, bien que le moteur du hors-bord donnât son plein. Juste derrière lui, un canot transportait la réserve de bidons d'essence.

Cascal assistait impuissant à ce défilé vers les zones interdites. Il n'avait aucun moyen d'y mettre obstacle.

Suivant le conseil du Brésilien, Rita Sabaneta avait renoncé à lutter contre Ellen, du moins en apparence. Elle faisait semblant d'ignorer les ébats nocturnes de Cliff et de l'Allemande. Tous ses espoirs maintenant reposaient sur José Cascal, car Cliff était à jamais perdu pour elle... Si elle restait dans son sillage, ce n'était plus par amour, mais par haine et par désir de vengeance : elle tenait à être témoin de l'écrasement de Cliff, pour pouvoir s'en délecter à loisir. Son sang mêlé bouillait dans ses veines.

Pendant trois jours et trois nuits, tout se passa bien... Ils longeaient les rives, à contre-courant, et la distance parcourue dépassait les prévisions de Cliff.

La nuit, ils restaient sur l'eau, mais quittaient la zone dangereuse de la berge pour chercher refuge en plein fleuve. Malgré ces précautions, ils se relayaient pour monter la garde pendant que les autres dormaient.

Dès le premier jour, Moco le vigilant avait donné l'alarme.

— On nous épie, cria-t-il de sa pirogue à Cliff. Les Indiens... Ils nous suivent à la trace et ne nous quittent pas des yeux.

On inspecta soigneusement les rives avec les jumelles de Campofolio, mais à part la muraille dense de la forêt, on ne voyait rien. En revanche, dès le crépuscule, des grognements sourds et rythmiques les enveloppaient de toute part. Cliff Haller hocha la tête.

— Oui. Ce sont eux. Ils correspondent au moyen de tiges de bois évidées. Toute la forêt est en effervescence. Il faut absolument que nous restions au milieu de la rivière, la nuit.

Au cours de la quatrième nuit, Moco disparut.

Le matin, il manquait à l'appel, et personne ne savait ce qu'il était devenu. Il avait pris son tour de garde normalement, le dernier, comme prévu; sans doute s'était-il passé quelque chose pendant ce laps de temps.

— Il n'a pas pu traverser le fleuve à la nage, fit Cliff perplexe. Même l'aventurier le plus fou ne s'y risquerait pas.

— Pourtant, il s'est enfui, s'écria Cascal. Disparu en plein milieu d'un fleuve infesté de piranhas.

— Il n'y a pas trente-six solutions! De deux choses l'une : ou bien quelqu'un l'a poussé dans l'eau... et dans ce cas, nous allons tous, tant que nous sommes, passer un mauvais quart d'heure... Ou bien, les Indiens sont venus le cueillir en barque...

— C'est sûrement ça! s'écria Cascal impétueusement. Il est retourné chez les sauvages de sa tribu...

Cliff considéra le Brésilien d'un air pensif; cette trop vive réaction ne lui disait rien qui vaille.

— Ce pourrait être en effet l'explication, corrigea-t-il en traînant exprès sur les mots. Seulement, en l'occurrence, il n'en est rien : Moco est un Juma... et les Indiens de cette contrée sont des Ataxas. Voilà plusieurs siècles déjà que ces deux tribus entretiennent un duel permanent. D'après moi, Moco n'est pas parti de son plein gré. J'attache plus de crédit à la première éventualité : quelqu'un l'a jeté par-dessus bord! Messieurs... Nous avons un porc ignoble parmi nous! (Il ponctua cette déclaration d'un large geste du bras.) Or personne ne peut se cacher... et aucun de nous n'a d'alibi; commençons donc tout de suite à nous lacérer réciproquement...

Soudain Cliff Haller fit front à un mur d'hommes silencieux, d'où émanait une hostilité perceptible. Debout, il serrait en main un revolver, prêt à faire feu. Derrière lui, accroupie sur le plancher du canot, Ellen ne quittait pas des yeux les ennemis qu'étaient devenus ses compagnons de la première heure.

— Toutefois, reprit Cliff, je pense que nous pouvons faire une exception pour Rafaël Palma qui a assez de souci avec sa blessure. A part lui, nous sommes tous des assassins possibles.

— N'empêche que Palma a les mains libres, grinça José Cascal sur un ton venimeux. Cliff, ne soyez donc pas ridicule! Des assassins! Comme si nous avions un intérêt quelconque à nous débarrasser de l'Indien? Au contraire, puisqu'il était le seul à s'y reconnaître, dans cet enfer.

Justement, voilà une raison majeure. Dès le début, l'expédition d'Ellen a été entourée d'incidents mystérieux. A Tefé, le matériel de cuisine s'évanouit dans la nature au moment du départ, puis les bidons d'essence se vident, et maintenant, le guide passe par-dessus bord pour se faire bouffer par les piranhas... Je me demande ce qui va arriver maintenant. (Cliff pointa son revolver sur Forster.) Qu'est-ce que vous faisiez au petit jour, Docteur?

— Je dormais. Comme vous. Pour une fois, je donne raison à Cascal. Vous vous conduisez d'une façon absurde, comme dans un mauvais film. Pourquoi ne prétendrions-nous pas, nous, que vous avez vous-même jeté Moco à l'eau? Pour être seul ensuite à tirer les ficelles... Vous avez un alibi, Cliff?

Cliff Haller rengaina son arme. Il jeta un bref coup d'œil à Ellen et abandonna son rôle de justicier. Oui, il avait un alibi, mais la galanterie l'obligeait à n'en pas faire état.

— Bien, allons à terre, dit-il. Peut-être en apprendrons-nous davantage. D'abord la rive gauche, puis la rive droite...

— Vous oubliez les Indiens? hurla Campofolio.

— Ils se contentent de nous observer. S'ils avaient eu l'intention de nous attaquer, soyez tranquille, nous nous en serions déjà aperçus...

Ils se dirigèrent lentement vers la rive bourbeuse, mais avant de mettre pied à terre, Alexander Jesus joua de la sonde jusqu'à ce qu'il rencontrât un sol ferme. Puis il sauta et tira à lui le train de bateaux.

Pendant que les autres restaient sur l'eau, Cliff Haller, Fernando Paz et Cascal fouillèrent minutieusement les bas-fonds. Forster profita de l'occasion pour rejoindre le hors-bord où Ellen était étendue dans un rayon de soleil, comme si elle se laissait bronzer sur une plage d'Europe.

— Qu'est-ce que vous pensez de Cliff? demanda-t-il.

— C'est le risque-tout typique.

— Ces gens-là finissent un jour ou l'autre par se rompre le cou!

— A moins qu'ils n'arrivent à déloger le diable de son antre.

— Ça vous excite, n'est-ce pas, Ellen?

— Pas vous, Rudolf? Si jamais nous parvenons au but de notre expédition, ce sera bien grâce à Cliff.

— Qui est-il, au juste? Et que fait-il ici? Il ne donne pas l'impression d'être un collectionneur de papillons...

— Il m'a déclaré qu'il vivait ici uniquement par amour et par besoin d'insolite. Il fuit comme la peste l'air confiné de la vie conventionnelle.

— Et vous le croyez?

— Pourquoi pas? Moi aussi, j'aime l'aventure.

Au bout d'une demi-heure, les hommes revinrent.

— Rien, cria Cascal de loin. Je me demande d'ailleurs ce que nous cherchons.

— L'autre côté maintenant... (Cliff mit le contact.) Je me refuse toujours à croire, jusqu'à preuve du contraire, que Moco soit le premier homme à avoir pu s'envoler dans les airs.

Sur la rive droite, Campofolio finit par trouver l'objet que cherchait Cliff Haller apparemment. Un morceau d'humérus soigneusement raclé, sur un fond de vase. Cliff le dressa en l'air; sans attendre davantage, Alexander Jesus tomba sur les genoux en étouffant un gémissement et se mit en prière.

— Moco est tombé à l'eau. C'est la mort la plus certaine, qui ne laisse pas de trace. Vous voulez des preuves supplémentaires? Je ne sais pas lequel d'entre vous est l'assassin, mais il y en a un, et à ce salaud, je déclare maintenant : nous poursuivons le voyage, et c'est moi le guide... Je suis donc la prochaine victime toute désignée. Servez-vous, ne vous gênez pas... Mais je vous préviens, vous aurez du mal à m'avoir par surprise!

Cliff Haller se mit immédiatement aux commandes. Il relégua tous les hommes sur les pirogues, même Rafaël Palma, et ne garda dans le hors-bord qu'Ellen et Rita Sabaneta.

— S'il arrive quelque chose, ce sera la nuit, expliqua-t-il aux deux femmes. Il est bien trop lâche pour agir en pleine lumière.

Et la croisière se poursuivit. Soleil de plomb, forêt embrumée d'humidité, exhalaisons douceâtres de végétation putréfiée. L'après-midi, un déluge de pluie, soigneusement recueillie par Alexander Jesus dans des toiles de tente et versée ensuite dans les jerricans. Et toujours le cycle infernal, le soleil brûlant et l'air saturé de vapeur qui vous comprimait le cœur comme un étau; dans cette fournaise, la sueur coulait à flot, de tous les pores, et les forces s'amenuisaient rapidement. Heure après heure, inlassablement, ils glissèrent à contre-courant, sans quitter le milieu de la rivière, comme un champ de bataille où le moindre pouce de terrain gagné représentait un combat.

Jusqu'à la nuit suivante.

Entre le hors-bord et les pirogues, Cliff Haller mit une distance de cinq mètres, puis il donna l'ordre à Alexander Jesus de jeter l'ancre, une grosse pierre lourde attachée au cordage.

— Vous restez là-bas, Messieurs, cria-t-il en riant aux autres. Libre à ceux qui veulent me rejoindre de parcourir ces quelques mètres à la nage! Celui qui parvient sain et sauf au hors-bord aura droit à une médaille d'or!

— Pourquoi ne l'abattrait-on pas comme un chien enragé? grogna Cascal. Pourquoi sommes-nous une telle bande de lâches et acceptons-nous cet esclavage honteux?

— Pensez à Ellen, répondit Forster d'une voix enrouée par l'émotion.

— Justement, plus tôt nous la délivrerons de ce Cliff, mieux ce sera, pour tous.

— Eh bien, allez-y, vous, tirez! (Fernando Paz avala une gorgée d'eau de pluie tiède.) De toute façon, ce n'est pas donné à tout le monde d'être un assassin. C'est inné...

— Nous sommes en état de légitime défense, Señores!

Les autres se turent. Cascal étouffa un juron et s'installa pour dormir.

Cette nuit-là, le sort de plusieurs personnes se décida.

A l'arrière du canot, Ellen dormait sur un matelas pneumatique, tandis qu'à l'avant, là où pendait la corde servant de chaîne d'ancre, était étendue Rita Sabaneta.

Quant à Cliff, il était installé entre les deux femmes... Il fumait cigarette sur cigarette et, de temps en temps, relevait la tête en direction de Rita. Quand il la crut profondément endormie, il glissa sans bruit vers Ellen.

Mais il n'alla pas loin... Une poigne solide le retint par la cheville et le fit ramper à reculons. Cliff fit demi-tour et son regard croisa celui des yeux brûlants de Rita.

— Tu vas la rejoindre? grinça-t-elle.

Son visage tremblant de fureur et de haine avait perdu toute sa beauté pure de madone. D'un bond, elle se jeta sur Cliff et s'agrippa à lui. Ébranlé par le choc, il alla donner de la tête sur l'arête d'une caisse et un voile lui brouilla la vue. Il sentit les efforts de Rita pour essayer de le traîner vers le bord du canot. Heureusement, ce moment de faiblesse ne dura pas longtemps; d'un coup de poing, il réussit à se libérer de l'emprise de Rita.

— Maudite petite garce, gronda-t-il. Tu voulais me donner en pâture aux piranhas, hein?

Il lui lança plusieurs gifles sonnantes au visage! les longs cheveux noirs de Rita, déployés sur ses épaules, flottaient autour d'elle comme un voile de veuve.

— Tu voulais la rejoindre! répéta-t-elle d'une voix haletante. Comme hier et avant-hier? Tu t'imagines que je n'ai rien vu? Je te tuerai... et elle aussi... Elle d'abord, et toi après.

— Tu es folle! dit Cliff calmement. (Il s'assit sur la caisse et fouilla ses poches à la recherche d'une cigarette.) Tu croyais vraiment, toi, que nous allions rester ensemble éternellement?

— Je t'aime! (Rita tira de la poche de son pantalon un paquet de cigarettes qu'elle lança à Cliff.) Par amour pour toi, j'ai traversé la moitié du monde...

— Tu parles! De Rio à Tefé...

— Ça ne suffit pas? Pourquoi me rejettes-tu maintenant? Elle est plus belle que moi peut-être? Regarde-la donc, ses cheveux, sa physionomie hautaine, son corps maigre, ses seins de petite fille... Qu'est-ce que tu lui trouves? (Tout d'un coup, elle se dressa devant lui, ôta blouse et pantalon, et s'offrit nue aux regards de Cliff.

A la manière d'un serpent, elle tourna sur elle-même, fit mille et une contorsions, les mains posées sur ses seins, les hanches agitées de soubresauts.) Qu'est-ce que tu lui trouves de plus qu'à moi? cria-t-elle.

Puis elle se jeta de nouveau sur Cliff, l'embrassa et l'étreignit comme une possédée, des bras et des jambes.

— Elle sait faire l'amour comme moi peut-être? murmura-t-elle, les lèvres toutes proches de celles de Cliff. Son amour arrive à te faire perdre l'esprit?

La fournaise qui émanait de Rita eut vite raison de la résistance de Cliff Haller. Comme toutes les fois où ils se retrouvaient, il fut bien obligé d'admettre que cette femme était la seule capable de dompter sa force. Dans ses bras, il se dissolvait. « Elle fait de moi une ganache, se disait-il chaque fois. Son corps me transforme en une masse inerte, il me vide de toute ma substance d'homme. »

Le corps à corps terminé, ils restèrent étendus l'un près de l'autre, sans bouger, les yeux fixés sur la voûte céleste où scintillaient des myriades d'étoiles aux clins d' yeux complices.

— Je la tuerai, répéta Rita Sabaneta. Cliff, ne t'imagine pas que je parle à la légère! Même si tu m'étrangles après, je m'en fiche. Une seule chose compte... Qu'elle au moins cesse de vivre. (Elle se souleva sur un coude et le tint prisonnier sous son regard noir.) Je t'avertis, Cliff... Fais attention! Ne t'avise plus de la toucher!

Le quatrième jour, ils atteignirent la région des rapides, exactement comme Cascal l'avait prévu. Le docteur Forster constata avec un étonnement suprême que ce fonctionnaire semblait parfaitement connaître le coin, mieux que tous les autres. Mais il se garda bien d'exprimer tout haut sa surprise, fermement décidé à observer en silence Cascal, avec un redoublement de vigilance.

C'était la fin de leur croisière, Cliff fit glisser le canot vers la rive gauche où une grande plage de sable leur permettait un accostage confortable. Il déploya une carte, et Cascal se rendit compte qu'il s'agissait d'un montage de photos aériennes.

— Où vous êtes-vous procuré ces photos?

Il se mordit les lèvres, mais la question avait fusé malgré lui.

— Ça ne vous regarde pas, Señor. (Cliff entoura d'un cercle rouge la partie du fleuve longée par la barrière blanche.) Nous sommes ici, très exactement. Ensuite viennent quatre rapides, assez rapprochés; il est donc inutile de songer à poursuivre avec les embarcations, si nous devons passer notre temps à accoster et à porter les barques pour contourner ces obstacles.

— En d'autres termes... on continue à pied? interrogea Forster.

— Vous avez des cors? fit Cliff sur un ton venimeux.

Forster serra les poings et lui tourna le dos. « Quel type répugnant, se dit-il. Je me demande ce qui me retient de lui écraser sa grande gueule... Mais à quoi bon, il est fort comme un buffle. Pour en venir à bout, il faudrait que nous nous mettions tous ensemble... et que nous soyons d'accord. D'ailleurs, ce ne serait pas encore la bonne solution, puisque Ellen est béate d'admiration devant lui... » Aussi avala-t-il l'insulte. L'amour faisait de lui un lâche.

Le déchargement se révéla pénible. Quant à la répartition des bagages, elle provoqua des discussions violentes.

Les mains aux hanches, Cascal bourra de coups de pied le sac qui était destiné à ses épaules.

— Jamais! hurla-t-il. Vous me prenez pour un âne bâté? Dix chevaux sauvages ne me forceraient à porter ce chargement.

— Je n'en ai pas besoin, Señor... J'ai ce qu'il me faut. (Cliff leva les poings sous le nez de Cascal.) Il reste encore trois cents kilomètres jusqu'aux sources du Juma, ce qui correspond à trente jours de marche sans se presser. Serez-vous le seul à flancher?

Cliff regarda sa troupe; apparemment, Cascal ne semblait pas le seul contestataire; les autres fixaient sur Haller des yeux méchants.

— Ah bon! fit-il avec désinvolture. Je vois. C'est une épidémie... On fait sa petite révolution, hein? Ellen... (Il tourna la tête vers elle, avec un large sourire :) Vous n'avez pas eu de chance dans le choix de votre troupe. Rien que des gars mous comme des chiques...

A cet instant précis, Cascal explosa. Il fonça et frappa de toutes ses forces. Son poing atteignit Cliff au menton, ce qui aurait envoyé au tapis n'importe quel adversaire de niveau moyen. Mais pas Haller. Il se secoua comme un chien mouillé, contempla Cascal d'un regard incrédule et courba légèrement l'échine.

— Cliff! hurla Ellen Donhoven d'une voix grêle.

Un autre cri fit écho, celui de Rita Sabaneta accroupie auprès du feu, car pendant la maladie de Palma, elle avait pris en main les questions culinaires.

— Vous ne faites pas le poids, Señor, dit Cliff à voix basse. Je n'apprécie guère les caresses de ce genre.

Cascal évita un direct du gauche meurtrier; il esquissa quelques pas de danse et, soudain, la peur s'empara de lui, Cliff fonçait, mais un raz de marée le recouvrit. Une grêle de coups s'abattit sur lui, venus de partout à la fois, un tonnerre de jurons et d'insultes emplit l'air, mêlé aux grognements haletants des lutteurs... Au milieu d'un tourbillon de bras, Cliff ripostait tant bien que mal, le sang lui coulait du nez, mais il n'abandonna pas le terrain.

Et puis, aussi soudain que le silence après l'orage, le calme revint dans la clairière. Les hommes s'écartèrent de leur victime.

Cliff gisait au milieu du ring, sur le dos, le visage tuméfié, un œil fermé, l'autre entrouvert. Ellen et Rita se précipitèrent à son chevet; elles épongèrent le sang et lui rafraîchirent la figure avec des compresses froides.

— Bande de lâches! gronda Ellen en prenant sur ses genoux la tête de Cliff, tandis que Rita lui ouvrait sa chemise et lui massait le cœur. Puis elle alla chercher un jerrican d'eau qu'elle déversa lentement sur le blessé toujours inanimé.

— C'était inévitable, murmura Forster. Ellen, la patience aussi a ses limites.

— Je vous interdis de m'adresser la parole! hurla-t-elle en réponse. Il m'est déjà assez pénible de devoir supporter votre présence!

— Ellen!

Il la releva avec violence et elle se débattit comme un diable, le frappant au visage de toutes ses forces. Le docteur Forster lui maintint fermement les deux bras collés au corps. Elle tenta encore une fois de le frapper du genou, sans succès.

— Vous perdez la tête? cria-t-il. Vous ne comprenez donc pas que notre sort lui est totalement indifférent, à ce sale type? Du diable si nous savons même ce qui l'attire chez les Jumas! Que nous crevions tous l'un après l'autre ne lui ferait même pas ralentir son allure!

— Vous le détestez parce qu'il est plus fort que vous tous! Parce qu'il vous est supérieur à tous! s'écria Rita à son tour.

Ellen et Rita se relayaient pour étancher le sang qui s'obstinait toujours à couler du nez de Cliff. Malgré une immobilité apparente il était évident que l'état de Cliff ne justifiait aucune crainte. Il reprenait son souffle et rassemblait ses forces. Il avait le temps. Trois cents kilomètres de forêt hostile l'attendaient, avec la perspective d'avoir à se défendre à tout instant d'une attaque possible des six hommes à l'affût d'une minute d'inattention de sa part...

« Agréable perspective, se dit-il. A vrai dire comme excursion, on fait mieux. Je me demande comment réagira Mr. Hodkins, à Washington, quand je lui présenterai la facture! Ils se la coulent douce, au quartier général. Penchés sur une table couverte de photos aériennes, ils montrent du doigt un point dans la forêt vierge, où, paraît-il, jamais un être humain n'a pénétré. « Cliff, disent-il alors, c'est du travail pour vous. Allez-y donc voir un peu. Cette promenade ne doit pas manquer d'intérêt... A première vue d'ailleurs, on ne distingue rien d'autre qu'une forêt sans fin. Mais regardez donc attentivement la photo numéro dix-neuf... Vous voyez cette sorte de reflet brillant? Ce n'est certainement pas un bijou porté par une Indienne... Qu'est-ce que tu en penses, Cliff? Une petite randonnée au pays des orchidées? On dit que là-bas, les femmes sont exceptionnelles. Des métisses... »

Cliff Haller releva la tête, puis il s'assit les yeux fixés sur Forster, il hocha la tête.

— Il a raison, le gamin. Je me fous éperdument de leur sort... Par contre, Ellen, Rita et moi, nous, nous irions chez les Jumas! Je suis prêt à parier n'importe quoi...

Il se remit sur pied, sautilla deux ou trois fois pour se réchauffer les muscles et faire circuler le sang. Quelques exercices rythmiques de respiration achevèrent de lui rendre sa forme. Il embrassa Ellen et Rita sur la joue.

— Merci, girls! Le brave Cliff est de nouveau okay. Quant à ces courageux gentlemen, je les emmène à la campagne... On repart. Ellen, vous êtes capable de porter dix kilos?

— Bien sûr, Cliff.

— Rita, toi, tu es une fille forte. Prends le sac jaune.

Quant à lui, il lança son chargement sur les épaules, suspendit un fusil autour du cou, d'une main il saisit une machette et de l'autre, fit un signe d'adieu à la troupe.

— Allez, les petites, quelques kilomètres encore, et on y est. Serrez les dents.

Il partit en avant, taillant le chemin à coups de machette à travers l'enchevêtrement de lianes, véritable colosse tout en muscles et en énergie.

Ellen Donhoven à son tour prit son sac et aussitôt, le docteur Forster se précipita pour l'aider. Mais elle le repoussa d'un coup de poing en pleine poitrine.

— Ne me touchez pas! cria-t-elle, le visage défiguré par la haine.

— Elles sont complètement cinglées, conclut Fernando Paz dès que les deux femmes et Cliff eurent disparu dans les arbres. Un seul regard de ce gars-là, et les filles sont comme droguées à mort. Nom de Dieu, on les abandonne et on rentre! Aussi idiot que cela paraisse, je ne m'en sens pas le courage.

— Allez, en avant!

Cascal poussa un soupir en jetant le sac sur son dos. Pour lui, le sort en était jeté. Impossible de reculer. Encore cent kilomètres, et on pénétrait dans la zone interdite... D'ici là, l'expédition devait se disloquer.

Vingt minutes plus tard, ils avaient rattrapé le trio de tête.

— Tiens! Les baudets se sont décidés à nous suivre quand même! constata Cliff à haute voix.

Rien que pour cette remarque, Forster aurait pu lui régler son compte sur place.

Durant la nuit, on entendit de nouveau un ronronnement dans le ciel.

De lourds avions de transport... Une escadrille de dix machines, au moins. Pendant un bon quart d'heure, le calme nocturne fut rempli de grondements et de vibrations.

Cliff leva la tête. Cascal aussi avait les yeux grands ouverts.

Tiens! On apporte aux Indiens leur provision de Coca-Cola et de sous-vêtements... fit Cliff gaiement.

Mais Cascal serra les lèvres et se tourna de l'autre côté. Il n'approuvait pas du tout la tactique du général, à Manaus. Laisser Cliff Haller traverser tranquillement la forêt, pour connaître le point faible de leur zone, lui paraissait très risqué...

Le surlendemain, Fernando Paz et Alexander Jesus n'étaient plus que des cadavres.

Ce fut une mort étrange. Brusquement, ils tombèrent à genoux, l'écume à la bouche; leurs corps furent secoués d'un affreux tremblement, leurs yeux s'écarquillèrent d'horreur... puis ils perdirent connaissance, et dix minutes plus tard, ils rendaient le dernier soupir.

Le docteur Forster les ausculta comme il put; il leur injecta tout ce qu'il possédait comme contrepoisons, mais finit par capituler... Rien n'y fit; il ne lui restait plus qu'à leur fermer les yeux.

— Ils ont été empoisonnés, déclara-t-il. Cela ne fait aucun doute. Mais comment?

— Les Indiens? interrogea Cascal.

— Allons donc! (Cliff s'agenouilla auprès des cadavres.) Dans ce cas, nous y serions tous passés. D'ailleurs où sont les flèches?

— Ils tirent sur leurs victimes des petites chevilles de bambous, à l'aide de sarbacanes... « La mort silencieuse », appellent-ils ce petit jeu.

— Rien de plus simple que de s'en assurer tout de suite.

Cliff et Forster déshabillèrent les morts, mais ne purent découvrir aucune trace révélatrice sur leurs corps. Le front soucieux, Cliff contemplait les membres tordus par la souffrance.

— Cela me rappelle le cas de Moco, dit-il pensivement. Quelqu'un les a empoisonnés... Soit avec de l'eau, soit pendant le repas. Le cercle se rétrécit. Il ne reste plus que Cascal, Forster, Campofolio, Rafaël Palma et moi... L'un d'entre nous supprime les autres systématiquement, à tour de rôle.

— C'est absurde, fit Forster.

— Je les ai vus boire tous les deux dans leur gourde, bredouilla Rafaël Palma d'une voix à peine perceptible.

Pour lui, cette marche forcée à travers la forêt représentait une torture de tous les instants. Sa jambe était sauvée, certes, l'enflure avait disparu et la blessure guérissait normalement. Mais chacun de ses pas résonnait dans son cerveau comme autant de coups lancinants. Il n'était pas question de rester en arrière, car c'était la mort certaine, à plus ou moins brève échéance. Il fallait donc avancer, suivre les autres, coûte que coûte... D'ailleurs la peur de se voir abandonné le tenaillait. Mais souvent, la souffrance lui arrachait des grincements de dents.

Cliff déboucha la Thermos d'Alexander Jesus et huma le thé froid qu'il tendit ensuite à Cascal.

— Essayez un peu pour voir.

— Vous êtes fou?

— Qui a préparé le thé?

— Moi, dit Rita. J'ai rempli toutes les gourdes, et moi-même j'en ai bu.

— Alors, quelqu'un a profité de la nuit pour verser du poison dans les gourdes de Paz et de Guapa. Moi aussi, j'ai bu du thé, et je ne suis pas mort. Ça ne peut pas venir de l'eau...

— Les Indiens... répéta obstinément Cascal.

— Taisez-vous avec vos Indiens, Cascal! Vous vous imaginez qu'ils se faufilent jusqu'à nous, versent quelques gouttes de poison dans deux bouteilles, et repartent comme ils sont venus. Pour eux, il n'y a pas de moyen terme; tous, ou personne. S'ils voulaient nous tuer, il leur suffisait de se servir de leurs sarbacanes.

La méfiance réciproque devenait intolérable. Et Ellen Donhoven exprima à sa manière claire et cinglante le sentiment général :

— A partir de maintenant, chacun pour soi...

— Et moi, je tire sans préavis sur celui qui approche

son voisin de trop près. A partir de maintenant, on respecte une distance de cinq mètres entre chacun, même la nuit. Ellen, Rita et moi, nous nous relayerons pour monter la garde. Le premier qui viole la frontière des cinq mètres est un homme mort. C'est clair? (Cliff Haller pointa sur les deux cadavres un index menaçant.) Qu'est-ce qu'on en fait? On les enterre, ou on les jette dans la rivière?

— On les enterre..., répondit Campofolio d'une voix sourde. Cliff, qu'est-ce que vous avez donc à la place du cœur?

— Je suis un réaliste, moi, voilà tout. Il faut beaucoup de temps et de force pour creuser deux tombes. Et nous avons bien besoin de l'un comme de l'autre. Dans la rivière, ils seront liquidés plus rapidement que s'ils étaient incinérés. Quelle est la différence, entre devenir des cendres ou de la nourriture à poissons!

— Dire que vous béez d'admiration devant ça, Ellen! ne put s'empêcher de lancer Forster d'une voix âpre. Un monstre pareil!

Ellen Donhoven serra les lèvres. Elle arracha une petite pelle pliante de ses bagages et commença à creuser un trou. Sans prononcer le moindre mot, Cliff lui prit la pelle des mains.

Il fallut cinq heures pour enterrer convenablement Fernando Paz et Alexander Jesus Guapa. Ils piétinèrent les deux tombes, consciencieusement et les recouvrirent de galets. Campofolio aurait aimé tailler une croix, mais Cliff sonnait le rassemblement pour le départ; il trépignait d'impatience.

— Cela n'empêchera pas Dieu de s'occuper d'eux, dit-il d'un air moqueur. Mais personne ne s'occupera de nous. Nous avons déjà perdu une demi-journée...

Ils reprirent leur marche. Mais, entre-temps, l'ambiance avait encore empiré.

Jusque-là, ils traversaient l'Enfer Vert... Maintenant,

ils traînaient avec eux un deuxième enfer. Celui de la méfiance réciproque, bien proche de la haine.

Pendant trois jours, tout alla bien.

Ils avançaient pas à pas à travers le fouillis de la végétation, soucieux de respecter entre eux la distance imposée, et, la nuit, ils s'étendaient en file indienne, également à cinq mètres les uns derrière les autres. Comme prévu, Ellen, Rita et Cliff prenaient la garde à tour de rôle, ce qui n'empêchait pas les autres de se surveiller mutuellement presque constamment. Le matin, tout le monde était fatigué, et il s'en serait fallu de peu qu'ils ne s'arrachent les cheveux réciproquement.

La quatrième nuit, Cliff faisait les cent pas à travers le campement nocturne. Le feu était tombé et, seule, la lueur affaiblie des braises dessinait des ombres dans le noir. Rita Sabaneta dormait profondément... Pour plus de sûreté, Cliff lui adressa la parole, et essaya même de la secouer légèrement, mais elle se contenta de murmurer quelques mots incompréhensibles et continua à dormir.

Cliff alluma une cigarette et alla s'adosser à un arbre, la tête en arrière. Les épreuves des jours précédents avaient davantage ébranlé ses forces qu'il ne le laissait paraître; mais, à un observateur attentif, les traces d'une lassitude générale n'auraient pas échappé : le visage aminci, les joues creuses, les yeux profondément enfoncés dans leurs orbites, et autour de la bouche, de grosses rides qui s'étaient formées en quelques jours.

« Encore deux cents kilomètres, songeait-il. Qu'est-ce que c'est, deux cents kilomètres? diraient les copains en riant. Une randonnée de deux heures sur l'autoroute... Un intermède entre deux émissions de jazz...

« Oui, mais ici, cela représente vingt jours de marche, à condition que tout aille bien! Vingt jours de forêt suintant d'humidité et de fournaise infernale. Vingt jours d'air pesant, avec la menace de ces poissons cannibales à portée de la main. Vingt jours à avoir peur d'un nouvel incident à chaque pas.

« Et ensuite?

« Ensuite, le grand jeu... la partie la plus dure du travail. En plein domaine de la mort, s'ils te pincent, mon vieux... Entre leurs mains, tu ne pèseras pas lourd, et personne ne saura jamais comment ils t'auront supprimé. Te pendront-ils, ou te livreront-ils vivant aux piranhas? Un simple coup de fusil, ou la mort à petit feu, haché menu ou à force de tortures...

« Qui es-tu? D'où viens-tu? Pour le compte de qui travailles-tu? Qu'as-tu déjà vu et quels renseignements as-tu transmis?

« Ils te laisseront mourir comme ça, centimètre par centimètre.

« Si vous aviez la moindre idée de ce que c'est, vous autres, à Washington! »

Soudain, il sursauta. Une ombre se glissait à travers les arbres.

— Ellen...? interrogea-t-il à voix basse.

— Oui... (Elle s'approcha de l'arbre et s'assit par terre, genoux au menton. Dans ses grands yeux bleus, il lut une prière enfantine : « Pitié, ne me renvoie pas... Laisse-moi rester près de toi... ») Je n'arrive pas à dormir.

— Tu as peur?

— Non. Puisque tu es là...

— Quoi donc alors, Baby?

– Je t'aime.

Il passa son bras autour de sa taille et la serra contre lui. Ellen l'embrassa, elle sentit la caresse sur sa poitrine tendue, et la joie s'insinua en elle.

– Viens, lui dit-il d'une voix tendre, mais Ellen y perçut une nuance d'impatience. Il nous reste bien peu de temps pour goûter encore au bonheur.

Ils se faufilèrent derrière les arbres et, serrés l'un

contre l'autre, tombèrent sur le sol mou, dans un fourré touffu...

Lorsqu'elle sentit une main lui empoigner l'épaule, Rita Sabaneta sursauta. Elle étouffa un cri, et la même main s'aplatit durement sur sa bouche.

— Chut! murmura une voix d'homme. Nom de Dieu tiens-toi tranquille et éveille-toi. C'est moi, José. (Cascal était étendu tout contre elle; il lui découvrit la bouche et se serra encore plus près.) La nuit est remplie de mystères passionnants, lui chuchota-t-il à l'oreille. Cliff et la femme allemande ont disparu dans la forêt...

Du coup, Rita fit un bond, mais Cascal la plaqua durement au sol.

Du calme, murmura-t-il. Rien que du calme.

Sa main se promena sur les seins de Rita. Il l'entendit grincer des dents.

— Je vais les tuer... Tu m'entends? Je l'ai prévenu... Je vais les tuer.

— Ce serait une grosse bêtise, Poupée. (Cascal lui caressa doucement le visage, du bout des doigts, puis, brusquement, sa main s'abattit sur le chemisier de Rita qu'il déboutonna sans ménagement, et il s'empara de son sein droit. Elle essaya de se défendre, mais Cascal la tenait trop bien pour qu'elle pût espérer arriver à un résultat sans ameuter toute la forêt.

Enlève ta main! gronda-t-elle.

Lui, pendant ce temps-là, il est là-bas, dans les fourrés, et il te trompe... Et toi, tu vas jouer les saintes nitouches? (Sa voix vibrait d'excitation.) Pourquoi le tuer? Mieux vaudrait l'humilier! Briser son orgueil! Frappe-le avec ses propres armes!

Étendue sur le dos, à même le sol, Rita tremblait de fureur. Elle se cabra quand Cascal lui arracha son corsage et releva sa robe; puis sans transition, elle se cabra comme une furie, et l'attira sur elle avec une force démoniaque.

— Oui, dit-elle tout haut. Qu'il soit témoin! Et qu'il en crève!

Cascal essaya de la faire taire, mais elle lui mordit violemment la main, le griffa, le bombarda de coups de poing jusqu'à ce qu'il libérât sa bouche.

— Ah! cria-t-elle en délire. Quelle fournaise! Je brûle...

La poitrine haletante, elle arracha à son tour la chemise de Cascal et se cramponna à lui des bras et des jambes; elle s'enroula littéralement autour de lui comme un serpent, pour qu'il ne puisse plus la lâcher.

— Tu es cinglée! grogna-t-il. Maudite garce! Lâche-moi, à la fin!

Il essaya de se dégager, mais elle collait à lui comme une pieuvre à sa victime. Il fallut que Cliff s'approchât pour que, enfin dégrisée, elle lâchât Cascal; bras et jambes étendus, elle n'aurait pu adopter de posture plus obscène pour lancer son défi à Cliff Haller. Gêné, Cascal roula sur le côté.

— Ah! Quel amant merveilleux! dit-elle d'une voix déformée par l'excitation, le souffle haletant, ses yeux étincelants rivés sur Cliff. Jamais encore je n'avais atteint un tel sommet! Elles avaient bien raison, les filles de Rio : les Yankees sont plutôt fadasses... Tout se passe au chrono... A chacun son record de vitesse...

Cliff la releva et commença par lui administrer une paire de claques retentissantes qui la jetèrent au sol. Après une certaine hésitation, Cascal se décida à passer à l'action; il arracha un tison incandescent du feu, mais du fond de l'obscurité, Ellen Donhoven poussa un hurlement; les autres accoururent.

Cliff sortit son revolver et fit sauter ostensiblement le cran de sûreté.

— Cinq mètres de distance, les gars... ou je tire.

Palma, Campofolio et Forster s'immobilisèrent, tandis que Cascal s'inclinait devant Cliff, son tison rouge à la main.

— Laisse tomber cette matraque ridicule, cria Haller.

— Viens donc la chercher! lança Cascal.

Incroyable à quel point les hommes deviennent de parfaits idiots dès qu'ils sont couchés sur le corps d'une femme, ricana Cliff. Cascal, vous m'avez atteint au point le plus sensible. Je ne vous accorde pas Rita...

— Je le sais bien!

Ah! C'est donc cela...

Oui, je connais votre talon d'Achille... Et maintenant, espèce de héros encorné? hurla Cascal dans un rire triomphal.

Tu vas voir!

Haller tira sans préavis, et le tison roula à terre, sans que Cascal soit touché. Celui-ci poussa un juron.

La suite se déroula à la vitesse de l'éclair. Trois bons coups de poing envoyèrent le Brésilien au plancher; Cliff le releva et lui assena une nouvelle volée de coups au menton, puis il lâcha sa victime qui s'effondra sans réaction, comme un sac de son.

Cliff se tourna alors vers Rita, toujours étendue. Elle le mordit à la main et essaya de le frapper, mais il la secoua comme un insecte entre le pouce et l'index.

Sans un mot, il la traîna jusqu'à un arbre; au passage, il avait pris quelques cordes sur un sac et se mit en devoir de ligoter Rita à la potence.

Elle hurla et oscilla de la tête; elle gigota comme un diable, supplia...

— Écoute-moi, Cliff! Pitié... Tu ne peux pas faire ça... Laisse-moi t'expliquer. C'est une idée de José... Cliff, je t'aime... C'est toi qui as commencé, tu m'as trompée le premier... Au secours!

— Arrêtez, tout de suite! hurla Campofolio en s'interposant, mais Haller fit un demi-tour brusque sur ses talons et le mit en joue.

— Recule! ordonna-t-il. Il serait temps que tu

comprennes enfin que nous ne sommes pas en vacances ici!

Deux coups de feu claquèrent, qui soulevèrent la terre aux pieds de Campofolio.

Salaud! gronda Forster. On finira bien par vous avoir, vous aussi!

Une fois Rita solidement attachée au tronc d'arbre, Cliff Haller revint vers le feu, sans souci des cris, des appels désespérés et des supplications de la malheureuse.

Nous allons procéder autrement, dit-il. Vous marcherez devant, Messieurs... Ce qui me permettra de vous tenir à l'œil. Allez, on repart! Une balade nocturne nous fera le plus grand bien à tous... A moins que l'un d'entre vous ne tombe de fatigue...

Sans un mot, ils chargèrent leurs épaules et obéirent, Forster, Campofolio et Palma en tête. Rita Sabaneta continua à hurler jusqu'à ce que sa voix se brisât en sanglots inarticulés. En queue de file, Cliff Haller...

Il alla chercher Ellen et lui mit la main autour de la taille, mais d'un bond souple, sur le côté, elle évita son contact.

— Tiens, tiens..., fit-il en riant. Un sursaut de morale?

— Tu me fais peur. (Ellen Donhoven hâta le pas.) Ne m'approche pas!

Tout d'un coup, elle se mit à courir vers Forster comme si elle avait le feu aux trousses.

— Puis-je rester près de vous, Rudolf? demanda-t-elle d'une petite voix humble.

Il répondit d'un simple signe de tête, sans ralentir son allure. Comme une aveugle, Ellen s'accrocha au ceinturon de son compagnon.

Un ultime hurlement leur parvint encore, enroué et poignant comme celui d'un oiseau affolé. Rita y avait mis tout ce qui lui restait de forces... puis ce fut le silence, un silence tellement lourd et tragique qu'ils s'arrêtèrent tous sur place et échangèrent un regard sombre.

— J'ai peur, Rudolf, murmura Ellen.

Le docteur Forster posa son bras sur les épaules de la jeune femme, mais il aurait été incapable de prononcer le moindre mot, tant il avait la gorge serrée.

# 3

JOSÉ Cascal reprit peu à peu ses esprits. Il gémit bruyamment et finit par se tourner sur le ventre. Il n'aurait su dire combien de temps il était resté étendu sur le sol près du feu après la raclée que lui avait infligée Cliff Haller, mais il avait dû s'écouler certainement plusieurs heures, car le feu était presque mort. La nuit blafarde s'était emparée de la forêt et un concert de piaillements et de craquements emplissait la forêt. Au milieu des dialogues d'oiseaux et des sifflements d'origine imprécise, José Cascal perçut distinctement une sorte de râle qui acheva de le ramener à la réalité.

Il se redressa et passa la main sur son visage tuméfié. Puis il se leva péniblement. Comme un homme ivre, il risqua quelques pas chancelants, la vue encore brouillée par la longue syncope d'où il émergeait à peine. Et il se secoua avec force, tel un chien mouillé au sortir du bain.

Ces gémissements... Une voix de femme. Elle venait du fond de la nuit, de l'autre côté du feu, à la lisière de la forêt. Il ne voyait toujours rien.

Puis la mémoire lui revint lentement... Cette attaque stupide contre Haller, Rita à demi nue, à genoux devant lui, pleurant et suppliant, l'horreur qui paralysait les hommes demeurés à quelques mètres de distance...

Rita! fit Cascal à voix basse. (Et comme il ne

recevait pas de réponse, il répéta plus fort :) Rita! Rita!

— Oui... José... Ici...

Une voix chevrotante, enrouée à force d'avoir hurlé, une voix sans timbre, qui n'était déjà plus qu'un souffle. A tâtons, Cascal partit en direction de cette voix, dans l'obscurité; en passant près du feu, il saisit un tison presque éteint qu'il fit tournoyer plusieurs fois en l'air pour ranimer le feu. Dès qu'une flamme monta, il se servit du tison comme d'une torche et reprit sa marche à l'aveuglette. Quelques ombres spectrales l'entouraient, dansant autour de lui un ballet infernal. Enfin il aperçut Rita.

Nue, uniquement soutenue par les cordes, elle semblait à bout de forces, totalement abandonnée au désespoir; sa tête oscillait de côté et d'autre, entraînant la masse des cheveux noirs qui pendaient devant son visage comme un voile funèbre.

Quel salaud!... bredouilla Cascal. O Dieu! Pardonne-moi si je tue cet individu comme un insecte malfaisant.

Lui non plus n'avait pas retrouvé ses forces. Il clopina jusqu'à l'arbre en chancelant et, les doigts tremblants, il dénoua les cordes.

Aussitôt délivrée, Rita glissa sur elle-même et roula sur le sol, bras étendus, comme une chiffe molle, les yeux fermés.

Cascal retourna à la rivière; il ôta sa chemise qu'il trempa dans l'eau et revint vers la pauvre fille inanimée. Avec une grande douceur dans les gestes, il lui rafraîchit tout le corps, humecta ses tempes et son front et lui massa tendrement la poitrine, la région du cœur, le ventre, les jambes, et comme le résultat se faisait attendre, il se mit à la frapper avec la chemise mouillée, de plus en plus fort, jusqu'à ce qu'enfin la vie revînt dans le corps martyrisé.

Rita remua légèrement, ses poumons se dilatèrent et sa respiration reprit un rythme normal. Ses grands yeux sombres fixèrent sur Cascal un regard de fauve à l'agonie.

Où... où est-il? demanda-t-elle d'une voix à peine perceptible.

Une joie profonde remua le cœur de Cascal; il se pencha vers elle, lui souleva tendrement la tête et l'embrassa à plusieurs reprises, très doucement pour ne pas lui faire peur.

Puis il posa délicatement la tête de Rita sur ses cuisses comme sur un oreiller et lui caressa les joues. « Je l'aime vraiment », se dit-il, tout surpris lui-même d'être encore capable d'un tel sentiment. Dire qu'au début, il ne cherchait qu'à se venger de Cliff. Il était pris à son propre piège...

Ils sont tous partis... Je ne sais pas moi-même combien de temps je suis resté inconscient.

Il la serra contre lui et déposa un baiser sur chacun de ses yeux.

Comment te sens-tu, Favorita?

Je voudrais mourir...

Mourir? A cause d'un démon comme Cliff? Au contraire, Rita, nous allons le pourchasser comme une hyène puante.

Nous? Qui ça, nous?

— Toi, moi et mes amis.

— Je suis tellement fatiguée, José, fatiguée à en mourir! (Elle promena ses doigts sur les mains poilues de Cascal.) Que pouvons-nous faire? Il est plus fort que nous!

— Tu t'imagines qu'il est plus fort que nous, mais tu ne sais pas encore quelle puissance nous protège. Attends un peu...

Il dégagea de ses genoux la tête de Rita et la déposa sur la chemise humide, roulée en boule.

Puis il se leva et partit en exploration à travers le campement. A la lueur de sa torche improvisée, il découvrit les bagages de Rita et les siens, abandonnés par Cliff.

D'une main fébrile, il fouilla son sac et, au milieu de petites boîtes et de paquets, il sortit un objet sombre, tout en longueur. Il jeta un regard sur sa montre et dévissa l'objet mystérieux.

Rita souleva la tête.

— José! appela-t-elle d'une voix apeurée.

— Je suis là... Dans une heure, nous sortirons de cet enfer.

Il rejoignit la rive du fleuve et tendit en l'air une sorte de revolver dans le canon duquel il avait introduit une douille allongée en forme de pétard pour feu d'artifice. « Dans dix minutes, ils seront là, se dit-il, et dans une heure au plus tard, on viendra nous chercher... Il se repentira de cette faute, Cliff Haller! Mieux eût valu pour lui nous tuer tout de suite! »

Cascal posa le revolver près de lui et s'allongea sur le dos, sans quitter son poste d'observation. Rita aussi laissa retomber sa tête sur la chemise. Son corps tuméfié brûlait de partout et était secoué de frissons. Mais ce n'était rien en comparaison de la haine qu'elle éprouvait à l'égard de Cliff Haller et d'Ellen Donhoven. Elle claquait des dents tant était profonde son émotion, son cœur battait à tout rompre, et ses ongles involontairement s'incrustaient dans le sol mou, comme des griffes.

— José! appela-t-elle de nouveau, mais cette fois, sa voix avait retrouvé un timbre normal.

— Oui?

— Qui es-tu donc?

— Je t'expliquerai tout cela plus tard... Encore cinq minutes de patience. Tiens, tu entends?

Un ronronnement lointain, encore très vague parmi les mille rumeurs de la forêt enveloppée de nuit. Très vite, pourtant, il se fit plus distinct, s'approcha et s'enfla comme un coup de boutoir de la nature en furie.

— Des avions, murmura Rita en s'asseyant pour examiner Cascal plus à l'aise.

Debout maintenant au bord de l'eau, Cascal tenait en l'air son revolver. Ainsi ces avions inconnus qui presque toutes les nuits venaient troubler la paix nocturne de la forêt, que personne ne voyait dans le ciel couleur d'encre mais que chacun entendait distinctement, ces avions qui avaient attiré toutes les nuits Cliff Haller sur le seuil de sa cabane... et toutes les nuits, après avoir enregistré l'heure, il s'était précipité sur son poste émetteur pour transmettre un mystérieux message à ses correspondants invisibles... Ces avions, ils allaient les sauver en pleine forêt...? Quelles relations y avait-il donc entre Cascal et eux?...

Le grondement des moteurs arrivait au-dessus de leur tête. Cascal fit feu. Un coup sec, et la petite fusée fonça à la rencontre du ciel obscur où elle éclata. Pendant plusieurs secondes, une petite balle rouge suspendue à un minuscule parachute plana dans les airs avant de se noyer dans le rio Tefé, près de la berge.

Trois fois, Cascal tira, et trois fusées illuminèrent le ciel d'une lueur couleur de sang. Puis il rejoignit Rita et la serra fougueusement contre lui.

— Nous sommes sauvés, dit-il. Tu vas avoir un vrai lit douillet; un médecin t'examinera et tu seras soignée et dorlotée comme une princesse... Et puis, nous expédierons Cliff aux enfers...

Elle approuva d'un signe de tête muet, se colla contre sa poitrine, les yeux fixés sur l'eau du rio Tefé.

— Qui es-tu donc? répéta-t-elle à voix basse après une longue réflexion.

Cascal l'embrassa dans le cou; il souriait tandis que sa main caressait le corps magnifique et abandonné de Rita.

— Je suis José Cascal, capitaine de l'armée brésilienne et membre des services secrets, section Manaus. C'est tout.

— Des services secrets! (Rita écarquilla les yeux.) Dès le début alors, tu étais sur les traces de Cliff...

— Non, j'ignorais même son existence. Notre rencontre a été purement fortuite. C'est une chance invraisemblable que le hasard nous ait mis en présence l'un de l'autre! Il t'a raconté ce qu'il cherchait dans ce coin perdu?

— Non, jamais. Mais toutes les nuits, il envoyait des messages-radio. Si vous n'étiez pas arrivés, nous devions lever l'ancre trois jours plus tard et poursuivre notre randonnée.

— Où as-tu fais sa connaissance?

— A Rio. Dans un bar où je dansais.

— Et tu l'as suivi dans la forêt sans hésiter, les yeux fermés?

— Je l'aimais, José. C'est un homme d'une trempe exceptionnelle. Dans ses bras, je me sentais au septième ciel. (Elle embrassa Cascal à son tour.) Maintenant, j'ai appris que le diable avait plus d'un tour dans son sac, et qu'il ne fallait pas se fier aux apparences... Je le tuerai, José!

— Pas toi! C'est moi qui le tuerai. Tu auras le droit d'assister à la mise à mort du taureau dans l'arène.

Ils demeurèrent étendus l'un contre l'autre, sur le sol moelleux, mais sans faire l'amour. Leur présence mutuelle, le contact délicat des épidermes, pour l'instant, leur suffisaient.

Au bout d'une petite heure, ils entendirent un bourdonnement aigu dans l'air. Cascal leva le doigt en riant.

— Les voilà! s'écria-t-il. Ils viennent nous chercher! Au petit jour, tu seras couchée dans des draps blancs...

Ils coururent jusqu'aux sacs abandonnés près du feu; Rita revêtit en hâte une robe simple et Cascal se chercha fébrilement une chemise convenable. Soudain le rio Tefé s'illumina de mille feux : un projecteur puissant balayait la clairière.

Un hélicoptère muni de flotteurs se posa doucement sur la rivière; puis la puissance du moteur diminua progressivement, ralentissant la vitesse de rotation des pales, et l'appareil vint accoster en douceur près de la berge.

Cascal se rua en direction des phares, les bras étendus, riant comme un enfant ravi.

— Amigos! hurla-t-il. Ici! Amigos...

De la cabine de pilotage sortit un canot pneumatique, suivi d'un homme en uniforme de cuir et casque d'aviateur.

Rita courut à son tour dans le rayon du projecteur et se jeta comme une folle dans les bras de Cascal. Elle riait, elle pleurait, elle l'embrassait avec frénésie. Cascal la porta jusqu'au canot de sauvetage.

— Ils sont là, bredouilla-t-elle, n'osant pas encore croire au miracle. Ils sont venus nous chercher... Ah José! Je n'y croyais vraiment pas...

Deux heures plus tard, exactement comme Cascal le lui avait promis, elle reposait dans un bon lit; un médecin et deux infirmiers s'occupaient d'elle. On lui apporta tout d'abord un plateau abondamment garni. Mais soudain, sans raison apparente, elle sombra dans une crise de larmes qui ressemblait fort à de l'hystérie. Le médecin lui fit une piqûre.

Ce monde nouveau, inconnu et mystérieux, avait eu raison de sa résistance nerveuse.

Dix jours durant, ils errèrent de sentiers étroits en fouillis inextricables, par une chaleur de brasier, entourés d'un essaim de moustiques; ils eurent à subir les assauts du déluge quotidien, suivi du sauna irrespirable, les attaques d'un soleil impitoyable, les nuits tièdes aux exhalaisons nauséabondes, et la compagnie constante de bêtes invisibles dont le souffle et les cris les frôlaient à chaque pas.

Cliff Haller avait fini par renoncer à chasser loin de

lui les trois hommes. Forster, Campofolio et Palma n'étaient pas des adversaires à sa hauteur. Complètement abrutis, ils tiraient leurs kilomètres comme des automates, en traînant leurs bagages; et la nuit, ils dormaient auprès du feu, dans un état d'épuisement voisin de la mort. Comment auraient-ils pu encore songer à attaquer Cliff? D'ailleurs, que faire? Le tuer? Et ensuite... Autour d'eux, sur des centaines de kilomètres à la ronde, il n'y avait que l'enfer, l'infâme enfer de la forêt, marécages, rivières, forêts et lianes, soleil et pluie... Il n'y avait plus que la solution d'aller de l'avant, et Cliff Haller était le seul parmi eux à donner la direction, car il paraissait savoir, lui, où se terminerait la marche infernale.

Ellen Donhoven ne quittait plus Forster. Depuis la nuit atroce au cours de laquelle Cliff avait lié Rita toute nue à l'arbre et l'avait abandonnée à la férocité de la forêt, elle avait fui Cliff. Trois fois pendant ces dix jours, il avait tenté de l'attirer à lui, et chaque fois elle l'avait repoussé sans ménagement.

Un soir, Cliff alla rejoindre Ellen assise près du feu; il esquissa un geste de la main vers elle, mais elle le chassa brutalement sans un mot, comme un insecte.

— Baby, il est temps que je te donne quelques explications, je crois, dit-il en jetant un regard de défi sur Forster installé à la droite d'Ellen, et occupé à faire griller un poisson à la broche.

— Il n'y a plus rien à expliquer, répliqua Ellen d'une voix glaciale.

— Tu trouves? (Cliff ricana, mais il était embarrassé.) Cette histoire avec Rita, par exemple...

— Je ne veux plus en entendre parler!

— Pourtant, c'est indispensable.

— Vous vous êtes conduit comme un... comme un... Ah! je n'arrive même pas à trouver un terme comparatif suffisant! s'écria Forster hors de lui.

— C'est bon!... Je crois pouvoir affirmer, sans fausse

modestie, que je suis unique en mon genre. Écoute, Baby, un mot seulement : j'accomplis ici une mission politique.

— O mon Dieu, il ne manquait plus que cela, ricana le docteur. James Bond, édition revue et corrigée. La forêt vierge dissimulerait-elle par hasard des cités secrètes à l'intérieur desquelles on fabriquerait des fusées interplanétaires?

Cliff Haller se dressa d'un bond. Son visage était empreint d'une gravité impressionnante.

· Vous ne vous doutez pas à quel point vous êtes proche de la vérité, Doc! L'heure des explications n'a pas encore sonné, mais, croyez-moi, il devenait urgent de mettre Cascal hors du circuit.

Ne nous racontez pas d'épopée, Cliff! (Forster se leva à son tour en emmenant sa broche; avant de poursuivre le dialogue, il partagea le poisson et offrit une assiette à Ellen.) Vous êtes un être sans foi ni loi...

— Oui. (Haller ne songea pas une seconde à se vexer de cette appréciation peu flatteuse.) J'y suis bien forcé. Et l'histoire de Rita? Elle a changé de camp, elle est passée du côté de Cascal. Nom de Dieu, quand je pense que j'ai poussé la générosité jusqu'à lui laisser la vie sauve... Dans notre métier, celui qui lâche en cours de route creuse sa propre tombe. Et peut-être serons-nous tous d'accord, un jour ou l'autre, pour regretter amèrement mon geste d'humanité! Si au moins on l'avait jetée aux piranhas... Mais il sera trop tard, mes enfants!

— Qui êtes-vous au juste, Cliff? intervint soudain Campofolio sans bouger de sa place.

Il était étendu de l'autre côté du feu; la fièvre s'était emparée de lui et le vidait de ses forces. Il passait son temps à trembler de froid et à transpirer à grosses gouttes, malgré les cachets de quinine dont le gavait Forster. Parfois, une piqûre faisait baisser la fièvre, mais laissait le pauvre Pietro mou comme une poupée de son et accablé de fatigue.

— Vous n'êtes tout de même pas à la recherche de papillons rares...

— Non. (Cliff Haller fixa Ellen d'un regard dur.) Je suis chargé d'une mission très précise.

— Par qui? coupa Forster.

— Par Dieu le Père, si vous voulez. Croyez-moi, je joue véritablement un peu le rôle du Bon Dieu. Car je suis chargé de prévenir une catastrophe.

— Ici? Dans cette contrée où pas un être humain n'a pénétré? Vous nous prenez tous pour des idiots?

— Non, pas tous. (Cliff se tourna une nouvelle fois vers Ellen.) Dans deux jours, si mes calculs sont bons, nous y serons.

— Non! (Ellen posa l'assiette par terre, sans y avoir pratiquement touché.) J'ai longuement réfléchi... Nous faisons demi-tour!

— Quoi? (Forster, Campofolio et Palma se dressèrent d'un bond. Seul Haller ne broncha pas. Son visage prit la fixité d'une statue de pierre.) Qu'est-ce que vous dites? s'exclama Palma. Alors, tout ça, c'était pour rien?

— J'ai perdu le feu sacré... (Ellen Donhoven fixa Cliff d'un air agressif.) Je déclare publiquement l'échec de l'expédition, et nous rentrons par le plus court chemin pour rejoindre les embarcations.

— Enfin, vous retrouvez la raison, Ellen, commenta Forster en posant son bras sur les épaules de la jeune femme, mais Cliff Haller hochait la tête, il ne semblait pas du même avis.

— Ça fait vraiment mal de voir tant de sottise réunie! Sans compter que, pour ce qui est des embarcations, il y a longtemps que les Indiens s'en sont chargés et qu'il n'en reste rien... Pourquoi repartir? Si près du but! Encore deux jours de marche et nous sommes aux sources du rio Tefé et du rio Itanhaua, c'est-à-dire chez les Jumas... Deux jours, et vous avez toute une provision de flèches empoisonnées, Milady.

— Je n'en veux plus... Je renonce.

— Peut-être, mais moi pas. (Cliff se redressa de toute sa hauteur.) Ellen, ma chère, ne fais pas ta tête de mule. Je ne t'en ai pas parlé encore... mais voilà quatre jours que les Indiens nous tiennent compagnie. Ici même, ils sont tout près de nous, je ne sais où, cachés dans l'obscurité, sous les fourrés ou dans les arbres, ils nous observent... Pourquoi ne nous attaquent-ils pas? Je l'ignore. Peut-être craignent-ils nos armes!

— Ils ne savent même pas ce que sont des armes à feu! riposta Forster. Ils n'ont jamais vu un Blanc.

— Ce n'est pas certain. (Cliff ricana.) Que cela vous donne à réfléchir, Doc! Les Indiens sauvages que personne n'a jamais vus encore ont peur des armes à feu parce que, vraisemblablement, ils les connaissent trop bien. Si vous êtes vraiment doué, vous arriverez à résoudre cette énigme.

Cliff alla chercher sa carte, ce fameux montage de photos aériennes qui avait tant inquiété Cascal, et la déplia près du feu, sur le sol. Forster, Campofolio et Ellen se penchèrent en chœur, tandis que Palma, toujours souffrant, restait étendu, davantage préoccupé par le désir d'Ellen de mettre fin à l'expédition que par les divagations de Cliff.

— Nous sommes ici, à peu de chose près..., déclara Cliff en posant l'index sur une tache sombre. Et voici mon objectif.

Cette fois, l'index se posa sur une tache claire et totalement vide. Un vide sinistre au milieu de l'enfer d'eau, de soleil et de végétation, comme une tonsure fraîche sur une toison épaisse.

— Qu'est-ce que c'est? interrogea Forster.

— Nous le saurons dans deux jours. (Cliff replia sa carte.) Je ne peux vous promettre à coup sûr qu'une seule chose : une surprise.

— Encore une? (Ellen s'appuya sur Forster, en guise de démonstration muette et de provocation à l'égard de Cliff, le héros découronné.) J'ai cessé d'être curieuse. Cette nuit encore, passe, mais demain matin, demi-tour. Et vous pouvez épargner votre salive, Cliff... Sans doute avez-vous une volonté de fer... mais moi, je suis têtue!

— Nous devrions tous deux tenir compte de ce facteur capital, Baby. (Du pied, Cliff poussa deux bûches dans le feu.) Nous entrons dans la phase de l'épreuve de force... et c'est moi qui la gagnerai.

— Vous croyez?

— Aussi sûr que deux et deux font quatre. Je serais un monstre, si je me laissais impressionner par votre tête de cochon et vous abandonnais à vos projets absurdes de retour vers un fleuve que vous n'atteindriez jamais, à travers cette forêt infestée d'Indiens. Et je serais un imbécile incurable si je tournais le dos à ma mission, à quelques pas seulement du but. Donc, pour nous tous, il n'y a qu'une seule solution : en avant.

— Demi-tour! insista Ellen Donhoven avec obstination.

— Bien! C'est une déclaration de guerre, je vous préviens! (Ellen sauta sur ses pieds, poings serrés, et Cliff ne la quitta pas des yeux pendant qu'il prononçait les paroles décisives :) Je suis le major Cliff Haller, membre actif de la C.I.A., agent spécial des services secrets américains, chargé d'une mission précise, de la plus haute importance. (Cliff esquissa un sourire.) Cela vous dit quelque chose, Miss Ellen?

Non! (Ellen Donhoven secoua la tête énergiquement.) Votre C.I.A. et tous vos majors, je m'en fous éperdument!

Peut-être, mais ce qui se construit en plein milieu de la forêt, à deux jours de marche d'ici, vous ne vous en foutrez sans doute pas aussi éperdument! En tout cas, moi et mon pays, nous ne sommes pas de votre avis, loin de là! Et nous avons besoin d'une sécurité absolue. Que tout soit bien clair entre nous, Messieurs : celui qui refuse d'agir selon ma volonté ne tardera pas à sentir la caresse d'une balle dans son crâne.

Il frappa sur la poche de son pantalon, et chacun des auditeurs savait qu'il serait plus preste à tirer son revolver qu'eux tous à le terrasser. Major à la C.I.A., un de ces hommes dont on prétend qu'ils sont capables de voler le tabouret sur lequel est assis le diable sans que celui-ci s'en aperçoive!

Forster fut le premier à reprendre ses esprits, et il commença par s'interposer entre Ellen et Cliff.

— Et ensuite? fit-il. Que se passera-t-il quand vous aurez découvert le maudit mystère de la forêt vierge?

— Question délicate... (Cliff se gratta la tête.) Quand vous êtes avec une femme, vous vous demandez toujours ce qui se passera après? Je puis en tout cas vous faire une promesse formelle : je vais m'arranger pour que nous sortions de ce pays de misère et que Miss Ellen emporte ses maudits poisons. D'ailleurs, le retour sera moins précipité que l'aller. Heureusement d'ailleurs que nous ne serons pas talonnés par le temps, car nous devrons zigzaguer à travers tout le pays.

— Et si, malgré tout, je refuse de jouer le jeu, Cliff? s'exclama encore Ellen.

— Ce serait dommage, Baby. Là où nous allons, on ne fait aucune différence entre un homme et une femme. On tire sur toutes les têtes qui se présentent sur la cible!

— Vous saviez tout cela d'avance? fit Forster d'un air méprisant.

— Oui.

— Ce qui ne vous a pas empêché d'entraîner Ellen dans tous ces dangers!

— C'était la seule solution, Doc. Sans moi, vous ne seriez plus allés bien loin. A lui tout seul, Cascal s'y employait... Vous comprendrez un peu plus tard. Qui a jeté Moco à l'eau? Qui a empoisonné Alexander Jesus et Fernando Paz? Hein? A votre avis?

— Cascal? Vous êtes tombé sur la tête, Cliff.

— Et vous, Doc, vous êtes complètement aveugle... Allons, les amis, maintenant, on dort. Demain matin, on se remet en route. Nous aurons encore tous bien besoin de nos forces, moi comme vous.

Le lendemain, ils reprirent la route dès le lever du soleil, et vers le matin, brusquement, Cliff et Ellen restèrent pétrifiés sur place. De très loin, leur parvenait une rumeur sourde, analogue à une pluie tropicale violente s'abattant sur les arbres de la forêt. Cliff sortit sa photo aérienne et, de son index, suivit le cours de la rivière sans nom.

— Ce sont des chutes, dit-il enfin. Sur cette carte, on ne voit rien, mais il n'y a pas de doute possible, ce sont des chutes... (Il rattrapa les autres et les fit stopper.) Vous entendez? Qu'est-ce que c'est?

Campofolio fronça les sourcils.

— Une cascade, peut-être. Mais elle doit être de taille. La carte n'en parle pas?

— Non.

— D'après le vacarme, cela ressemble au Niagara, lança Forster sur un ton plein de morgue. Ne vous aurait-on pas envoyé ici pour étudier la concurrence, Major?

— Vous y êtes...

Cliff posa son chargement, et les autres l'imitèrent aussitôt.

L'air brûlant miroitait à travers les arbres géants, le sol humide paraissait se dissoudre en vapeur! Il fallait faire un effort pour respirer, car les poumons menaçaient d'éclater à chaque inspiration. La sueur coulait de tous les pores comme d'une éponge pressée.

— Allez, on ferme! On installe le campement, mais surtout, ni feu ni fumée! Campofolio, vous qui portez le réchaud à gaz, combien nous reste-t-il de bouteilles de gaz?

— Trois petites cartouches.

— Ça doit suffire. Mais il faut faire des économies, car il n'est pas exclu que nous soyons obligés de rester ici une semaine.

Cliff se sentait tenaillé par une inquiétude grandissante; il s'agitait tout comme un écolier à la veille d'un examen. « Tiens, se dit Ellen. Lui aussi, il perd parfois le contrôle de ses nerfs. Que vient faire ici cette maudite cascade qui nous casse les oreilles? »

— Ainsi, Monsieur le Major, nous approchons de votre objectif? demanda-t-elle sur un ton ironique. Et nous sommes soumis maintenant au bon plaisir des tout-puissants services secrets américains?

— Oui, si l'on peut dire... (Cliff avait changé au cours de la dernière heure; une sorte de gravité inusitée marquait sa physionomie.) Je ne veux pas vous faire prendre de risques inutiles, et je vais m'arranger dans la mesure du possible pour vous garder à l'écart de mon boulot. Je... Je t'aime, Ellen, et je tiens à te ramener saine et sauve à l'air pur pour te donner l'occasion de faire connaissance avec l'autre visage de Cliff Haller. Pour l'instant, ce que tu en vois n'est pas précisément le côté le plus attirant... Mais je ne peux pas faire autrement, l'enjeu est trop grave.

Pendant deux heures, ils se taillèrent un campement habitable parmi les lianes et les buissons, ils posèrent de solides branches sur le sol pour l'affermir et construisirent des toits avec de larges feuilles et des tiges fines et souples tressées. Sous ces abris de fortune, ils glissèrent leurs bagages et installèrent leurs lits.

Cliff se montra de tous le plus habile et le plus rapide; en un temps record, il eut terminé son logement et se dépensa ensuite pour aider les autres.

— Apprentissage en Floride, au cours d'un stage spécial, expliqua-t-il. On nous a parachutés dans les marais et pendant neuf semaines, nous avons été obligés de nous en sortir comme nous pouvions, avec pour tous instruments une hache, un fusil, une réserve de cent balles et un couteau. C'était formidable... Quand ils sont venus nous rechercher, ils ont eu du mal à nous arracher à cette existence de rêve. La vie de Robinson n'a pas dû être si pénible qu'on le dit...

Le soir même, Cliff Haller acheva les préparatifs de son expédition solitaire. Il revêtit un uniforme maculé de grosses taches, mi-vert mi-jaune, grâce auquel à quelques mètres de distance seulement, il se confondait parfaitement avec la végétation; il enfouit ses chargeurs dans les grandes poches de sa veste et une machette dans son ceinturon de cuir; puis il se frotta le visage de cendres jusqu'à ce qu'il eût pris une teinte gris brun, et emprisonna ses cheveux dans un filet noir. Ainsi paré, il ressemblait à un cloporte gigantesque et effrayant.

Ellen Donhoven l'observait, les yeux écarquillés. Si cet homme demeurait pour elle une énigme, elle-même ne se comprenait plus du tout. Elle avait pu le constater maintes fois au cours de ces dernières journées, Forster était un ami fidèle en qui elle pouvait avoir pleine confiance, un ami toujours présent et toujours disponible... Mais Cliff Haller, c'était autre chose... Cliff Haller incarnait la fascination d'une personnalité exceptionnelle; malgré toute la barbarie dont il était auréolé, il émanait de lui un fluide magnétique piquant et irrésistible... Pour une femme, il représentait le conquérant invincible, la nature sauvage à l'état pur.

— Cela ressemble fort à un mauvais film, dit Forster d'un ton aigre. Le grand héros en tenue de combat. Où cachez-vous votre canon pliant, vos hélicoptères gonflables et votre pistolet à rayons Laser? James Bond ne se déplaçait jamais sans avoir dans ses poches un matériel complet.

— Je n'ai besoin que de mes yeux et d'une bonne caméra.

Il introduisit un film spécial dans une caméra miniature, qu'il suspendit ensuite à un cordon en nylon autour de son cou. Campofolio tournait autour de lui comme un chat autour d'une souris prise au piège. Palma se reposait sous son toit de feuilles; sa jambe le faisait toujours souffrir, et la cheville enflait de nouveau. Il faudrait longtemps à son corps pour éliminer tout le venin ingurgité en une fraction de seconde.

— Est-il possible que nous ne nous revoyions pas? demanda Campofolio pendant que Cliff cachait soigneusement sa caméra chargée sous son uniforme.

— Oui..., répondit-il en jetant un coup d'œil de côté sur Ellen.

— C'est vrai, Cliff? fit Ellen avec angoisse.

— Tout est possible.

— Alors, et nous, qu'est-ce que nous allons devenir? poursuivit Campofolio sans manifester d'émotion excessive.

— Si d'ici trois jours, je ne suis pas revenu, marchez en direction des chutes, et il se trouvera bien quelqu'un pour vous cueillir au passage et vous mettre en sûreté... Sans moi, vous ne craignez rien...

Soudain, il sursauta. Ellen s'était précipitée derrière lui et l'étreignait de toutes ses forces. Il la prit dans ses bras et l'embrassa tendrement. Suspendue à son cou, elle fermait les yeux.

Puis tout aussi brusquement, il la lâcha et, avec la souplesse d'un tigre, il disparut en trois bonds dans les broussailles.

Forster dut soutenir Ellen dont le corps oscillait sur place. Il avait la gorge sèche comme un oued du désert.

— Vous l'aimez toujours, Ellen..., dit-il d'une voix sans timbre. Qu'est-ce qui vous arrive?

— Je ne sais pas, Rudolf. Je n'en sais rien moi-même...

Elle s'enfuit soudain et alla se jeter sur son sac de couchage, la poitrine secouée de sanglots.

Cliff Haller se faufila à travers les lianes sans faire le moindre bruit; de temps en temps, il était obligé de faire usage de sa machette pour se tailler un sentier, sinon, il évitait au maximum tout risque de se faire remarquer.

En revanche dès que le vacarme assourdissant des chutes d'eau couvrit tous les autres bruits, il doubla son allure, sans prendre de précautions.

Vers le matin, il déboucha dans une région moins enchevêtrée, où la main de l'homme avait défriché la forêt. A perte de vue, les troncs d'arbre, sciés à un mètre du sol, dressaient vers le ciel des moignons sinistres. Le bois ne manquait pas.

Il lui fallut redoubler de prudence dans un coin aussi exposé. Heureusement, le brouhaha des cascades lui permettait de concentrer son attention sur le risque d'être repéré et non d'être entendu. Il rampa parmi les buissons bas, fondu dans la végétation, et surveillait les quatre horizons à la fois.

Trois cents mètres plus loin, brusquement, il se trouva devant une clôture grillagée, d'apparence inoffensive, à mailles très serrées, et retenue par des piquets d'acier rapprochés.

Deux mètres cinquante de haut, estima Cliff. Et il commenta à haute voix :

— Bande de crétins!

Quelques cadavres d'animaux, parfois même brûlés par endroits, trahissaient le secret du grillage : il était chargé de courant à haute tension. Tant que la clôture mortelle accomplissait sa fonction sans bruit, il ne se passait rien. Mais dès qu'une pince isolante manipulée par une main d'homme interrompait le circuit, une sirène devait sonner l'alarme quelque part.

Cliff s'approcha de la clôture et calcula exactement la hauteur. « Pour qui nous prennent-ils? se dit-il à part lui. A quoi servirait l'entraînement d'athlétisme alors? »

Il choisit à proximité du grillage un tronc d'arbre mince encore qu'il inclina vers le sol, en le maintenant solidement avec des lianes, jusqu'à ce que le bois commençât à gémir. Puis il s'installa à califourchon à l'extrémité de l'arbre et coupa les lianes avec sa machette. Brusquement, Cliff fut littéralement catapulté dans les airs, loin derrière le grillage, et retomba sur le sol mou. Il ressentit quelques douleurs un peu partout, surtout à la cuisse gauche et à l'épaule, mais rien de cassé. Étendu sur le dos, il mit à l'épreuve chacune de ses articulations. Puis il se releva prudemment et fit quelques pas en boitillant jusqu'à ce qu'il se fût habitué à la souffrance de sa cuisse. Quant à l'épaule, il n'en tint même pas compte.

Il courut environ deux kilomètres à travers la forêt clairsemée; les derniers mètres pourtant, il les parcourut en rampant... Et un monde fantastique apparut à ses yeux, qui le pétrifia d'ahurissement.

Devant lui se creusait une vallée profonde; sur le versant opposé au sien, le fleuve sans nom s'y précipitait en bouillonnant. La hauteur de chute devait être double de celle du Niagara, mais elle était beaucoup moins large, tout au plus cinquante mètres... Néanmoins le spectacle qui s'offrait à Cliff Haller lui serra le cœur d'une émotion rarissime chez un homme de sa trempe.

L'eau mugissante qui tombait dans un déchaînement furieux d'ouragan, le nuage d'écume montant de la vallée et sur lequel se brisaient les rayons du soleil pour former une série d'arcs-en-ciel aux teintes prestigieuses, comme si la nature avait voulu défier l'homme en jetant au-dessus de la vallée des ponts insaisissables réservés aux gouttes d'eau, cette puissance de la nature issue du cœur de la forêt et s'abîmant au fond de la vallée dans un grondement permanent...

Le souffle court de Cliff trahissait l'oppression intérieure. Étendu entre les herbes hautes et les buissons pénétrés d'humidité, il se laissa caresser un moment par l'écume de la Vallée de l'Enfer. Il sentit le sang courir plus vite dans ses veines, ses tempes se mirent à battre à un rythme endiablé.

Mais ce n'était pas cette cataracte, la plus grandiose certes que Cliff ait jamais vue, qui retenait son attention, mais tout ce que l'homme avait construit autour de cette merveille naturelle.

Sur le versant gauche, en pente douce, étaient suspendus les bâtiments d'une usine hydro-électrique complète : les salles de turbines, les transformateurs, les habitations du personnel. Tout était recouvert d'un immense filet sur lequel on avait posé des branchages, des troncs d'arbre et même des herbages artificiels. Sur la partie supérieure du versant, voisine de la forêt demeurée intacte, Cliff aperçut une piste d'envol, trois grands hangars devant lesquels stationnaient des avions de transport, énormes, ceux-là mêmes qui troublaient son sommeil presque toutes les nuits. Quatre hélicoptères ne cessaient de tournoyer autour de la zone interdite, insectes monstrueux aux yeux perpétuellement en éveil, auxquels rien d'anormal ne pouvait échapper.

Protégé par sa tenue de camouflage, Cliff Haller continua à ramper vers la gauche, tel un scarabée verdâtre au milieu de l'herbe, invisible pour les libellules géantes aux antennes ultra-sensibles.

Le plateau était en réalité plus étendu que Cliff ne l'avait supposé, d'après les vues aériennes. Il avait été arraché à la forêt, puis grâce aux filets de protection, de nouveau métamorphosé à s'y méprendre en forêt apparemment inextricable. Sous ces filets pourtant, solidement amarrées à leurs socles de béton, et légèrement inclinées en angle aigu vers l'Amérique du Nord, longues et élancées, blanches avec un nez pointu peint en rouge, entourées de tout un réseau compliqué de supports et de pylônes, les fusées attendaient... Des fusées intercontinentales pour lesquelles il n'existait ni distance, ni océan, ni désert. Messagères de mort, après leur passage, il ne restait plus rien, rien que l'horreur et le néant. De ce coin perdu en pleine forêt, entre les sources du rio Juma et du rio Itanhaua, il était possible d'anéantir Miami ou New York, San Francisco, Washington ou New Orleans, Detroit, Chicago. Dallas ou Philadelphie. Aussi fantastique que cela paraisse, les distances étaient abolies... Il suffisait d'appuyer sur un bouton rouge, et les fusées fonçaient vers le ciel dans un fracas de tonnerre, vers un but soigneusement calculé de l'Amérique du Nord. Et sans la moindre chance de rater ce but.

La mort s'était installée dans la forêt, une menace constante et fatale pour les États-Unis. Ce que les Soviétiques n'avaient pas réussi à implanter à Cuba s'était réalisé dans le silence de l'Enfer Vert. Une réalité plus meurtrière que les élucubrations les plus atroces de l'imagination humaine.

Cliff se passa la main sur le visage, mais l'horrible vision demeura néanmoins. De sa cachette, il distinguait même les rampes de départ des fusées, les casernes aux toits plats réservées au personnel militaire, l'hôpital sur lequel flottait un fanion de la Croix-Rouge, la tour-radio à peine différenciée des troncs d'arbre, les éventails largement déployés des radars, en perpétuel mouvement de rotation, les yeux et les oreilles auxquels rien n'échappait...

Cliff sentit couler le long de son échine dorsale un fluide glacial. Il roula sur le dos et contempla un instant les hélicoptères infatigables qui suivaient anxieusement les frontières chargées d'électricité de la zone secrète. Une évidence s'imposa peu à peu à son esprit : sa mission ne consistait pas seulement à découvrir le secret de la forêt de l'Amazonie. Aucune hésitation n'était plus possible, et il pouvait fort bien se passer d'un ordre express de Washington, d'une conférence au sommet ou même d'une approbation. Il se trouvait exactement dans le cas prévu par le général Cushing, quand il lui avait dit en guise d'adieu : « Major, vous allez peut-être vous trouver devant des situations où vous aurez à prendre, seul, une décision dont les conséquences seront graves. Soyez lucide, faites preuve d'esprit d'initiative... Je vous donne ma bénédiction, mais... personnellement, je ne suis au courant de rien. C'est clair? »

Oui, cela devenait parfaitement clair, et s'il sentait monter en lui cette sensation de froid, c'est qu'il allait sans doute devoir prochainement vivre l'aventure la plus fantastique qu'un homme seul ait jamais vécue.

Dès que l'hélicoptère s'éloigna, Cliff se redressa et prit quelques vues du panorama général, des chutes d'eau et de la vallée, et surtout des différents bâtiments du complexe. Puis, il fixa le téléobjectif et filma les fusées, les casernes, l'aire d'atterrisage et les avions.

Cela suffisait pour qu'il estimât sa mission remplie avec succès. Le reste, c'était l'affaire de Washington : à eux maintenant de sonner immédiatement l'alarme parmi les troupes spéciales, il n'y avait pas un instant à perdre... Immédiatement... Voilà justement le point noir, celui qui troublait Cliff, car, pour lui, c'était un mot dépourvu de toute signification. Il fallait retourner à Manaus, prendre contact avec l'agent local, expédier les films à Washington par l'intermédiaire de la valise diplomatique, ce qui supposait encore une escale à Rio de Janeiro...

Que de temps perdu! Deux mois, trois mois peut-être... Et après? Tout le temps qu'allait exiger l'entrée en action, ultra-secrète bien entendu, des troupes spéciales, les mesures à prendre pour boucher les yeux aux différentes ambassades étrangères... Alors que lui, il se trouvait en plein dans le camp ennemi et avait la possibilité de pénétrer jusqu'au cœur du monstre et de le tuer... Son cerveau bouillonnait de confusion.

Cliff Haller remit sa caméra sous son uniforme, ajusta

le filet noir qui couvrait ses cheveux et attendit. Le ciel sanglant annonçait le crépuscule, les eaux dorées plongeaient dans le cirque rocheux. Puis le ciel pâlit insensiblement et se stria de gris et de vert. Des ombres se profilèrent vers la vallée, la cité de la mort disparut complètement sous les camouflages, pas une lumière ne troua l'obscurité... Ils vivaient dans des pièces hermétiquement closes, derrière des volets étanches. On ne voyait que l'extrémité de la piste d'atterrissage, où des faibles points rouges clignotaient pour en signaler les limites.

Cliff se glissa vers le versant et, protégé par les ombres qui s'étiraient en longueur, il commença la descente périlleuse vers les rampes de lancement des fusées.

Il ne pouvait résister à leur attirance magnétique.

Sa décision, solitaire et irrévocable, était prise.

Au bout d'une demi-heure, il pénétrait dans l'enceinte de la cité camouflée. Le vacarme des chutes d'eau était tel que Cliff se demandait comment des hommes pouvaient le supporter des mois durant, sans que leur cerveau n'éclate. Le jour, passe encore, il s'assimilait au cadre grandiose édifié par la nature. Mais la nuit, quand on était livré à l'obscurité absolue jointe à ce fracas infernal, il fallait avoir les nerfs solides!

Au demeurant, la ville endormie paraissait très paisible. Comme il était impossible de l'atteindre par des voies normales, c'est-à-dire par terre, nulle part on ne voyait de sentinelles de garde. Pas même autour des rampes de lancement. Les casernes avaient été installées auprès des baraquements qui faisaient l'effet d'être abandonnés et vides; l'aire d'atterrissage était le seul endroit où régnait encore une certaine activité. Deux avions lourds décollaient, accompagnés par un faible rayon de projecteur qui s'éteignit dès que les machines eurent disparu derrière le rideau d'arbres.

Cliff admira la maîtrise exceptionnelle des pilotes. Étant donné la longueur restreinte de la piste, les moteurs devaient tourner presque dès le départ à plein rendement et les avions prendre leur élan sur la piste, pour pouvoir bondir en quelque sorte par-dessus la clôture électrifiée derrière laquelle ils se trouvaient sans transition suspendus sur le gouffre de la vallée. Décollage analogue à celui d'un porte-avions. Puis les machines accomplissaient une demi-révolution et piquaient vers le haut. Technique relativement facile avec un avion de chasse, prévu pour ce genre de performance... mais il s'agissait ici d'avions de transport extrêmement lourds et peu maniables. L'atterrissage était sans doute encore plus casse-cou, avec des avions chargés à bloc de matériel et de ravitaillement... Ils devaient survoler la vallée, accomplir un demi-tour au-dessus de la cascade et prendre contact avec la piste à quelques mètres du précipice.

En connaisseur, Cliff adressa un hommage admiratif aux gens installés derrière les commandes. Étendu sous un surplomb de rocher, il attendit que les deux avions aient pris de l'altitude et soient devenus invisibles; ils n'allumaient même pas leurs feux de position... car dans cette contrée, les routes aériennes, les lois de la circulation, les dangers de collision étaient inconnus. Même le ciel appartenait à la cité infernale.

Cliff poursuivit alors son escalade et, peu à peu, il se rendit compte, avec une certaine surprise, que la cité n'était pas plongée dans une obscurité aussi absolue qu'il l'avait cru, vue du versant opposé. Le camouflage, lui, en revanche, était parfait. Mais sous le toit de végétation, quelques ampoules de faible voltage brillaient aux murs des bungalows et sur des réverbères aux extrémités courbées. On entendait même de la musique... Elle provenait d'un bâtiment construit tout en longueur qui devait être la cantine; sur le seuil de la porte, quelques silhouettes en uniforme conversaient.

« Mission dégueulasse, songea Cliff. Je connais ça. Pendant des mois, la solitude absolue entre hommes. Pas un seul jupon... Au bout de six semaines, on en a déjà jusque-là de cette existence d'ermite. Le jour, on a son boulot, encore que ce soit toujours la même chose; mais le soir tombé, que faire, sinon se saouler consciencieusement à la cantine, ou s'enfermer dans la piaule pour jouer aux échecs, aux cartes ou à n'importe quel autre passe-temps stupide, lire des journaux ou des revues, découper des photos de pin-up pour pouvoir les coller au mur et rêver la nuit qu'on tient entre ses bras quelque chose de rond et de chaud... De temps en temps, la mesure est pleine... Alors, on bat la campagne; certains jours, toute la compagnie se transforme en un troupeau de catcheurs; à chaque instant, des rixes éclatent; les directs au menton pleuvent jusqu'à ce qu'enfin la soupape se referme et qu'on puisse respirer de nouveau à l'aise. Reste à soigner quelques paires d'yeux au beurre noir et quelques horions, mais ce n'est pas le temps qui manque! Mission à vous vider le cerveau en moins de deux... »

Cliff aussi connaissait cela. L'Alaska avec ses icebergs, ses champs de neige et de glace s'étendant à l'infini, la station radar et le poste de renseignements aériens. Trente-neuf types répartis dans deux baraques couvertes de glace. Au bout de dix mois seulement, un congé. Mais dès qu'on reprenait pied dans la civilisation, on se comportait comme un ours. Il y avait des gars qui, à la vue de la première fille, déboutonnaient déjà leur pantalon : on avait toutes les peines du monde à les retenir, et il fallait user de violence pour les empêcher de commettre une sottise. Pourtant, il s'agissait d'Esquimaudes petites, épaisses et laides comme des guenons, qui travaillaient aux cuisines de l'aéroport de Chingangok, un trou minable...

Sous la double protection de l'ombre des murs et de son camouflage, Cliff Haller effectua à travers la cité une promenade de reconnaissance. Des hélicoptères ne cessaient de décoller ou d'atterrir. Il leur arrivait de temps en temps d'éclairer un endroit qui leur paraissait suspect, mais, dans l'ensemble, on semblait faire entière confiance à la clôture électrifiée et à son système d'alarme grâce auquel la moindre violation de territoire était immédiatement signalée.

Cliff sourit de toutes ses dents.

— Je suis déjà dans la place, mes petits amis, murmura-t-il pour lui-même. Comment j'en ressortirai... ça c'est une autre histoire que je ne me suis pas encore racontée.

Il se glissa plus loin, contourna la cantine illuminée et parcourut les derniers mètres, jusqu'aux ateliers, en rampant sur le ventre. Il poussa alors une porte, pénétra à l'intérieur... et se trouva nez à nez avec un tout jeune soldat occupé à réparer son transistor à la lueur d'une lampe de poche. Cette apparition dantesque — la tenue de camouflage, le filet noir sur la tête et la figure couverte de cendres — ôta tout réflexe au pauvre garçon; il se contenta de fixer sur le nouveau venu des yeux exorbités, et d'ouvrir la bouche toute grande sans qu'il en sortît le moindre son d'ailleurs.

— Sorry, boy! fit Cliff avec une politesse exquise avant de le gratifier du coup du lapin; le gamin roula par terre et ne bougea plus. Rêve de ta maman, petit...

Puis il inspecta l'atelier à la recherche d'un objet précis : des cisailles à forte isolation, analogues à celles dont se servent les électriciens pour travailler sur des pylônes à haute tension. Il les enfouit dans un sac suspendu à son ceinturon et quitta en hâte l'atelier.

Une fois dehors, il se repentit de sa négligence à l'égard du petit soldat... Il fit donc demi-tour; d'un bon coup au menton, il prolongea son sommeil, le ligota minutieusement à l'aide de câbles et de fils, et lui ôta toute possibilité d'appeler au secours à l'aide d'un chiffon graisseux

Satisfait, il repartit à l'aveuglette dans la nuit.

Tout le complexe des rampes de lancement n'était surveillé que par deux postes de sentinelles... mais au lieu de patrouiller autour des engins, les braves soldats étaient plongés dans la lecture entre les murs de leur casemate. Partout la même insouciance... La meilleure sentinelle n'était-elle pas la forêt elle-même?

Cliff Haller prit le temps d'observer longuement les deux soldats. Il s'attendait à les voir effectuer un contrôle au moins toutes les heures, mais il se trompait. Étendus sur des lits de camp, les sentinelles lisaient; de temps en temps, elles buvaient une tasse de thé froid; un cha-cha-cha anémique leur rappelait Rio de Janeiro.

— Bien, maintenant, on va voir ce qu'on va voir! fit Cliff à voix basse pour lui tout seul. Même une piqûre de guêpe peut devenir mortelle.

Dans le bureau du quartier général, assis face à face, le commandant de la base I, Aguria, et José Cascal buvaient un verre de bière allemande tout en fumant un long cigare noir. Sur la table qui les séparait était étalée une grande carte de la région surnommée la base I, sur laquelle étaient portés tous les dispositifs de sécurité, les postes de garde, les barrages, et les moindres détails du système de défense. A en croire cette carte, même un ver de terre n'aurait pu franchir la zone interdite sans être repéré par l'un ou l'autre des contrôles.

— Ce qui m'étonne, c'est que ce Cliff Haller ne soit pas arrivé depuis longtemps, murmura Cascal en tirant nerveusement sur son cigare; il paraissait mal à l'aise. Les dernières nouvelles des Indiens datent de trois jours. Depuis, la petite troupe s'est volatilisée sans laisser de traces...

— Il a peut-être renoncé.

Aguria était un homme broussailleux, poilu et velu; il avait du tempérament et aimait la vie. Aussi sa nomination au poste de commandant de la base la plus secrète du monde, jointe à la relégation, représentait-elle pour lui, non pas un honneur suprême, mais le pire châtiment de Dieu.

— Cliff, renoncer? Jamais, affirma Cascal avec assurance.

— Ou bien, il s'est peut-être heurté à nos systèmes de sécurité sans trouver d'issue. Depuis quatre jours, les contrôles ont été renforcés; quant au courant, il a été relevé de cinquante pour cent, ce qui réduit encore, s'il en était besoin, les chances de sortir sain et sauf des griffes de la clôture... (Le général Aguria s'octroya une bonne gorgée de bière.) Et n'oubliez pas, José, que Haller n'est pas seul, qu'il traîne avec lui l'expédition tout entière... Au fait, vous savez pourquoi?

— Il est tombé amoureux de la doctoresse allemande.

— Amoureux? En tant qu'agent, on peut le considérer dès maintenant comme un homme mort. (Aguria éclata de rire.) Supposons qu'il soit arrivé quelque chose à sa dulcinée. Une entorse, un scorpion, une morsure de serpent, ou une araignée venimeuse, que sais-je, ou tout simplement un accès de fièvre, à votre avis, que fera-t-il?

— Il poursuivra.

— Tout seul? Je pensais qu'il était amoureux...

— Non, pas tout seul. Mais il la fera porter par les autres membres de l'expédition. (Cascal suivit des yeux les volutes de son cigare.) Ce gars-là n'a aucun scrupule, rien ne l'arrête... Non, il a dû se passer quelque chose.

— Les Indiens?

— Non, nous l'aurions su. Ils ont l'habitude de clamer à tous les horizons leurs victoires... De leur côté aussi, tout est calme, et c'est cela justement qui m'inquiète. Ce silence autour de Cliff Haller. (Cascal alla à la fenêtre; son regard plongea dans l'obscurité de la nuit, d'un mutisme absolu.) Vous êtes sûr qu'il n'y a aucune lacune dans vos systèmes de sécurité?

— Absolument sûr. Venez voir vous-même! (Le général Aguria caressa d'un doigt voluptueux sa carte étalée sur la table.) Même le cap Kennedy n'a pas de dispositifs aussi perfectionnés. Rien ne peut nous échapper. Avant-hier, le radar a détecté un avion qui survolait la base à quinze mille mètres d'altitude, et l'a suivi tout au long de son parcours; c'était certainement un chasseur de reconnaissance américain, mais, à cette hauteur, il ne peut rien distinguer. Nous l'avons laissé poursuivre sa route en faisant les morts, tant qu'il se trouvait sur notre territoire. C'est une méthode infaillible.

— N'empêche que les Américains ont des soupçons, c'est très ennuyeux.

— Ils soupçonnent toujours quelque chose, cela fait partie de leur rôle. (Aguria avala une nouvelle gorgée de bière; sa figure réjouie contrastait avec la mine sombre de Cascal.) Vous savez bien que, dans le monde, chacun ne songe qu'à tromper son voisin.

— Et si Cliff Haller parvient malgré tout à forcer les barrages?

— Im-pos-si-ble, Cascal!

— Il lui suffit de quelques photos. Nous savons ce qui s'ensuivra, n'est-ce pas? La base I deviendra la cible secrète numéro un des Américains... Un jour ou l'autre, tout sautera, et nous avec.

— Il n'y a qu'à attendre, José. (Aguria hocha la tête.) J'ai ici sous la main les meilleurs éléments de l'armée brésilienne, rien que des spécialistes. Et nous sommes entourés d'une ceinture de forêt vierge épaisse de plusieurs centaines de kilomètres. Où pourrions-nous être davantage en sécurité, avouez-le!

— Contre une armée, nulle part! Mais contre un homme seul? Un homme seul peut faire plus de dégâts qu'une armée tout entière! Et cet homme-là nous épie avec la constance et l'acuité d'un jaguar.

— Dans ce cas, le responsable, c'est vous, Cascal!

— Moi? Comment ça?

— Vous avez eu cent fois l'occasion de supprimer cet individu dangereux. Pourquoi ne pas l'avoir fait?

— C'est vrai. (Il pensa à Rita.) « Si j'avais abattu Cliff Haller, jamais je n'aurais possédé Rita, songea Cascal. Et quand elle-même s'y décida, il était trop tard. En créant la femme, Dieu a dù signer un pacte avec le diable... »

Le général Aguria replia la carte et l'enferma dans un coffre-fort blindé dont il fit claquer la porte avec un bruit retentissant... et au même instant, dehors, une explosion ébranla toute la cité; le sol vacilla; Aguria et Cascal furent projetés contre le mur, des lueurs rouges et des flammes immenses embrasèrent la vallée. De tous côtés, les sirènes d'alarme mugirent en chœur... Déclenchement du plan II, tous les projecteurs s'allumèrent. Le plateau émergea de l'obscurité, comme en plein jour.

— Cliff Haller! fit Cascal, le souffle court. Il est ici!

— Oui, mais il n'en sortira pas! hurla Aguria au bord de la crise d'hystérie. Et il n'arrivera pas à faire sauter une deuxième fusée.

— Il n'en a pas l'intention non plus! (Cascal sortit en courant du quartier général, aux côtés d'Aguria.) Il s'est contenté de nous laisser sa carte de visite. Ses collègues finiront le travail...

Dehors, c'était le chaos le plus complet.

La rampe II n'était plus qu'un amas de décombres; échafaudages d'acier et pylônes de soutènement s'enchevêtraient les uns dans les autres, dans les formes et les positions les plus excentriques. Les débris de la fusée avaient été éparpillés à plus de cent mètres à la ronde; en maints endroits, ils avaient endommagé les filets de camouflage; le toit de feuillage était percé, et le mur de la cantine béant sur une longueur de quatre mètres. Toutes sirènes hurlantes, deux camionnettes de la Croix-Rouge fonçaient vers le lieu de l'explosion.

Au-dessus de la vallée, les hélicoptères tournaient en

rond comme un essaim d'abeilles, tandis que les équipes de secours sortaient des casernes en courant pour se rendre aux endroits précisés par haut-parleurs. Toute la vallée était hermétiquement bouclée.

Des voitures de pompiers vidèrent des tonnes de produits extincteurs sur les décombres en flammes. La chaleur était si intense que personne ne pouvait approcher trop près. D'autres voitures spécialement équipées à cet effet pulvérisaient les deux fusées intactes d'un mélange réfrigérant pour éviter que la température élevée ne provoquât une combustion spontanée suivie d'explosion.

Sur les lieux de l'accident le général Aguria et José Cascal recevaient les informations qui affluaient de tous côtés.

— Quatorze blessés et deux morts! grogna Aguria. (Il écumait de rage.) José, si jamais ce Cliff me tombe entre les mains, je lui applique le même traitement qu'autrefois les Jumas réservaient aux missionnaires. Je le laisse crever centimètre par centimètre. Et j'aurai sa peau, Cascal, je le jure! La seule issue possible vers la liberté, c'est la cataracte... mais même un morceau de bois n'y résisterait pas; il serait broyé contre les rochers. (Soudain il sursauta et leva les bras au ciel.) Écoutez! Des coups de feu! Ils l'ont pris! Ils l'ont pris, vous dis-je...

Une jeep fonçait vers eux; ils sautèrent à l'intérieur et traversèrent le plateau à toute allure, en direction des coups de feu.

Après avoir introduit sous le propulseur la seule charge de dynamite qu'il possédait, et réglé le point d'allumage au maximum, c'est-à-dire à dix minutes, Cliff Haller avait immédiatement repris la direction de la clôture électrifiée, pour se mettre à l'abri et sortir le plus vite possible de la zone dangereuse.

Il profita de sa retraite pour prendre de nouvelles

photos des fusées vues de tout près, des casernes et du quartier général, des radars et du pylône radio. L'explosion l'atteignit alors qu'il passait le dernier bâtiment.

Il fut projeté sur le sol par le souffle et roula quelques mètres, puis se releva et, à toute allure, traversa le plateau pour chercher refuge derrière les rochers, là où malgré le défrichage, la forêt vierge n'avait pas cédé entièrement ses droits. Troncs d'arbre et taillis épais lui offriraient, outre les rochers, un abri relativement sûr.

Il courut comme un fou, la sueur lui coulant de tous les pores. Dans son dos, les flammes crépitaient, et les premières sirènes d'alarme commencèrent à hurler. Tous les projecteurs s'allumèrent d'un coup. Il y en avait partout, dissimulés dans les arbres géants ou montés sur des socles tournants à fonctionnement électrique. Pas un coin de la base ne restait dans l'ombre.

Après un dernier saut de carpe, Cliff s'étendit derrière un buisson, collé au sol. Les rayons des projecteurs balayaient tout, mais cinquante centimètres trop haut pour pouvoir l'atteindre.

Quatre cents mètres encore jusqu'à la clôture, calcula-t-il. Quatre cents mètres... Pratiquement impossibles à franchir en ce moment dans ce véritable chaudron de sorcières où s'agitaient, infatigables, des soldats, des projecteurs et des hélicoptères... La ville anonyme avait soigneusement bouché toutes ses issues.

A sa gauche, des coups de feu claquèrent, ceux-là mêmes qui avaient provoqué la réaction triomphale d'Aguria. Mais Aguria s'était réjoui trop tôt. Un tireur plein de zèle avait cru apercevoir une ombre fuyante et, juste au moment où la jeep d'Aguria le rejoignait, il contemplait sa victime d'un air hébété, qui n'était autre que le grand berger allemand du lieutenant Portriguez. Le général Aguria poussa des hurlements enragés; puis il sauta dans la jeep et se fit reconduire à la base de départ des fusées.

— Il ne nous échappera pas! cria-t-il, à l'oreille de Cascal. Toute la base est d'une étanchéité absolue!

Cliff s'en rendit compte lorsqu'il progressa prudemment en rampant sur le sol, mètre par mètre. Sa tenue de camouflage le protégeait des indiscrétions des hélicoptères, mais, en revanche, il n'y avait pas un millimètre de clôture qui ne fût illuminée, et toute la zone était parcourue en tous sens par une meute de jeeps chargées de soldats armés jusqu'aux dents.

La trappe était refermée. Bien sûr, une fusée était hors d'usage, mais on pouvait facilement la remplacer. L'élément essentiel, bien plus important que toutes les destructions, était la personne de Cliff Haller. Avant l'explosion, cela ne faisait pas le moindre doute, il avait pris des photos, et il connaissait maintenant les secrets de la base I. Qu'il échappât au coup de filet, et les photos aboutiraient aux services secrets américains. Cela signifiait l'anéantissement d'un travail de plusieurs années, qui avait coûté au pays une fortune...

Amalgamé à la terre, Cliff se trouvait à trente mètres de la clôture. Il attendit. Apparemment, l'agitation atteignait un paroxysme voisin de la panique. Les projecteurs en venaient même à balayer le fleuve et les chutes... Le spectacle d'ailleurs dépassait l'entendement : à la lueur des phares puissants, une gigantesque tenture de gouttes d'eau scintillait au-dessus de la vallée.

Pendant une heure, Cliff demeura étendu au sol, sans faire le moindre mouvement. Des équipes de soldats passaient toute la zone au peigne fin, et les jeeps ne cessaient de longer la clôture.

Bientôt, cependant, ils durent recevoir de nouveaux ordres par radio, car ils se scindèrent en deux groupes; le premier, le plus important, reprit le chemin de la cité, tandis que le reste assura le contrôle. Cette décision avait été prise d'autorité par le général Aguria, car il pensait avoir percé à jour le plan de Cliff.

— Jamais il ne passera la clôture, assura-t-il à Cascal. Les jeeps, les hélicoptères et les projecteurs forment un système de défense trop dense pour qu'il passe au travers. Ce serait un suicide... Non, il se cache à l'intérieur même de la base!

— Il a bien pénétré à l'intérieur riposta Cascal. Comment pouvez-vous l'expliquer?

— Justement, on est en train d'étudier ce problème. La clôture est intacte, mais il a dû découvrir une brèche quelque part. A moins qu'il ne portât sur lui un hélicoptère pliant?

— Non! fit Cascal furieux. Néanmoins, il est là, et cette réalité seule suffit à me donner froid dans le dos, mon général!

Cliff Haller attendait toujours. Sous ses yeux, les deux jeeps se séparèrent, l'une partit à gauche, et l'autre à droite. Les quelques minutes qui le séparaient de la patrouille suivante étaient les seules à lui offrir une chance réelle. Il compta jusqu'à trois, prit son souffle et fit un bond qui l'amena en vue de la clôture; d'un coup de talon au sol, il freina brusquement son élan et, à l'aide des cisailles, il coupa les deux fils inférieurs, puis rampa à travers la brèche avec la souplesse d'un serpent.

Au contrôle central, les sonnettes d'alarme gémirent. Violation de la clôture!

Section VIII.

A la vitesse de l'éclair, les jeeps chargées de l'inspection de ce secteur firent demi-tour. On n'eut aucun mal à déceler la brèche, mais il y avait longtemps déjà que Cliff Haller s'était évanoui derrière la muraille mouvante et infranchissable de la forêt.

— Par la clôture! hurla Cascal en entendant le rapport. Sous les yeux des soldats et le feu des projecteurs! Votre système de sécurité, mon Général, c'est de la merde!

– Peut-être, mais maintenant, nous savons dans quelle direction il s'est échappé! Et quarante hommes sont déjà lancés à ses trousses.

Il y eut comme un défaut dans la voix d'Aguria; à voir sa figure écarlate, on pouvait craindre qu'il n'éclatât d'une minute à l'autre.

– Vous pouvez les remettre au berceau, vos quarante poupons. Jusqu'où vont-ils poursuivre Cliff Haller? Jusqu'à Manaus? Ou Rio? Général, ce type-là est capable, si c'est nécessaire, de se cacher dans le cul du diable! Il n'y a plus qu'une solution, pourchasser Cliff Haller comme un fauve. (Cascal enfouit ses mains au fond de ses poches.) Une chasse où les seules armes utilisables sont l'instinct, la ruse et l'astuce! Faites-moi déposer demain matin, avec Rita, au confluent du rio Juma, mon Général.

– Vous, José? Tout seul?

– Un régiment n'arrivera jamais à le prendre; un homme seul a plus de chances. Je crois connaître son trajet de retour. Il faut qu'il rejoigne au plus tôt Manaus pour se débarrasser des films. Et il va choisir le chemin que j'aurais choisi, moi, à sa place. Vos soldats sont impuissants, en face de lui, tandis que deux panthères qui se flairent ne peuvent pas ne pas se rencontrer. Un détail encore : n'oubliez pas les Indiens, le long du fleuve! Cliff est obligé de traverser leur territoire... Or il traîne toujours l'expédition avec lui...

– Nom de Dieu! Vous croyez qu'il va chercher à rejoindre l'Allemande?

– Certainement. Quand il est fou d'une fille, un Américain se comporte vraiment comme un fou!

Cliff Haller avait choisi une retraite en altitude, à la manière des Indiens. Tapi au faîte d'un arbre touffu, et soutenu par des branches épaisses, il assista de son perchoir à l'extinction des feux sur la base I; seules quelques ampoules continuèrent à brûler à l'endroit de la brèche et autour des rampes de départ; mais leur faible lumière était à peine perceptible.

Cliff profita de l'obscurité revenue pour améliorer sa position. Il s'assit à califourchon sur une branche solide et le tronc de l'arbre lui servit de dossier. « Vous ne m'aurez pas aussi facilement, se dit-il avec ironie. On ne me la fait plus, à moi, et votre truc est archi-usé. On n'interrompt pas aussi brusquement une chasse à l'homme... Mais maintenant, Señores, j'ai le temps. Et je ne suis pas chargé... Juste un colis pesant quelques grammes... Le film de la base I... Quand ils verront ça, à Washington, les yeux vont leur sortir de la tête! »

Toute la journée et jusqu'à la nuit tombante, Ellen Donhoven et ses compagnons demeurèrent sous leur toit de feuilles et attendirent. Les forces de Rafaël Palma diminuaient visiblement.

Aucun d'entre eux n'aurait su dire ce qu'ils attendaient.

Le départ de Cliff avait créé un vide; ils se sentaient repoussés du monde, abandonnés de tous, tant ils s'étaient habitués à voir Cliff penser pour eux, agir à leur place, les entraîner dans son sillage. Ils n'avaient eu qu'à lui céder en tout, avec le sentiment de se trouver en sécurité là où il était, dans la mesure où on pouvait parler de sécurité dans cet Enfer Vert.

Ellen était seule, assise contre son sac, les lèvres serrées et les yeux fixés sur la muraille de la forêt.

Palma essayait de préparer un dîner sur le réchaud à gaz. Malgré son état, il remplissait encore les fonctions pour lesquelles Ellen l'avait engagé... Mais le cœur n'y était plus. D'ailleurs, à quoi bon l'art culinaire quand il suffisait d'ouvrir une boîte de conserve et d'en réchauffer le contenu? Tout en tournant la soupe dans la casserole, il rêvait de Rio, des cuisines de l'hôtel Esplanade, avec leurs feux géants, et les soixante-dix-neuf petits pots d'épices alignés sur une longue étagère fixée au mur.

Dès qu'il commença à faire moins clair, Forster alla s'asseoir auprès d'Ellen. Suivant les ordres de Cliff, on n'avait pas allumé de feu.

— Une cigarette? demanda-t-il en lui tendant son paquet.

— Oui. Merci beaucoup.

Pendant un long moment, ils fumèrent en silence, puis Ellen tourna la tête vers son compagnon.

— Je ne l'aime pas, affirma-t-elle.

Forster sursauta en entendant cet aveu spontané, et son cœur battit un peu plus vite.

— Vous vous mentez à vous-même, Ellen. Cet aveu brutal prouve que vous avez passé toute la journée à penser à lui.

— Oui. Mais on peut penser à ses ennemis avec beaucoup d'intensité, Rudolf...

— Ce n'est sûrement pas le cas...

— Il me fait peur.

— Peur? A cause de sa brutalité...?

— Oui.

— ...ou bien peur, parce que vous vous sentez capable de vous perdre totalement en lui.

— Cela aussi, Rudolf. C'est une double peur. Il me fascine et me rebute en même temps. Je le trouve abominable et en même temps je l'admire... Je crois que je suis folle.

— Ce qui vous bouleverse, Ellen, c'est cette force vitale faite de brutalité justement. L'homme-conquérant... Le rêve de toutes les femmes. Elles ne pensent pas aux hématomes... mais plus tard, elles les sentent. Voilà où vous en êtes, Ellen.

— J'ignorais combien vous, Rudolf, vous étiez un être aussi exceptionnel. Vous comprenez tout. (Elle posa sa main sur le genou du docteur et appuya la tête sur son épaule.) L'incarnation même de l'analyse psychologique...

— Vous allez rester avec Cliff? interrogea brusquement Forster pour couper court à son émotion.

— Oh non! Non... Ces derniers jours, je n'ai cessé de penser à l'avenir, Rudolf, il faut m'aider...

— Volontiers. Mais comment?

— Tout de suite, Rudolf, je crains que ce ne soit encore une folie, mais si vous m'aimez vraiment comme vous le dites, il faut me suivre... Je veux m'enfuir... Fuir Cliff, me fuir moi-même, fuir tout ce que le retour de Cliff va provoquer... Je ne veux plus le voir! (Elle noua ses bras autour du cou de Forster.) Il est comme une vague qui m'emporte, et je veux fuir cette vague avant qu'il ne soit trop tard. Rudolf, aidez-moi...

— Fuir? Comment envisagez-vous cette fuite?

— Partons tout de suite! (Elle bondit sur ses pieds, se détendit, et l'ancienne Ellen Donhoven, celle qui avait organisé avec un rare esprit d'initiative l'expédition chez les Jumas, refit surface.) Dans une heure, nous pouvons être prêts à prendre la route. Nous retournerons au rio Tefé; le chemin, nous le connaissons maintenant.

— Cliff nous rattrapera.

— Non, il ne nous suivra même pas. Son objectif est ailleurs, il a une mission à remplir, plus importante que moi.

— Ne vous faites pas d'illusions sur son compte, Ellen!

— Je sais ce que je fais. Nous partons! (Ellen regarda longuement Forster, puis elle esquissa un sourire douloureux.) N'était-ce pas votre désir le plus cher, depuis le début, Rudolf?

— Oui.

— Si nous arrivons sains et saufs à Manaus, je vous promets de vous suivre à Rio puis à Stuttgart. Je vous en donne ma parole d'honneur.

Elle lui tendit la main, et il la serra avec une certaine hésitation.

— Comme vous devez aimer ce Cliff !... commença-t-il à voix basse.

— Il ne faut pas que je le revoie...

— Sinon, cela provoquerait une catastrophe, n'est-ce pas?

— Oui. Ce serait une perte définitive.

Une heure plus tard, la petite caravane reprenait la direction du rio Tefé. En tête, Forster suivi d'Ellen et de Palma toujours boitillant. En queue, Campofolio qui portait le fusil abandonné par Cliff.

Au bout de quatre heures de marche environ, un fracas de tonnerre les immobilisa d'un seul coup. Cela ressemblait à une explosion, derrière eux; aussitôt le ciel prit une teinte grisâtre, comme si une nuée de projecteurs cherchait à percer la nuit. Puis après un bref silence, les moteurs d'avion prirent le relais : le calme de la nuit semblait définitivement compromis.

Forster se tourna vers Campofolio.

C'est affreux, murmura-t-il d'une voix rauque. A croire que cette forêt abrite tout un aéroport. D'où peuvent bien venir ces avions? Et ces lueurs dans le ciel? Et cette explosion, que signifie-t-elle?

– C'est vraisemblablement Cliff qui est parvenu à ses fins, répondit Campofolio. Le major Cliff Haller, de la C.I.A. ! Qui sait ce que nous avons traîné là avec nous pendant des semaines ! Nous avons vécu sur une charge de dynamite, sans le savoir.

— Mais ce secret sur les traces duquel il a couru si longtemps, qu'est-ce que c'est?

— En avant ! (La voix d'Ellen se cassa; son cœur battait jusqu'à la gorge et, dans ses tempes, le sang tapait à grands coups.) C'est l'affaire de Cliff et non la nôtre ! La seule chose qui nous intéresse, nous, c'est de quitter au plus vite cet enfer !

Et sans attendre les réactions des autres, elle reprit le rythme de la marche.

« Cliff, se dit-elle. Que s'est-il passé? Es-tu en sécurité? As-tu réussi? Je prie pour toi, Cliff...

« Mais je ne veux plus jamais te revoir! Crois-moi... Ensemble, nous nous perdons réciproquement. »

Campofolio et Palma emboîtèrent le pas à Ellen, tandis que Forster restait encore un moment en arrière. Il entendit des coups de feu et aperçut les lueurs des projecteurs installés sur les hélicoptères qui balayaient le sol.

« Que se passe-t-il là-bas? se demanda-t-il encore. Qu'a-t-il encore fabriqué dans la forêt, ce Cliff de malheur? Et cette mystérieuse tache blanche sur la carte, que cachait-elle? »

Le ciel au loin prit une teinte sanglante. Du feu, constata Forster. Quelque chose flambe là-bas, et c'est l'œuvre de Cliff... Quoi qu'il en soit, Cliff était passé à l'action, et l'action, pour eux, était synonyme de danger... Il courut rejoindre Ellen et posa son bras sur ses épaules; elle sursauta. Toutes ses pensées étaient tournées vers Cliff.

— Il a fait sauter quelque chose, dit-il. Le ciel est plein de lueurs rougeâtres.

— Ça ne nous regarde pas! (Son visage semblait paralysé.) Je veux rentrer... Je veux rentrer en Allemagne, avec vous, Rudolf.

Ils poursuivirent leur marche hallucinante le long du sentier jusqu'au petit matin; seules quelques courtes pauses leur furent accordées pour permettre à Palma de reprendre son souffle, car il ne cessait de se plaindre de douleurs aiguës; son pied était enflé, et Forster fut obligé de lui faire des piqûres calmantes, sinon il n'aurait pas pu continuer.

Au lever du soleil, ils firent halte. Palma prépara du thé, et distribua des biscuits secs avec de la confiture de coing. Campofolio s'était endormi debout, adossé à un arbre; la bouche pleine, il ronflait comme un bienheureux.

— Une heure, décida Ellen. Ensuite, on continue. Le moindre centimètre qui me sépare de Cliff me soulage... Rudolf, vous prenez la garde?

Il accepta. Pour commencer, il allongea Campofolio sur le sol et lui prit des mains le fusil. Puis lui-même, il s'assit contre un arbre et alluma une cigarette. De ses yeux brûlants, il fixa Ellen, étendue non loin de lui, en chien de fusil; même dans le sommeil, elle faisait sa moue d'enfant boudeuse.

« Jamais nous ne nous marierons, se dit-il le cœur lourd. L'ombre de Cliff se glissera toujours entre nous, comme une montagne infranchissable. »

Il but une gorgée de thé froid et, avec les dernières gouttes, s'arrosa la figure pour chasser la fatigue. Au bout d'une heure, il réveilla Ellen, Campofolio et Palma... Quatre silhouettes titubantes, le dos chargé de sacs, qui rampaient comme des insectes à travers la forêt... Une randonnée à pied depuis l'équateur jusqu'au pôle!

Cliff Haller demeura à l'abri dans sa cachette aérienne jusqu'au lever du jour. De nouveau les hélicoptères tournaient en rond, mais c'était vraiment gâcher le carburant, car une fois descendu de son perchoir, Cliff se confondait tellement avec les buissons qu'il eût été plus facile encore de repérer une aiguille dans une botte de foin.

A la même heure, Rita et Cascal s'envolaient aussi par-dessus les arbres géants jusqu'au confluent des deux rivières, où ils installèrent un campement provisoire, dans l'attente des nouvelles lancées au tam-tam par les Indiens. La plupart des tribus de cette région avaient été alarmées par les Indiens, amis du général Aguria, et envoyés par lui en messagers, les sacs bourrés de cadeaux et du produit de leurs échanges avec les soldats. Cliff Haller pouvait emprunter la voie de son choix... Les Indiens le laisseraient en paix, mais leurs tambours dénonceraient sa trace à José Cascal.

Le cœur plein de joie, Cliff retourna en courant jusqu'au campement. Il avait rempli sa mission, des films d'une valeur exceptionnelle étaient en sécurité sur sa poitrine et, en guise d'avertissement, il avait fait sauter une fusée... Trois mois encore, et plus un seul Blanc ne viendrait troubler la paix de la forêt. Car l'alternative était simple : ou bien, à la suite d'une protestation discrète des États-Unis, le gouvernement brésilien détruisait sa base avec la même réserve qui avait présidé à sa construction, ou bien, un détachement spécial de la C.I.A. se chargeait de l'opération, sans ménagement, mais tout aussi discrètement, car le reste du monde devait continuer à ignorer l'incident.

Au bout de trois heures de course, Cliff atteignit l'endroit où, en principe, les autres l'attendaient. De loin, il cria :

— Hello! Les enfants! Me voilà...

Mais personne ne répondit. Autour de lui, le silence pesait. Il s'arrêta, se cacha derrière un arbre, et tira son revolver de sa poche. Il n'avait pas encore quitté sa « tenue de combat », le visage couvert de cendres et le filet sur les cheveux.

— Ellen! hurla-t-il. Ellen!

Pas de réponse.

Son cœur se serra. Il se plia en deux et, avec une recrudescence de prudence, avança à petits pas. Sa bouche frémissait, comme avant une crampe.

« Ellen, se dit-il. Que s'est-il passé? Mon Dieu... Pourvu qu'elle ne soit pas là à quelques mètres de moi, coupée en petits morceaux... Je ne sais pas ce que je ferais...

Trois pas encore... Il leva le revolver. »

Les abris de feuillages étaient vides; deux boîtes de conserve vides gisaient à quelques mètres, les reliefs d'un repas hâtif. Soupe au vermicelle. Pas trace de combat, pas de sang... Un campement impeccable, abandonné depuis peu.

– Ellen! hurla Cliff comme un fou. (C'était inutile, mais s'il ne criait pas, son crâne aurait éclaté.) Ellen!

Puis il démolit les abris à coups de poing, en hurlant tout haut :

– Je te rattraperai! Tu verras... Ellen, je t'aurai! Maudit soit ce foutu monde! Je t'aime, Ellen! pourquoi te sauves-tu à mon approche... Nous sommes faits l'un pour l'autre...

Quand tout fut détruit, il releva la tête comme un fauve qui prend le vent; puis il saisit les deux boîtes et y passa l'index; ces restes de soupe froide lui firent l'effet d'un festin recherché... Un violent coup de pied envoya les boîtes vides au loin. Cliff étendit tout grands ses bras et aspira avidement l'air tropical.

J'arrive, Ellen! hurla-t-il encore aux quatre vents On ne peut échapper à Cliff Haller!

# 4

PENDANT deux jours, Cliff Haller courut à la poursuite de l'expédition d'Ellen, deux jours entiers dans la fournaise de la Mata infernale, à travers les nuées de moustiques qui ne cessaient de fondre sur lui comme s'ils voulaient l'enterrer sous leurs corps. C'était un cercle vicieux, car plus il se hâtait, puis il transpirait, et la sueur attirait ces bestioles avides comme les mouches le miel.

Enfin il se rappela le conseil de Rita Sabaneta, le suc de certaines plantes dont se servaient les Indiens pour échapper à la plaie des moustiques. Où avait-elle glané cette recette? Il l'ignorait. A l'époque, il était tellement amoureux de Rita que son passé ne l'intéressait pas le moins du monde. Mais il soupçonnait inconsciemment cette fille de vingt-quatre ans d'avoir du sang indien dans les veines : ses longs cheveux noirs au brillant caractéristique, son profil accusé, ses yeux sombres brûlants d'un feu intérieur, son corps souple aux contorsions de tigresse...

Cliff Haller interrompit sa chasse à l'homme — ou plus précisément à la femme — pendant cinq heures, pour se reposer au bord d'un bras mort du rio Tefé qu'ils avaient traversé à l'aller sur un tronc d'arbre couché. Cliff chercha les racines décrites par Rita, car elles poussaient, paraît-il, dans les marécages; leur écorce crevassée se dressait dans les airs, au-dessus de la surface de l'eau et de la terre, on ne pouvait pas ne pas les reconnaître. Cliff en coupa une branchette assez épaisse, la malaxa entre deux pierres et s'en frotta tout le corps; une odeur écœurante s'en dégageait.

Mais l'effet était miraculeux. Il sentit sa peau durcir comme du cuir tanné. Les moustiques se contentaient de tourner autour de lui, sans le toucher, et finirent par émigrer du côté de la rivière. Même le soir, lorsqu'il demeura longuement assis auprès du feu, les moustiques tournaient autour des flammes, à une hauteur respectable, en évitant soigneusement d'approcher son corps empuanti.

Cet intermède lui fit perdre beaucoup de temps, et l'avance d'Ellen augmenta. Mais il ne s'en souciait pas outre mesure, intimement convaincu qu'il la rattraperait. Bien plus grand était le danger qu'Ellen ne se jetât dans la gueule du loup, largement ouverte depuis l'attentat de la base I. Les recherches lancées contre l'agent américain avaient jeté l'alarme dans toute la forêt, entre le rio Tefé et le rio Juma. De temps en temps, selon la direction du vent, il percevait l'écho affaibli de messages tambourinés par les Indiens, et durant toute la première journée, les hélicoptères et les chasseurs volaient tellement bas qu'ils risquaient à chaque instant de frôler la couronne des arbres. Ils survolaient en particulier les bords des rivières, des bras morts et des marais, car il était plus facile de forcer la forêt en ces endroits-là que dans le fouillis quasi inextricable de lianes, de buissons épineux et d'arbustes luxuriants, couverts d'un feuillage dru.

Au petit matin, Cliff Haller poursuivit son chemin après s'être de nouveau frotté tout le corps de ce jus infect mais bienfaisant. Il faut que je les rejoigne à temps, ne cessait-il de se dire à lui-même. Ils foncent vers leur propre perte. On les attend au rio Tefé... La mort silencieuse sous la forme de longues sarbacanes indiennes... Oh! Ils ne sentiront presque rien, à peine une piqûre, et en une fraction de seconde la mort survient, paralysie des voies respiratoires, compression du cœur, éclatement du cerveau.

Pour les Indiens, cette chasse représente une grande festivité. On leur a certainement promis des primes alléchantes. Non pas en argent liquide, mais en outils, haches d'acier, pinces, scies... avec lesquels ils pourront se construire de nouveaux villages confortables, en très peu de temps. Rien qu'une hache... cet instrument est plus précieux à leurs yeux qu'une montagne d'or... Et combien plus encore qu'une vie humaine!

« Vite! Vite!

« Ils ne doivent pas arriver jusqu'au rio Tefé. Il faut que je les aie rejoints avant! Ellen... Pourquoi me fuis-tu? Tu me prends pour un monstre? D'accord, j'ai traité Rita et Cascal avec brutalité, mais comment peux-tu juger, Baby? Tu ne connaissais pas l'enjeu... J'aurais dû les tuer, si j'avais suivi les lois de la guerre... Et je leur ai laissé la vie sauve. Je m'en repentirai, je le sais, peut-être même ai-je signé mon arrêt de mort! Notre métier élimine le scrupule, la pitié, les émotions humaines, la morale bourgeoise... On se voit confier une mission et il faut la remplir. A n'importe quel prix. Les méthodes, on s'en fout. La fin justifie les moyens... Voilà ce qu'on apprenait à l'entraînement...

« Vite! Plus vite...

« Ellen, je cours maintenant pour te sauver!

« C'est ta vie que je veux préserver, car je sais que les Indiens vous attendent tous au rio Tefé! »

Le retour se passait plus rapidement qu'Ellen ne l'avait cru. Ils connaissaient déjà le chemin, et bien que leur premier passage ne datât que de quelques jours, la forêt commençait déjà à panser la blessure occasionnée par la machette de l'homme.

Ellen Donhoven semblait possédée par une volonté

infatigable. Elle n'avait en tête que l'objectif à atteindre, le fleuve, et ne pensait qu'à quitter cet enfer. Même Forster ne comprenait pas où elle puisait cette force invincible et, malgré toute son indulgence, il se surprenait parfois à s'écarter d'elle. Quant à Campofolio et Palma, ils ouvraient de grands yeux effrayés en la regardant et se taisaient. Elle devenait pour tous trois une sorte de tabou monstrueux.

Pendant les brefs arrêts accordés par Ellen, ils s'écrasaient tous de fatigue sur le sol mou; puis au bout d'une demi-heure, Palma allait à la recherche de baies et de racines inconnues qu'il broyait et faisait cuire; cette bouillie leur pesait sur l'estomac, mais elle n'avait pas mauvais goût et au moins avait pour avantage de calmer la sensation de faim. En outre, ils s'en rendaient tous compte une heure plus tard, elle avait des effets stimulants.

— Qu'est-ce que vous nous préparez là comme saleté? demanda Forster le lendemain. Ça fait l'effet d'une drogue.

— C'est du mamaliko, répondit Palma. (A voir son pied enflé et rougeâtre, on comprenait qu'il puisait la force de suivre les autres uniquement dans cette bouillie de racines; il leur montra du doigt quelques plantes molles à reflets rosés.) Les Indiens en tirent une boisson anesthésiante. Cela ressemble en effet à de la drogue... (Il leur adressa un sourire grimaçant.) Vous croyez que sans le mamaliko, nous serions si loin?

— Autrement dit, vous nous empoisonnez à petit feu? commenta le jeune médecin d'une voix rauque. Quand nous débarquerons à Manaus, nous serons tous bons pour la cure de désintoxication, grâce à vous, mon vieux!

— Non, non, seulement jusqu'à la rivière. (Il s'installa contre un arbre, la jambe étendue, et mâchonna une racine de mamaliko crue.) Après, nous retrouverons des poissons comestibles. Avec un peu de chance, nous pourrions même attraper un tapir! Nous en aurions pour dix jours... Je connais le procédé indien pour sécher la viande.

— Qu'est-ce qu'il ne connaît pas, celui-là! lança Campofolio sarcastique. De toute façon, la seule chose qui importe, c'est de tenir le coup. Palma, donnez-moi un morceau de votre satanée racine... Combien de temps faut-il encore compter jusqu'au rio Tefé?

— A vue de nez... (Forster contempla la racine de mamaliko que Palma lui avait tendue, puis, d'un air hésitant, il loucha vers Ellen et, constatant qu'elle-même en faisait usage, il l'enfouit dans sa bouche.) Sept jours peut-être...

— D'ici là, nous serons tous devenus fous, constata Campofolio avec le même flegme qu'il aurait déclaré : j'ai un rhume.

— Mais non, nous y arriverons.

Ellen ramena les jambes sous son menton et observa les trois hommes à tour de rôle. Le mamaliko commençait à faire son effet; elle se sentait gagnée par l'euphorie et perdait peu à peu la conscience du danger qui les guettait de toutes parts. La vie ressemblait au vol d'une hirondelle, le vert des feuilles, le bleu du ciel et les couleurs des fleurs prirent une intensité qu'on aurait presque pu dire artificielle. Et quand le déluge quotidien déversa ses vannes, les gouttes de pluie avaient soudain pris le scintillement des diamants.

Ils se groupèrent sous un abri de feuilles à peine étanche. Palma s'endormit aussitôt, Campofolio rêvait, les yeux grands ouverts, étonnamment brillants et fixes.

Le mamaliko, la racine du bonheur.

— Je me demande si les bateaux sont toujours sur le rio Tefé, fit soudain Ellen en baissant la voix.

— Si les Indiens ne les ont pas emmenés..., répliqua placidement Forster en haussant les épaules.

— Comment ferons-nous, sans bateaux?...

— J'y ai déjà pensé, Ellen. La solution la plus simple serait de construire un radeau.

— Nous n'avons pas d'outils.

— Le fleuve charrie assez de troncs et de poutres. Et nous pouvons utiliser les lianes pour les lier ensemble.

— Vous savez comment on fait?

— Non. Mais je peux toujours essayer. (Il sourit d'un air triste.) Autrefois, quand j'étais gosse, j'en ai construit un. Nous habitions au Tegernsee, à l'époque. Il a flotté une centaine de mètres, puis s'est disloqué. J'ai été recueilli par un pêcheur. Vous voyez, je ne manque pas d'expérience en la matière.

— A la différence près que si nous tombons à l'eau, nous serons happés par les piranhas.

— A condition d'être blessés. Ils n'attaquent qu'à la vue du sang...

— Je n'ai pas tellement envie de le vérifier...

— En outre, nous avons Palma. Il connaît tous les petits trucs de la forêt.

— Je me fais du souci pour lui. Sa jambe...

— Oui, moi, je l'admire, fit Forster en hochant la tête. Comment peut-il tenir le coup? Dire que nous sommes ici deux médecins et que nous ne pouvons rien pour le soulager.

— Ira-t-il jusqu'à Tefé?

— Difficile à dire. Il assimile comme du petit lait tous les antibiotiques que je lui injecte dans le corps. S'il arrive jusqu'à Manaus, en tout cas, je crains fort qu'on ne soit obligé de l'amputer.

Ellen jeta un coup d'œil sur Palma. Il souriait dans son sommeil : sans doute faisait-il de doux rêves.

Mamaliko.

— Je sais ce à quoi vous pensez, Rudolf, reprit-elle d'une voix sourde. Vous vous dites : était-ce nécessaire? Toute cette souffrance, les cadavres de Fernando Paz et d'Alexander Jesus, la mystérieuse disparition de Moco, et bientôt la mort de Palma... elle porte tout cela sur la conscience! Tout cela uniquement parce qu'une bonne femme entêtée s'était mis dans le crâne d'aller fouiller la forêt à la recherche de poisons inconnus. Des vies humaines pour satisfaire un caprice, au lieu de rester tranquille, de se marier et d'avoir des enfants, comme tout le monde...

— On ne peut pas parler de culpabilité, Ellen!

— Allons donc, soyez sincère, Rudolf. Je reconnais mes erreurs, mais il est trop tard maintenant pour les regretter.

— Il n'est jamais trop tard. On ne peut pas vous condamner. Vous aviez un but, que vous vouliez atteindre avec toute l'énergie qui est le fond de votre caractère. Ce n'est pas votre faute si vous avez échoué. Qui pouvait prévoir qu'un Cliff Haller se mettrait en travers du chemin et, pour une mission mystérieuse, détruirait tout sur son passage?

— Même votre amour pour moi, Rudolf? demanda-t-elle dans un murmure.

Forster hocha la tête.

— Non. Même un Cliff Haller n'y parviendrait pas, et vous le savez bien, Ellen.

— J'ai eu une conduite odieuse à votre égard, Rudolf...

— Pourquoi dites-vous cela?

— Parce que je veux faire table rase... (Une tristesse navrante se lisait dans son regard.) Sept jours jusqu'au rio Tefé, et ensuite un radeau qui se disloque en pleine rivière... Sur les berges, les Indiens... Rudolf, j'ai l'impression que cet enfer ne nous lâchera pas de sitôt!

Elle posa la tête sur l'épaule de Rudolf et, brusquement, se mit à pleurer.

Au bout d'une heure, dès que la pluie eut cessé pour faire place au bain de vapeur, ils reprirent la route. Palma vacillait en tête, soutenu par un gros gourdin. Forster lui avait fait une piqûre juste avant le départ.

– Nous n'avons plus que six ampoules, murmura-t-il ensuite à l'oreille d'Ellen.

Sept jours de marche encore jusqu'au rio Tefé...

Mamaliko... Le mot magique, la drogue miraculeuse qui les tenait encore en vie, la seule lueur d'espoir qui leur restait, au bout de quatre jours. Encore trois jours jusqu'au rio Tefé...

Mamaliko, oubli et euphorie, l'aveuglement devant la réalité, le seul moyen de surmonter le désespoir croissant.

Tous les quatre, ils mâchonnaient la drogue sans arrêt, et comme des automates mettaient un pied devant l'autre, incapables de penser ni de sentir quoi que ce soit.

Campofolio avait pris la tête; il chantait à tue-tête, sous l'effet du poison, mais sa belle voix de ténor n'était plus qu'un gargouillis nasillard.

— Arrêt! s'écria soudain Ellen, et Campofolio tomba de tout son long à l'endroit même où il se trouvait, en riant d'un rire hystérique.

La nuit les surprit au milieu de la petite clairière. Sans même entretenir le feu, Campofolio et Palma s'endormirent aussitôt. Après avoir bu une demi-gourde d'eau, toujours l'eau de pluie récoltée quotidiennement pendant le déluge, Forster s'étendit à son tour, les yeux grands ouverts.

Il ne sentait pas la fatigue, aussi étrange que cela parût; et, en silence, il ne put s'empêcher de bénir cette racine magique source de joie et de force. Il se promit d'en rapporter en Allemagne, aux fins d'analyse et, qui sait? peut-être d'exploitation. Une nouvelle révolution en perspective dans l'histoire de la pharmacologie...

Ellen aussi semblait subir les effets de la drogue. Elle demeura assise un moment, près du feu éteint, le regard fixé sur Forster. Dans l'obscurité, son visage faisait comme une tache claire.

Soudain la tache grandit... Forster secoua la tête, car il se croyait le jouet d'une hallucination, mais l'image qui approchait lentement demeura fidèle à ses contours... Un corps nu et blanc. De longues jambes minces qui se plièrent devant lui, deux seins petits mais fermes penchés vers lui, un visage clair illuminé d'un sourire...

— Ellen! bredouilla Forster, la gorge serrée. Ellen, réveillez-vous... Reprenez vos esprits...

— Je ne dors pas... (C'était sa voix de tous les jours.) Prends-moi dans tes bras...

— Ellen!

Il l'attira brutalement et elle se jeta sur lui avec une fougue sauvage hors de toute mesure. Tels deux fauves en plein combat, ils se vautrèrent sur le sol mou de la clairière, s'acharnèrent dans leurs débordements, s'épuisèrent réciproquement.

Mamaliko... Divinité de l'enchantement.

Plus tard, une fois passée l'ivresse de volupté, ils demeurèrent étendus l'un près de l'autre, le souffle court, en prenant bien soin d'éviter tout contact et même de se regarder. Brusquement, ils se haïssaient...

Ils se haïssaient au point que, dans l'obscurité, tous deux, sans se donner le mot, ils serraient les poings, prêts à se tuer réciproquement sans le moindre remords.

Cette fois, le mamaliko les séparait à tout jamais, un fossé infranchissable venait de se creuser entre eux : la révélation que leurs corps ne pouvaient se rapprocher que sous l'effet d'une drogue.

— Dès que nous serons à Manaus, nous nous tournerons le dos pour toujours, déclara Forster d'une voix rauque, en brisant un lourd silence.

— Oui... Nous avons été comme des bêtes...

Ce furent les dernières paroles qu'ils échangèrent durant cette nuit. Ils roulèrent ensuite sur le côté et s'endormirent.

Sans savoir qu'une heure de marche à peine les séparait de Cliff Haller.

A Manaus, ces quelques jours-là furent remplis d'une agitation voisine de l'hystérie collective.

Le général Aguria était arrivé au quartier général pour faire son rapport au chef des services secrets brésiliens et au commandant, inconnu jusqu'alors, de la section spéciale des engins téléguidés. Pour la première fois, il apprit aussi que le ministère de la Guerre possédait une section secrète des forces spatiales et que la base dont il avait reçu le commandement n'était sans doute pas unique en son genre.

Lorsque Aguria compléta son premier rapport laconique par quelques détails, l'atmosphère devint houleuse. Les frais de l'attentat se montaient aussi à plusieurs millions de cruzeiros.

— ... ce qui n'a aucune importance, coupa sèchement le chef des services secrets, en accompagnant cette déclaration d'un coup de poing violent sur la table. En comparaison de ce que ce Cliff Haller peut nous occasionner maintenant! Pensez donc, un agent de la C.I.A. au courant de ce secret d'État! Bien entendu, le gouvernement américain sera prévenu d'ici peu, et après? Vous vous imaginez que Washington va accepter cette révélation avec un petit sourire indulgent? Comment est-ce possible qu'un agent américain, tout seul, soit parvenu jusqu'au rio Juma? Et Cascal alors, à quoi sert-il?

— Cascal était chargé de détourner l'expédition de cette doctoresse allemande, et, le cas échéant, de la faire tout simplement échouer. Personne ne pouvait se douter qu'il allait rencontrer Haller au bord du fleuve!

Le commandant de la place de Manaus se sentait obligé de défendre son subordonné; d'un autre côté, il reconnaissait par cet aveu qu'un agent américain du C.I.A. avait pénétré dans son territoire sans être repéré.

Le chef des services secrets, venu exprès de Rio de Janeiro, ne retint que l'aveu.

— Cascal note que Haller possédait un équipement ultra-perfectionné : canot à moteur, station radio complète, carburant et provisions à volonté, outils... Vos troupes dorment donc, mon Général? s'écria-t-il avec emportement. Cliff Haller a dû se balader tranquillement sur le rio Tefé, sous vos yeux!

— Non! répliqua le général dans un cri. Le général Aguria a appris par Rita, l'amie de Cascal après avoir été celle de Cliff Haller, que ce dernier recevait par voie aérienne tout ce dont il avait besoin.

— Et alors, vous trouvez cela normal? Des machines étrangères peuvent ainsi survoler nos territoires sans être inquiétées?

— Parfaitement, répondit Aguria furieux, avant que le commandant de Manaus ait pu répondre lui-même. Le seul radar que nous possédions se trouve chez moi. De la côte jusqu'à la base I, il n'y a aucune surveillance radar. Et ne me demandez pas pourquoi! Vous savez comme moi, je suppose, que nous sommes un pays pauvre, un pays sous-développé, selon le jargon des Européens. Nous disposons bien d'un millier de milliardaires... mais aussi de cinquante millions de va-nu-pieds! Et une installation de radar convenable coûte des milliards! Seuls les États-Unis et l'U.R.S.S. peuvent se payer ce luxe; chez nous, n'importe qui peut venir en exploration... Avant que nous repérions les curieux, les bombes ont déjà éclaté. Ce n'est vraiment pas sorcier d'approvisionner un homme seul par avion!

— Alors, Cascal aurait dû l'abattre tout de suite, ce Cliff Haller!

— Vraiment? A sept hommes armés contre un? Et d'ailleurs, quand Cascal s'est rendu compte du danger, il était trop tard... Tout est là, dans le rapport. (Aguria tremblait d'énervement.) Ça n'a aucun sens de rouspéter sur ce qui s'est passé. Il serait plus utile de nous mettre d'accord sur la conduite à tenir et les mesures à prendre maintenant.

— Vous pensez que Haller a pris des photos de la base?

— Oui. C'était le but de sa mission. L'explosion doit être une initiative personnelle.

— Ces photos ne doivent jamais tomber dans les mains du gouvernement américain...

— Autrement dit, Haller doit être mis hors de circuit avant...

— Oui. Il faut maintenant le pourchasser, sans considération de frais ou de vies humaines. Nous connaissons tous l'enjeu, n'est-ce pas? Que les États-Unis aient vent de nos bases secrètes, et nous pouvons envisager trois éventualités : ou bien nous les détruisons nous-mêmes, sous leur contrôle; ou bien ils envoient un commando spécial pour les détruire, mais dans le secret le plus absolu vis-à-vis de l'opinion internationale, et nous aussi, nous avons tout intérêt à nous tenir coi; ou alors... c'est la guerre ouverte, le blocus, les représailles... Le Brésil n'y survivra pas. Autrement dit, pour nous tous, c'est une question de vie ou de mort! Ce Cliff Haller tient en poche le destin de toute une nation.

— Il ne quittera pas la forêt. (Le général Aguria se leva et s'approcha de la grande carte murale représentant toute l'Amazonie. Il indiqua du doigt des régions qui étaient trois fois plus étendues que l'Allemagne.) Depuis hier, toutes les garnisons sont en état d'alerte. Toutes les plantations de caoutchouc et autres, ainsi que les scieries et les équipes de bûcherons sont également alertées. Quant aux tribus d'Indiens de cette contrée, pour autant qu'elles nous soient connues et favorables, elles ont reçu des promesses de primes royales. Où qu'il aille, et quels que soient les êtres qu'il croise... Cliff Haller sera toujours en pays ennemi... Il ne sortira pas de la forêt.

— Et s'il trouve quand même une brèche?

— Il ne faut pas y songer. (Aguria tira sur son cigare avec une nervosité spectaculaire.) Il est comme une souris tombée dans un puits... Il ne peut pas nous échapper.

Dans l'après-midi du cinquième jour, Cliff Haller rejoignit enfin le quatuor.

Il se sentait en pleine forme, parfaitement reposé et débarrassé à tout jamais du fléau des moustiques depuis qu'il s'était décidé à faire usage de la recette nauséabonde de Rita. En outre, il se nourrissait d'une manière plus rationnelle qu'Ellen et ses compagnons. Il mangeait presque exclusivement les animaux qu'il tuait; l'avant-veille, il avait réussi à attraper un serpent d'un coup sec sur la tête, et il l'avait débité en tranches qui, grillées sur un feu de bois, lui valurent quelques festins de choix. Reliquats du stage spécial effectué dans les marais de Floride.

Vers neuf heures, ce matin-là, il tomba sur les restes encore chauds d'un campement. Un tas de cendres, quelques boîtes de galettes et une ampoule vide ayant contenu un produit analgésique... Il faillit hurler de joie. Après avoir dispersé les cendres à grands coups de pied, comme un gamin mal élevé, il étala sa carte et chercha à repérer la direction prise par les fuyards.

De là au rio Tefé, ils en avaient bien encore pour trois jours. Trois jours seulement qui les séparaient d'une mort certaine. Cliff replia la carte et se passa la main sur le visage. Une épaisse barbe blonde lui mangeait les joues et le menton.

« Comment allons-nous faire? se dit-il en poursuivant la dernière étape de sa course solitaire. Ellen, tu as pris la mauvaise direction; c'est vers l'est qu'il faut aller, vers le rio Jurua. A travers toute la forêt, quels que soient les obstacles. Un agent de liaison m'attend à Carababa, au bord du rio Jurua; il pourra alerter une base par radio pour qu'on vienne nous cueillir. C'est un des rares endroits de la forêt où un hydravion peut se poser, sinon les fleuves sont ou trop encombrés ou trop étroits. Direction Pérou, Iquitos sur l'Amazone... La liberté, la liberté, darling, et pour nous deux, le début d'une existence nouvelle.

« D'ici là, trois cents kilomètres à travers l'enfer, à pied et, en guise de boulevards, des sentiers que nous serons obligés de tailler nous-mêmes. Inutile de se rebiffer, c'est le seul moyen de sortir vivant de ce trou de rats... »

L'apparition de Cliff troubla la petite troupe pendant une pause. Palma et Campofolio battaient les environs à la recherche d'un produit comestible; ils venaient de déranger maladroitement un phacochère avec quatre petits, qui s'enfuirent à leur approche.

— Un sanglier! hurla Palma. Mon Dieu! Un sanglier et quatre petits marcassins. En avant! Il ne faut pas les laisser s'échapper.

Avant que Forster ait pu s'en défendre, Palma lui arrachait le fusil et, au mépris de toutes les règles de sécurité, il tira immédiatement.

— Touché! hurla-t-il, et il se mit à clopiner à toute allure sur sa jambe valide. Je les ai eus.. Vite! Cherchons-les!

— Vous nous avez livrés au tir des Indiens, avec votre sacré coup de feu! vociféra à son tour Forster. C'est malin!

Mais rien n'aurait pu retenir Palma et Campofolio. Ils couraient sur les traces sanglantes de la laie et disparurent dans la forêt.

Dix minutes plus tard, Cliff Haller sortit d'un fourré. Il paraissait venir d'un autre monde. Ellen poussa un cri grêle, en le voyant brusquement surgir devant elle... Un géant aux épaules larges, les bras grands ouverts, le visage broussailleux éclairé d'un sourire rayonnant.

Forster saisit en hâte son fusil abandonné par Palma, et le pointa sur Cliff. Il sentit une onde glacée lui traverser le corps; sans la moindre hésitation, il était prêt à faire feu sur cet homme auquel il vouait une haine implacable.

— Halte, Cliff! ordonna-t-il d'une voix impérieuse. Et les bras en l'air, je vous prie. Ne bougez pas d'un iota jusqu'à ce que Campofolio revienne et vous désarme.

Cliff Haller leva lentement les bras avant de riposter :

— Vous êtes tombé sur la tête, Doc? C'est ainsi qu'on accueille un sauveteur?

— Qu'est-ce que vous venez encore chercher ici? Nous ne vous avons pas fait signe, que je sache. Et votre présence n'est pas souhaitée. Si vous ne fichez pas le camp de plein gré, je vous appliquerai le traitement que vous avez réservé à Cascal.

— Cascal est en pleine forme, je crois. Rassurez-vous, il est plus à envier que nous. Mince alors, Doc, ne faites pas l'idiot! Heureusement que je suis arrivé à temps! Vous courez directement dans la gueule du loup. Au rio Tefé, la mort vous attend... Enfin, je veux dire, les Indiens avec le matériel et les dispositions pour vous transformer en parchemins et suspendre vos têtes rétrécies autour de leur ceinture. Faites-moi donc confiance, bon sang, quand je vous dis que vous prenez la fausse direction! Ellen, si, lui, il est trop borné pour me croire, toi, au moins, sois raisonnable. J'ai couru comme un fou à votre poursuite uniquement pour vous sauver! Je...

Il fit un pas en avant. Forster leva le fusil, l'index fixé sur la détente. Seuls ses yeux gardèrent leur fixité glaciale.

— Trois pas en arrière! commanda-t-il. Dos à l'arbre là-bas et bras en l'air!

Cliff obéit. Il se passa alors un incident auquel aucun des protagonistes n'avait pensé. Ellen leva également les bras en l'air et courut devant Forster, en plein dans la ligne de tir. Le médecin baissa son arme et tourna le dos...

Ellen poursuivit sa course et se jeta dans les bras de Cliff. Suspendue à son cou, elle l'embrassait avec frénésie tout en marmonnant indéfiniment son nom. Cliff la souleva et la serra contre lui avec passion; le bonheur éclatait sur leurs visages...

Ellen eut l'impression en cette seconde que le retour de Cliff allait signer son arrêt de mort. Tant elle était heureuse.

Vous avez gagné, fit Forster, un peu plus tard, lorsqu'ils revinrent, main dans la main, vers le centre du campement.

— Je suis navré, Doc..., répondit Cliff gravement.

— Tous mes vœux...

— Merci. (Cliff tendit la main à Forster.) Vous êtes beau joueur, Doc. Pourquoi ne pourrions-nous devenir amis?

— Il y a trop de choses qui nous séparent.

— Malgré tout, il vous faut maintenant nous accompagner à travers le territoire de Satan... Jusqu'au rio Jurua. Jusque-là, il faudra bien que nous nous supportions mutuellement.

— Et toi, Ellen?

Le regard de Forster se porta sur elle, un regard profond, empreint d'une tristesse indicible.

— Tu l'accompagnes aussi sur le chemin de l'inconnu?

— Oui.

— Tu ne sais pas ce qui t'attend!

— Non. Je ne sais qu'une chose, c'est que je suis heureuse, très heureuse... Et je ne veux rien savoir de plus.

— A vous d'endosser la responsabilité, Cliff! (Forster fixa cette fois son ennemi en plein dans les yeux.) Je vais m'arranger pour vivre au moins aussi longtemps que vous. Car si votre aventure tourne mal, il faut bien que l'un d'entre nous demeure pour demander des comptes à l'autre.

— Parfait, Doc. (Cliff serra Ellen contre lui.) Pour une femme comme celle-ci, je n'hésiterai pas à mettre ma vie en jeu.

— Et pour les films que vous portez sur vous?

— Aussi. Il y a des hommes, Doc, qui sont capables de boire des deux mains... Un verre de bière dans chaque main.

Il éclata de rire, et la force qui émanait de lui était tellement triomphale, tellement pleine d'assurance, qu'Ellen aussi se mit à rire.

Deux heures plus tard, ils reprenaient la route, mais cette fois, direction sud-est, vers l'inconnu.

Les machettes entrèrent en action; il fallait tailler un nouveau sentier à travers la Muraille verte.

— Lentement, faisait Cliff en voyant Campofolio attaquer les lianes avec une ardeur sauvage. Lentement, Pietro... Maintenant, nous avons tout notre temps... Nous nageons à contre-courant...

Trois cents kilomètres de territoire vierge, sur la carte, une plaque nue. Ils pénétraient dans un monde où rien n'existait, ni l'homme ni le temps.

Pendant trois semaines, ils luttèrent au corps à corps contre la forêt. Trois semaines de brasier et de déluge, de vapeur d'eau et d'exhalaisons putrides. Trois semaines dans la pénombre des feuilles mouvantes, le long de rivières étroites dans lesquelles s'ébattaient les crocodiles. Trois semaines de marigots truffés de serpents énormes et de myriades de moustiques. Trois semaines pendant lesquelles ils avançaient comme des automates, escortés d'oiseaux inconnus aux plumages éclatants de couleurs, et de fauves invisibles.

Trois semaines de randonnée avec pour tout point de repère une boussole et une photo prise d'avion.

Le vingtième jour de cette marche infernale, Rafaël Palma perdit d'un seul coup le peu de raison qui lui restait. Cela arriva brusquement, comme si un éclair lui avait fait sauter la cervelle.

Brusquement, au bord d'un bras de rivière étroit que la carte de Cliff ne mentionnait même pas d'ailleurs, Palma sauta sur ses pieds en riant et en poussant des petits cris horribles et se mit à danser avec des contorsions dignes du carnaval de Rio. Puis, sans transition, il se vautra sur le sol imprégné d'humidité et hurla comme un fauve blessé. De l'écume lui vint aux lèvres et, avant que Cliff n'ait pu intervenir, il se remit sur pied d'un bond et courut tout droit vers la rivière en battant des mains.

— Palma ! hurla Cliff en levant son fusil.

Campofolio et Forster eurent le même réflexe : ils tirèrent en même temps sur les espèces de troncs d'arbre inertes qui flottaient à la surface de l'eau, et qui, d'une seconde à l'autre, prirent vie. D'énormes gueules grandes ouvertes filèrent à toute allure vers Palma.

— Palma ! Reviens !

Le fou n'entendait plus rien. Tout en continuant à rire, il se jeta à l'eau et salua des deux bras le ciel flamboyant de chaleur... Quatre crocodiles le happèrent en même temps. Un seul et unique hurlement, à vous glacer le sang dans les veines, déchira le silence de la forêt et secoua les spectateurs paralysés d'effroi. Forster, Campofolio et Cliff firent feu de nouveau sur les monstres mais sans parvenir à disloquer l'enchevêtrement de corps calleux et de membres épars, de sang et de débris informes; le bruit affreux dè mâchoires gloutonnes les fit frissonner plus encore que le spectacle. Ils touchèrent trois crocodiles; mais aussitôt des renforts arrivèrent du fond de la forêt et achevèrent l'ouvrage commencé. Au bout de quelques minutes, il ne restait plus du malheureux Rafaël Palma qu'une flaque de sang à la surface de l'eau.

Ellen s'était détournée, les deux mains plaquées aux oreilles, la bouche ouverte sur un hurlement qui ne voulait pas sortir. Il fallut que Cliff vînt l'arracher à sa prostration; elle se jeta alors contre lui, la poitrine secouée de sanglots sans larmes.

— C'est fini..., dit-il à voix basse.

— Et voilà ce à quoi nous sommes tous condamnés! s'exclama Campofolio. Mon Dieu! Je me demande ce qui m'a retenu de vous abattre dès votre réapparition...

— Si vous aviez continué en direction du rio Tefé, il y a longtemps que vous ne seriez plus qu'un tas d'os au bord du fleuve. Je vous répète que notre seule chance de salut est la direction du Pérou, vous pourriez me croire, Bon Dieu!

— Du Pérou que nous n'atteindrons jamais!

— Avec votre pessimisme, sûrement pas! (Cliff Haller était occupé à recharger son fusil.) Ce qui nous pend au nez maintenant, c'est que nos coups de feu aient alerté les Indiens... Car ils les ont entendus! Il ne faudrait pas vous imaginer que nous sommes seuls ici avec les bestioles!

Les pressentiments de Cliff n'allaient pas tarder à se vérifier. Le lendemain, trois hélicoptères survolaient la région où les quatre égarés poursuivaient pas à pas une route pénible. Ils tournèrent plusieurs fois à hauteur des arbres, puis disparurent de leur champ de vision. Pourtant on entendait toujours le ronronnement assourdi des moteurs; Forster et Haller échangèrent un regard qui en disait long.

Ils larguaient des troupes, quelque part dans une clairière où les hélicoptères pouvaient voler assez bas pour permettre à des soldats entraînés à la guérilla dans la forêt de sauter.

— Ils vont nous pourchasser comme des lièvres dans une battue, murmura Cliff à l'adresse de Forster. Ellen...

Il lui posa le bras sur les épaules, ce qui la fit se retourner. Mais l'expression du visage de Cliff la bouleversa; les pommettes saillantes, il n'avait plus rien du héros insouciant et souriant au charme irrésistible; c'était un étranger, au visage dur, taillé à coups de serpe.

— Tu sais tirer?

— Oui, bien sûr.

— Prends le fusil à répétition. Toi et le docteur, vous allez en avant... Je reste en arrière avec Campofolio pour les retenir.

— Non! Je reste près de toi.

— Merde alors! Tu feras ce que je te dis! éclata Cliff. Allez, Doc, prenez la carte. Si nous nous perdons de vue... Il faut que vous arriviez coûte que coûte jusqu'à Carababa, sur le rio Jurua. Là, vous demanderez Ricardo Pérès. C'est un trafiquant de caoutchouc brut, qui traite essentiellement avec les Indiens. Vous lui transmettrez le meilleur souvenir de Grand-Papa Jaime. Il saura tout de suite qui vous a envoyés.

— Et les films?

— Je les conserve... Vous n'arriverez pas à me rouler, Doc. Tout ce que je vous demande, c'est de garder un œil sur Ellen.

— Je reste avec toi! s'exclama Ellen pour la seconde fois. Je ne te laisse pas seul. Ou nous périssons ensemble ou nous gagnons ensemble la partie.

Sans répondre, Haller hocha la tête. Les hélicoptères revenaient au-dessus d'eux. Autrement dit, ils avaient largué leur chargement d'hommes. Une balle traçante, rouge, éclata dans le bleu du ciel, pour s'éteindre aussi vite. Cliff esquissa une grimace.

— Ça y est! Doc, ajouta-t-il en le regardant droit dans les yeux. Surtout pas d'illusions! Il est inutile de lever les bras et de se rendre. Ne comptez pas sur des sentiments humanitaires dans cette forêt! On tirera sur vous comme sur un rat malfaisant. Pour vous, il n'y a le choix qu'entre deux solutions : forcer les barrages, ou essayer de rouler l'adversaire. A vous de choisir, Doc, mais par pitié, ne perdez pas de vue Ellen.

— Gardez vos recommandations pour vous, Cliff, je sais ce que j'ai à faire. (Forster prit son fusil.) Adieu.

— Non, pas adieu... Au revoir.

Forster se détourna, mais Ellen ne bougea point.

— Non, cria-t-elle. Je ne pars pas. Je reste ici. Cliff, garde-moi près de toi.

— Nom de Dieu... (Il la prit aux épaules et la poussa vers le médecin.) J'avais oublié une troisième solution, plus simple encore, ce serait de nous entre-tuer... — Une nouvelle balle traçante rouge éclata tout près d'eux; le cercle se rétrécissait, le péril mortel approchait à une vitesse alarmante.

— Allez, en avant! (Forster poussa Ellen devant lui.) Nous reverrons certainement Cliff... Sans nous, il sera bien plus libre de ses mouvements.

Avant de disparaître dans le fouillis de lianes et de branches, Ellen tourna une dernière fois la tête. Cliff et Campofolio se séparaient aussi; ils prenaient chacun une direction latérale opposée.

— Cliff! murmura Ellen. Cliff, je t'aime...

Puis elle courut rattraper Forster qui taillait le sentier à coups de machette.

Au bout d'une heure à peine, ils tombèrent sur l'ennemi.

Campofolio fut le premier à repérer dans les fourrés les uniformes de camouflage vert-jaune des troupes spéciales brésiliennes. En ligne, éloignés les uns des autres, mais suffisamment proches pour pouvoir surveiller les intervalles, les soldats avançaient lentement. Exactement comme les chasseurs en battue. Avec une mission unique : abattre le gibier humain.

Campofolio n'avait jamais été soldat; et il n'avait pas non plus l'étoffe d'un héros; mais en cet instant décisif, il n'eut qu'une pensée : ... retenir l'attention de l'ennemi pour permettre à Forster et à Ellen de s'évader du piège.

Loin de lui l'intention de tuer qui que ce soit; en

outre, contrairement à ce que croyait Cliff Haller, il était persuadé que personne n'avait envie de la tuer. Attirer l'attention en tirant en l'air... Et ensuite, se rendre, comme un savant qui ne connaît rien aux affaires de guerre.

Il se tapit derrière un buisson touffu et, allongé sur la mousse, il tira en l'air.... Aussitôt les uniformes disparurent, et une bordée de coups de feu passa au-dessus de sa tête. Cliff profita de la chance pour se glisser entre deux soldats trop occupés à tirer; il demeura à peu près à leur niveau, et attendit.

Bientôt, la voix de Campofolio le fit tressaillir; il serra les dents.

— Soldats! Ne tirez pas! Je suis un ami... Je dépose les armes!

— Imbécile! murmura Cliff pour lui seul. Pauvre imbécile.

Campofolio sortit de sa cachette, les bras au-dessus de la tête. Cliff entendit quelques éclats de rire parmi les soldats... Puis une rafale de mitrailleuse étouffa l'ultime hurlement du pauvre savant, victime de sa naïveté.

Les soldats coururent aussitôt vers le cadavre de Campofolio, et Cliff en profita pour s'éloigner en rampant. Une fois sûr d'être hors de portée des regards indiscrets, il courut en direction de Forster et d'Ellen.

Autour d'eux, tout était calme. Apparemment, la chance leur souriait. Forster s'était tout simplement couché sous un buisson épais, Ellen serrée contre lui, et ils avaient laissé déferler autour d'eux la compagnie de soldats. Ainsi entendirent-ils les coups de feu, et c'était à peine s'ils osaient respirer. A trois cents mètres d'eux, deux soldats passèrent en courant, fusil mitrailleur en main, et s'éloignèrent dans les fourrés.

— Cette fois, nous y avons échappé..., murmura Forster à l'oreille d'Ellen, lorsque le danger se fut un peu éloigné. Mais pour combien de temps? Il n'existe pas un chien bien dressé qui abandonnerait le terrain quand il sent une trace toute chaude.

Pendant une heure encore, ils restèrent enfouis dans leur cachette, avant de se décider à reprendre le chemin en direction du Pérou.

Le soir, après avoir enduré la grande pluie quotidienne et la fournaise de vapeur qui suivait, ils se laissèrent tomber près d'un buisson et s'endormirent aussitôt.

Serpents? Araignées venimeuses? Scorpions? Chats sauvages?

Quelle importance... Une seule chose comptait, dormir, dormir, dormir... Leurs corps paraissaient gonflés de limaille de plomb.

Le soleil levant couleur d'ambre les éveilla. Aussitôt une odeur de feu de bois les affola, et ils se redressèrent en même temps. Forster prit son fusil et mit en joue.

Un peu à l'écart, assis auprès d'un feu miniature, Cliff Haller faisait griller un morceau de viande à la broche, une sorte de gros oiseau, voisin par la taille d'un poulet.

— Bonjour, fit-il gaiement. Je ne savais pas que tu ronflais, Ellen. Cela me rassure, car moi aussi, je ronfle en dormant.

— Cliff... Cliff..., bredouilla Ellen, et elle finit par lui sauter au cou. Cliff, c'est bien toi?

Elle n'aurait pu en dire davantage, les sanglots lui nouaient la gorge.

Forster regardait autour de lui et sa surprise n'échappa pas à Cliff. Par-dessus la tête d'Ellen, il fronça les sourcils.

— Oui, Campofolio a été pris. Ils lui ont tiré dessus dès qu'il est sorti de sa cachette, les bras en l'air. Autrement dit, nous n'avons pas d'illusions à nous faire sur ce qui nous attend.

— Maintenant, nous ne sommes plus que trois,

constata Forster en tirant sur sa barbe folle. Qui sera le suivant?

— Il n'y en aura pas, affirma Cliff, et sa main caressait les cheveux longs d'Ellen. Je vous le garantis, Doc... Nous trois, nous sortirons de là.

Dans son campement au bord du rio Juma, José Cascal apprit presque aussitôt, par radio, que les filets tendus autour de Cliff Haller avaient abouti à un échec. On avait tué Campofolio, par erreur, bien entendu. Les soldats auraient été nerveux, à en croire le rapport du commandant de ce détachement. D'ailleurs, l'homme avait tiré le premier. Qu'il ait tiré en l'air ou non... Après tout, c'était assez difficile à préciser dans la forêt.

Nous connaissons au moins de façon certaine la direction empruntée par Cliff Haller maintenant, répliqua Cascal, en montrant du doigt sur la carte le trajet que devait suivre l'espion, selon les lois de la logique. Direction est, il va traverser le rio Repartimento. Il veut rejoindre le rio Jurua, c'est l'évidence même. Nom de Dieu, j'aurais dû y penser. Par le Jurua, il peut s'échapper, acheter un bateau et remonter l'Amazone jusqu'à Fonte Boa sans rencontrer le moindre obstacle. Nous sommes au mauvais endroit...

Pendant deux heures, entre le rio Juma et le quartier général de Manaus, il y eut un va-et-vient de nouvelles transmises par les ondes. Puis le général Aguria mit au point une nouvelle tactique d'encerclement : toutes les bourgades situées le long du rio Jurua furent mises en alerte; deux compagnies de soldats furent larguées par hydravion à Carauari, la plus grosse agglomération du cours moyen du Jurua, des petits canots à moteur, extrêmement rapides, assurèrent le contrôle du secteur situé entre Carauari et Vista Alegre, tandis que, aux Indiens qui entretenaient avec les Blancs des rapports amicaux, on offrit des récompenses mirobolantes en échange d'une observation constante des alentours du fleuve. A Fonte Boa, tous les bateaux en provenance de la forêt vierge furent perquisitionnés en détail. Ricardo Pérès, le trafiquant de caoutchouc, se vit obligé de loger un adjudant et sept soldats.

C'était un pur hasard, d'ailleurs, et Pérès se garda bien de protester. Il possédait la plus grande maison de la région et manifestait des sentiments tellement nationalistes que personne n'aurait eu l'idée de le suspecter. Malgré tout, dès la nuit suivante, il transmit un message chiffré à son agent de liaison : « Mon frère est en route; il sera sûrement très fatigué », ce qui voulait dire en clair : Cliff va être dévié de la route prévue. Attendez nouvelles instructions.

Le lendemain, Cascal s'envola avec Rita Sabaneta vers le rio Jurua, où il installa son quartier général à Xué, le principal marché du caoutchouc, et la localité la plus proche des sources du rio Repartimento.

— Et tu t'imagines que Cliff va venir ici, justement? demanda Rita, les yeux fixés sur les eaux tumultueuses et bourbeuses du rio Jurua.

Quelques crocodiles se doraient au soleil, sur un banc de sable, et une nuée de piranhas ne cessait d'aller et venir, dans l'attente d'une proie sanglante.

— Il n'y a pas d'autre chemin, chérie. (Satisfait de lui-même, Cascal souriait.) Comment veux-tu qu'il en sorte autrement? Vers le sud? A travers toute la Mata? Cela représente au bas mot deux années de marche à pied. Non, non, c'est ici, dans ce coin, qu'il surgira un jour ou l'autre.

Le visage au teint basané de Rita ne trahit pas la moindre émotion. On aurait dit un masque. Elle lança une pierre dans l'eau, ce qui sema la panique parmi les piranhas.

— Je voudrais que tu me fasses une promesse, fit-elle à voix basse.

— Tout ce que tu veux, chérie...

— Si nous attrapons Cliff vivant, donne-le-moi!

— A toi?... Pourquoi donc?

— Je voudrais le tuer... Le tuer de mes propres mains. (Elle serrait déjà les poings.) Sinon, je mourrai asphyxiée par ma haine. José, donne-le-moi, je t'en prie.

— Comme tu voudras. (Les yeux fixés sur l'eau, Cascal frissonna à la pensée de la vengeance échafaudée par Rita, mais il comprenait ses sentiments : la fierté blessée d'une Brésilienne ne pouvait être vengée que dans le sang; elle valait bien un crime.) Je te laisserai seule avec lui pendant cinq minutes.

— Trente secondes suffiront... Je veux l'entendre hurler d'épouvante... Une seule fois... Hurler d'épouvante...

Sous leurs yeux, les piranhas nerveux s'agitaient en tous sens. « Elle est encore pire que ces sales bêtes, se dit Cascal en louchant prudemment vers sa compagne. Pire... »

Quatre jours après avoir échappé au premier piège des soldats, ils furent de nouveau cernés.

Cliff Haller s'en rendit compte lorsque la forêt brusquement donna l'impression de s'éveiller à la vie; des silhouettes nues, d'une couleur tirant sur le brun-rouge, sillonnaient les fourrés comme des fantômes, sans aucun bruit, armées de sarbacanes et de flèches. La première fois qu'Ellen les aperçut, elle poussa un grand cri et Forster mit en joue, mais Cliff, heureusement, intervint à temps.

— Attention, ne bronchez pas, et surtout ne les attaquez pas. Pour l'amour du ciel, contrôlez un peu vos nerfs! Que nous en abattions une dizaine, et aussitôt, nous avons le corps transpercé de cinquante flèches mortelles. Ils ne cherchent pas à nous tuer; ils ont des intentions pacifiques.

— Comment le savez-vous? riposta aigrement Forster.

— S'ils avaient voulu nous tuer, ils l'auraient fait

depuis longtemps, et sans se faire remarquer. Non, ils veulent nous emmener avec eux, sans doute.

Un grand Indien doté de muscles impressionnants finit par sortir de l'ombre et se présenta, les bras en l'air. Il montrait les paumes de ses mains, et Cliff approuva d'un signe de tête; lui aussi, il offrit les paumes de ses mains en approchant du grand guerrier.

Ce que l'Indien lui raconta, Cliff n'en comprit pas un traître mot. En revanche, il saisit le sens des gestes des bras et sourit; puis il tendit la main au messager.

— Il nous invite à le suivre dans son village, dit-il à Ellen et à Forster.

— Comme on attire une souris dans un piège avec un morceau de fromage.

Incorrigible, Forster offrit à Ellen le rempart de son corps.

— Mais non, Doc, nous sommes ici dans la forêt, ne l'oubliez pas. Les lois ne sont pas les mêmes. Ici, la seule règle de morale est la droiture. Dans l'hospitalité comme dans le combat. Suivons-les.

— Et s'ils nous tuent quand même?

— Vous connaissez un moyen de l'éviter? (Cliff ricana avec aigreur.) Il ne nous reste plus qu'une seule chance, une agréable surprise...

Entourés par les Indiens, ils marchèrent pendant des heures sous un tunnel de végétation fabriqué d'avance. Le sentier se terminait au bord d'un fleuve, à un endroit où une flottille de dix pirogues était accostée. Dix grandes pirogues pouvant recevoir chacune une vingtaine de guerriers.

— Vous voyez... Ils nous traitent en invités. Pour transformer nos crânes en masques grimaçants, ils n'auraient pas eu besoin de se donner tant de mal!

La croisière dura jusqu'au soir. Sans bruit, les pirogues glissaient sur les eaux troubles; seul le clapotis des pagaies troublait en cadence le silence lourd. Puis le fleuve prit de la largeur, les rives devinrent moins touffues et, bientôt, ils aperçurent, sur un plateau soigneusement défriché, les toits ronds des huttes couvertes de feuilles larges et de branches tressées. Cochons et chiens couraient le long de la berge; les veilleurs avaient dû annoncer l'arrivée imminente de la flottille car, du centre du village et de tous les coins de la forêt, accourait un troupeau de femmes nues, à la peau dorée, brillante comme de l'or, magnifiques créatures élancées aux proportions idéales.

Les guerriers restés au village se rassemblèrent sur un débarcadère qu'on aurait pu croire de construction européenne. Une forêt de plumes et de lances, une muraille de corps musclés à la peau brillante, couverte de peintures multicolores.

A la tête du groupe, un Indien à la tête couverte de plumes d'oiseaux de paradis qui s'agitaient sous la brise... Véritable couronne de bijoux rouges, dorés et bleus, scintillants aux rayons du soleil couchant. Le panache emplumé de la queue d'un oiseau de paradis est plus précieux que la tête de dix ennemis, dit-on...

— Le chef..., fit Cliff Haller en levant la main pour saluer, geste aussitôt imité par l'Indien.

Prudemment, les pirogues accostèrent. Une foule de mains se tendirent pour porter Ellen sur la terre ferme et la conduire auprès du chef.

— Ce n'est pas possible..., bégaya-t-elle lorsque le guerrier aux plumes éblouissantes s'approcha d'elle et s'inclina en lui tendant la main. Ce n'est pas possible...

Puis elle jeta les bras en l'air, et son cri fut si perçant que Cliff et Forster sursautèrent, le cœur glacé d'effroi.

— Moco! hurla Ellen. Moco, c'est toi?

— Soyez la bienvenue sur mes terres, Señorita! fit Moco en baisant la main d'Ellen, comme il l'avait vu faire dans les milieux élégants de Manaus. Tout mon peuple vous souhaite également la bienvenue...

# 5

UNE fois passé le premier moment de surprise, Cliff Haller reprit ses esprits et retrouva son sang-froid. Tandis que Forster s'obstinait à fixer d'un regard incrédule l'Indien couvert de plumes et de peintures sans arriver à croire que c'était Moco, l'enfant de la mission, Cliff rejoignait le chef de la tribu, les mains tendues. Une vingtaine de bras se tendirent vers Forster pour l'aider à mettre pied à terre.

– Pour une surprise, c'est une surprise! s'exclama Haller. Je pensais que vous aviez servi de festin à une nuée de piranhas.

Forster fit la grimace. Avec quelle aisance il sait s'adapter! se dit-il. Il n'y a pas si longtemps encore, Moco n'était pour lui qu'un sale Indien... et maintenant, il le vouvoie. Moco d'ailleurs devait avoir fait la même réflexion, car il ignora la main tendue de Cliff.

— A l'époque, ils n'avaient plus faim, les poissons, répondit-il d'un air vague.

— On peut vraiment dire que la forêt vierge a de ces secrets! éclata de rire Cliff, puis son regard parcourut la foule qui les entourait; depuis la berge jusqu'au centre du village, c'était une haie ininterrompue de guerriers, de femmes et d'enfants dont la plupart était tout nus. Ils riaient d'un air débonnaire en regardant les Blancs, reliquat d'une race dont les origines se perdaient dans la nuit des temps, et que les millénaires n'avaient pas entamée.

Le village se composait de huttes rondes, bâties selon un plan concentrique; des petits cochons noirs erraient dans les ruelles, et sur des feux encore rouges de braises, d'énormes récipients suspendus à une sorte de broche improvisée se balançaient au gré du vent. Des effluves de viande grillée et de patates flottaient sur toute la clairière.

— Tout cela ne me dit rien qui vaille, confia Cliff à Forster, tandis que Moco et Ellen les précédaient au village. Bien sûr, pendant un certain temps, nous serons en sécurité ici, mais il n'y a rien de plus bavard qu'un Indien... Les autres tribus ne tarderont pas à apprendre que Moco a des visiteurs blancs, et nos poursuivants l'apprendront tout aussi rapidement. J'aurais préféré que nous poursuivions seuls notre avance.

— Il me semble que l'aide d'Indiens habitués à la forêt ne peut pas nous nuire... Moco a toujours été un ami pour nous... et il nous le prouve amplement.

— Attendons, Doc! (Il pressa le pas pour rejoindre le couple de tête.) Vous ne connaissez pas les coutumes de ce pays maudit. Ici, la chasse se fait sur trois domaines; le caoutchouc, les orchidées et les Indiens. Et cette dernière est la plus rentable. Croyez-moi, les chasseurs brésiliens n'hésitent pas à décimer une tribu indienne, même une tribu pacifique comme celle de Moco. Et jusqu'au dernier nouveau-né! Sans compter que, dans le cas présent, ils auraient un motif d'anéantir ces gens comme des singes sauvages.

— Vous resterez chez nous jusqu'à ce que le secteur ait retrouvé son calme, déclara Moco, dès qu'ils furent installés au village, où une hutte leur fut attribuée. Une hutte installée avec des nattes de lianes tressées dans laquelle la lumière pénétrait uniquement par l'ouverture de la porte; la pénombre fraîche fut agréable aux voyageurs épuisés par la constante canicule du dehors.

— Ouf! fit Forster en s'étendant avec volupté sur une des nattes. Pendant vingt-quatre heures, vous ne me verrez pas faire un mouvement. Mon Dieu, enfin pouvoir dormir tout mon saoul. Ellen, je ne sais ce qui va se passer aujourd'hui, mais je m'en fous, je dors!

Moco les avait laissés seuls. Dehors, on entendait des cris et de l'agitation... à croire qu'ils étaient tous en train de s'entre-dévorer.

— Je suppose qu'ils préparent une fête.

Cliff s'assit et ôta ses bottes : ses pieds étaient couverts de cloques enflammées, qui devaient le faire atrocement souffrir.

— Mon Dieu! s'exclama Ellen en s'agenouillant près de lui. C'est horrible! Nous avons encore de la poudre, Rudolf?

— De la poudre? Des tonnes... Cliff, comment avez-vous fait pour marcher dans cet état?

— Bah! C'est supportable...

— Où y a-t-il de la poudre? insista Ellen.

— Dans le bateau... Je vais chercher les bagages.

Forster se leva, mais Cliff le saisit par la main.

— Voilà qu'à cause de moi, vous êtes obligé de vous lever, Doc...

— Je suis médecin, Cliff, et même vous, je vous soignerai.

Cliff attendit qu'il se fût éloigné, puis il saisit Ellen et la serra passionnément contre lui.

— Dire qu'il pourrait tout aussi bien me supprimer, déclara-t-il après un long baiser. Au fond, c'est un chic type. Seulement un peu trop doux pour toi, Baby!

Il ôta sa chemise et en arracha quelques lambeaux dans le bas; puis il attendit le retour de Forster et de la pharmacie d'urgence.

Cette pharmacie d'urgence avait parcouru des centaines de kilomètres déjà sur le dos de Forster qui n'avait cessé de déclarer : « Et même si je suis obligé de me l'accrocher au cou comme un saint-bernard son tonnelet d'alcool... Je ne m'en séparerai pas! »...

Ainsi en avait-il été tout au long de la traversée de l'Enfer Vert : un peu à la fois, ils avaient abandonné tous les objets encombrants et jugés inutiles.

Forster ne tarda pas à revenir, accompagné de six jeunes filles portant des calebasses pleines d'eau chaude, qui commencèrent la toilette des visiteurs. Ce rite faisait partie des règles de l'hospitalité, et il n'était pas question dans ce contexte de faire étalage d'une pudeur civilisée. Pourquoi, d'ailleurs, avoir honte de sa nudité, et devant qui?

Tous trois, ils se laissèrent déshabiller, puis étendre sur les nattes. L'eau chaude inonda les corps nus et les mains fines et douces entreprirent un véritable récurage de toute la crasse accumulée sur la peau pendant des jours et des jours interminables de marche épuisante.

— Une fois déjà, j'ai été l'heureux bénéficiaire de ce genre de traitement, raconta Cliff Haller, tandis que tout son corps se détendait avec volupté sous l'effet du massage expert. C'était au Japon. Après cela, on est aussi fatigué que si on avait couru le marathon, mais une nouvelle vie court dans les veines. Sacrebleu! J'en viendrais presque à oublier que nous sommes étendus sur une bouche de canon.

Ellen Donhoven aussi sentait toutes les fibres de son corps se détendre; une fatigue bienheureuse s'empara d'elle. Elle ferma les yeux. Une dernière pensée : comme c'est merveilleux... Et elle s'endormit.

Ils s'éveillèrent tous trois en même temps : les sons assourdis du tam-tam pénétraient jusque dans la hutte, entrecoupés de cris et de hurlements qui montaient et descendaient suivant un crescendo et un decrescendo de sirène.

Cliff aperçut la pharmacie intacte à côté de lui; en revanche ses pieds étaient enveloppés dans de larges feuilles, et en remuant les orteils, il se rendit compte qu'on lui avait badigeonné les jambes d'une couche épaisse de pommade.

— Apparemment, Moco ne fait pas tellement confiance à la médecine moderne, constata-t-il d'un air moqueur. Sans doute en a-t-il trop vu, à la mission. Parions que son procédé est plus efficace, Doc?

Il s'assit et fit des yeux le tour de la hutte. Les petites mains prestes qui les avaient plongés dans un sommeil magique avaient dû leur remettre aussi leurs vêtements une fois la séance de massage terminée.

— Comment vous sentez-vous?

— En pleine forme! lança Ellen en s'étirant. Un vrai miracle que cette heure de sommeil réparateur!

Moco ne tarda pas à entrer, le visage souriant. Il avait troqué ses plumes d'oiseau de paradis contre un turban en peau de panthère. Ainsi quelqu'un les observait du dehors, car leur réveil avait été annoncé.

— Bonjour, Señorita et Señores, lança-t-il sans franchir le seuil de la hutte. Nous avons été obligés de préparer trois fois le repas jusqu'à ce que vous vous décidiez enfin à revenir sur terre!

— Bonjour? demanda Cliff avec inquiétude. Moco, pendant combien de temps avons-nous ronflé?

— Trente-six heures...

— Quoi? (Ellen ne fit qu'un bond.) Et moi qui venais de parler d'une heure de sommeil!

— Pourquoi compter le temps qui passe, Señorita? Nous avons oublié le temps... malheureusement, lui, il ne nous oublie pas.

— Vous avez beaucoup appris chez les pasteurs, Moco...

— Beaucoup d'idées fausses aussi, Señor. (Moco baissa la tête; ses lèvres se serrèrent.) Par exemple, j'ai appris : aimez vos ennemis... Comment peut-on aimer un être humain qui pourchasse un autre être humain, uniquement parce qu'ils ont une couleur de peau différente? Savez-vous, Señor Haller, que au cours des dix dernières années on a tué plus de trente mille Indiens, parce qu'ils étaient Indiens. Et pas seulement les hommes, mais aussi les femmes et les enfants. Pires que des bêtes... Pour chaque Indien supprimé, il y a une prime, vous comprenez... Et si par malheur, on découvre sur leurs territoires des plantations de caoutchouc, ou un terrain fertile, on les extermine purement et simplement, puis un gros propriétaire vient s'installer sur le domaine vide, noyé de sang. On ne parle jamais de ces faits, aucun journal ne les mentionne, le silence le plus total entoure ces génocides... Il ne s'agit que d'Indiens...

— Vous avez beaucoup appris, Moco, répéta Cliff.

— C'est l'unique raison de mon séjour chez les Blancs, répliqua Gaio Moco en s'éloignant de la hutte.

Dehors, les flammes montaient des feux ardents. Un cochon tout entier grésillait. Des femmes s'occupaient à extraire une farine grisâtre d'un fruit inconnu, tandis que d'autres faisaient cuire des galettes plates à base de cette farine, sur des pierres. Moco embrassa d'un large geste du bras le village et ses habitants.

— Je sais bien que, nous aussi, nous aurons notre tour, que nous perdrons un jour notre pays et serons tués, si jamais les *faziendeiros* apprennent combien riche est notre terre. C'est pourquoi je suis allé chez les missionnaires, j'ai appris la langue des Blancs et les ai observés attentivement. Je les ai vus, quand ils partaient en chasse contre les Indiens... tels des champions qui espéraient une médaille d'or. Je les connais tous, ces assassins... Ils allaient à l'église, s'agenouillaient et priaient... et ils recevaient la bénédiction du prêtre avant de monter dans leur voiture pour accomplir leur œuvre de mort. J'ai appris toujours plus... pour pouvoir protéger mon peuple de ce péril.

Autrement dit, il a mis le doigt sur l'échelon le plus haut de la civilisation, conclut Cliff avec amertume. Moco, une question encore : pourquoi ne nous avez-vous pas tués, nous?

— Vous m'avez toujours traité d'égal à égal.

— Mais vous l'êtes! s'exclama impétueusement Ellen Donhoven.

— Hélas non! Pour la plupart des Blancs, nous ne valons pas davantage que des insectes... (Il indiqua du doigt la place centrale du village.) Mon peuple voudrait vous saluer. Venez, je vous prie...

Un peu plus tard, assis sur des nattes, ils mangèrent la viande de porc croustillante et burent une sorte de breuvage qui ressemblait à de la bière légèrement sucrée, faite avec le jus des jeunes pousses de palmiers. Devant eux, vingt filles jeunes, splendides dans leur nudité, dansaient, tandis que quelques hommes jouaient du tambour et que quatre autres soufflaient dans des espèces de pipeaux en bambou. Ils donnaient l'impression de n'avoir pas d'autre souci et d'autre occupation que de célébrer des festivités et danser. Mais pour un observateur attentif, les mouvements gracieux des filles, et l'expression de leur physionomie, malgré une joie de vivre apparente, trahissaient une certaine tristesse, une peur, comme un pressentiment de la destruction prochaine de leur paradis.

— Nous avons tous cru que vous étiez mort, Moco, fit soudain Ellen. On vous a jeté à l'eau, n'est-ce pas?

— Oui, Señorita.

— Qui?

— Cascal.

— J'en étais sûr! (Cliff fronça les sourcils.) Il a tout tenté pour faire échouer l'expédition. Comment vous en êtes-vous sorti sain et sauf, Moco?

— Les piranhas n'attaquent que s'ils sentent l'odeur du sang, et moi, je n'étais pas blessé. J'ai nagé sous l'eau jusqu'à la berge, et Cascal a cru que j'avais été tiré vers les profondeurs sans doute...

La danse prenait fin. Les filles s'inclinèrent en

souriant et disparurent derrière les huttes. Les joueurs de tam-tam et de flûte se retirèrent également ; le cercle des guerriers s'était élargi. Trois longues pirogues accostèrent à hauteur du village.

— J'envoie tous les jours des troupes d'éclaireurs, expliqua Moco. Ainsi on ne nous prendra pas par surprise.

Ellen ramena ses genoux au menton. « Nous sommes en sécurité ici, se dit-elle. Et au fond, j'ai atteint le but de mon voyage... » Mais le souvenir des cadavres qui avaient jalonné cette route la fit frissonner.

— Et Ynama ? demanda-t-elle. Vous l'avez trouvée, Moco ?

— Oui, répondit Moco, les yeux fixés sur les braises. Mais Ynama est malade... (Son visage pétrifié ressemblait à un masque.) Depuis des mois, elle est couchée sans pouvoir faire le moindre mouvement.

— Et c'est seulement maintenant que vous nous le dites ? s'écria Forster. Où est-elle ? Je voudrais la voir. Qui la soigne ?

Moco leva la main comme pour éloigner un danger.

— Merci, Docteur. Un esprit malin s'est emparé d'elle...

— Comment, Moco ? Après tant de temps passé à la mission, vous croyez encore aux esprits malins ?

— Chez vous, non, mais ici, dans la forêt, c'est différent.

— Je voudrais examiner Ynama, Moco...

— Non. Le guérisseur est auprès d'elle, et depuis quatre semaines, il s'entretient avec les esprits. Rien n'y fait. Elle ne peut pas bouger. Mais elle voit tout et entend tout.

Forster échangea avec Ellen un rapide coup d'œil.

— Et si moi, j'examinais Ynama ? demanda-t-elle.

— Non, oh non ! (Moco se leva, il semblait soudain pris de panique.) Personne ne doit l'approcher, surtout pas une femme, car l'esprit pourrait se disloquer et s'emparer d'elle aussi. Jatupua l'a dit, et il le sait.

— Qui est Jatupua? interrogea Cliff.

Le guérisseur.

C'est toujours la même chose, gronda Cliff. Le guérisseur et ses esprits mauvais... Vous en crèverez tous un jour, Moco. Vous baissez la tête devant le pouvoir des esprits malins et, pendant ce temps, les Blancs vous tombent dessus. Où est Ynama?

— Jatupua ne vous laissera pas entrer.

C'est notre affaire...

Vous tenez à semer le désordre chez nous?

— Et vous, vous tenez à condamner Ynama à l'immobilité jusqu'à la fin de sa vie?

Partagé entre la croyance et les tabous de sa tribu, son amour pour Ynama et les affirmations des Blancs, Moco menait une lutte intérieure dont Ellen suivait les différentes phases sur son visage.

— Essayez..., finit-il par murmurer. Mais vous n'arriverez pas à vaincre Jatupua... pas plus que les esprits...

En les conduisant à la hutte de Ynama, Moco raconta comment sa jeune femme avait été assaillie par l'esprit malin. Elle bêchait le jardin potager lorsque, brusquement, avant le début de la grande pluie, un rayon de feu jaillit des nuages et pénétra dans la terre, juste à côté de Ynama, suivi d'un violent coup de tonnerre. Épouvantée, Ynama fit demi-tour pour se sauver, mais une douleur fulgurante lui traversa le dos... Elle tomba sur le sol et, depuis, ne put plus bouger.

Du moins, c'est ce que Moco raconta, la voix vibrante de crainte respectueuse. Bien entendu, il savait que le phénomène était tout simplement un violent orage, avec éclair et tonnerre... Mais jamais encore il n'avait entendu dire qu'un être humain pouvait être paralysé par un orage.

— C'est le choc, n'est-ce pas? fit Cliff.

— Je croirais plutôt à un déplacement de disque

entre les vertèbres, dû au brusque sursaut causé par la peur. Un mauvais mouvement suffit, et certains nerfs se trouvent coincés, ce qui entraîne des raidissements, des douleurs, et dans les cas extrêmes, une paralysie.

Ellen approuva d'un signe de tête le bref exposé médical de Forster.

— C'est vrai. (Cliff s'arrêta, et Moco lui indiqua du doigt une hutte particulièrement grande et soignée dans sa construction.) Et qu'est-ce que vous allez faire? Une séance de chiropractie?

— Oui, si l'on veut.

— Eh bien, Doc! A la bonne vôtre! Laissez tomber, Ellen, je vous en conjure. Suivez les conseils de Moco. Si jamais Ynama pousse un cri, quand vous la toucherez, nous aurons toute la tribu sur le dos! Laissez-les croire à leurs esprits!

— Cliff, ce n'est pas possible! Je suis médecin...

— Même si tu y risques ta propre peau?

— Je ne crois pas Moco capable d'une telle extrémité.

— Comme tu es naïve, Ellen! Eût-il passé dix ans en pays civilisé, Moco n'en redevient pas moins un Indien, dès qu'il remet le pied dans sa tribu! Il ne nous l'a pas caché...

— Et si nous guérissons Ynama, ils vont nous vénérer comme des dieux... Selon ta logique...

— Si... Tu es tellement sûre de la guérir?

— Attendons de voir exactement ce dont il s'agit.

Moco les précéda à l'intérieur de la hutte. La grande pièce ronde était éclairée par des petites lampes à huile faites en terre cuite. Malgré un trou d'échappement dans le mur, la fumée à odeur écœurante prenait à la gorge dès qu'on entrait.

Ynama était étendue de tout son long sur une couche faite de peaux de panthère. Elle était belle, plus grande que la moyenne des autres femmes de sa tribu, et ses longs cheveux noirs lui faisaient comme un foulard autour de la tête.

Près d'elle, accroupi sur un billot de bois, Jatupua le guérisseur caressait le corps nu de la malade avec un éventail de plumes d'oiseau de paradis. En apercevant les visiteurs sur le seuil de la hutte, il tourna la tête un instant, puis reprit ses incantations silencieuses.

Moco s'inclina vers lui avec un grand respect et lui adressa la parole dans un langage rauque, à débit très rapide. Jatupua hocha la tête et Moco se redressa.

Avant que Moco ne leur donnât la réponse de Jatupua, Ellen prit les devants.

— Expliquez-lui que, nous aussi, nous sommes des guérisseurs et que nous avons l'habitude des esprits...

Moco hésita, puis se décida à traduire la proposition d'Ellen; le sorcier interrompit le jeu de l'éventail pour répondre.

— Il dit, fit Moco, que vos esprits ne sont pas les nôtres, et que, de plus, vous êtes des Blancs...

Ellen s'approcha d'Ynama, sous le regard discret mais attentif de Jatupua. Dès qu'elle fit mine de poser la main sur le corps de la jeune femme, il la frappa de son éventail. Ellen sursauta.

Pendant ce temps, Forster avait ouvert la boîte à pharmacie et préparait une seringue. Moco intervint.

— Vous allez lui faire une piqûre?

— Oui. Une injection anesthésique, pour qu'elle ne sente rien.

— Elle n'en a jamais eu, et elle va sûrement crier...

— Expliquez-lui avant, Moco. Mais surtout... éloignez ce guérisseur.

— Impossible, Docteur. Jatupua est plus puissant qu'un chef de tribu. A moi, les hommes obéissent; à lui, ce sont les dieux.

— Alors dites à Ynama de le renvoyer elle-même

— Il va la maudire.

— Elle y survivra.

— Et il va vous poursuivre de sa haine.

Nous tâcherons de le supporter, nous aussi. (Forster était prêt.) Moco, voyons, ne souhaitez-vous pas voir Ynama retrouver l'usage de ses membres?

Moco s'approcha de Jatupua et lui parla un bref instant; puis il adressa quelques mots à Ynama et ce fut elle qui donna au sorcier un ordre impérieux.

Aussitôt, Jatupua se leva... Il était petit et obèse, mais ses yeux lançaient des éclairs, et son visage couvert de peintures ressemblait à un masque grimaçant, effrayant à voir. Il fit entendre quelques grognements gutturaux, puis leva l'éventail en l'air et de ses deux mains, il le brisa d'un coup sec. Ynama poussa un cri... Moco recula jusqu'au mur.

— C'est le début, conclut Cliff. Je vous ai prévenus.

— Il lance sa malédiction sur nous, bredouilla Moco, les yeux emplis d'une terreur sans nom. Il a appelé les divinités les plus puissantes à la vengeance.

— Nous l'attendrons de pied ferme. Sous quelle forme viendra-t-elle à nous? Celle d'un serpent géant?

— Vous avez tort de vous moquer, murmura Moco. Il va nous envoyer des nuées de mouches venimeuses...

Cliff ne quittait pas des yeux Jatupua, qui continuait à lancer des grognements près de la sortie de la hutte. A chaque cri poussé par le sorcier, Moco se faisait plus petit, jusqu'à ce qu'en fin de compte, collé au sol, son visage disparût dans la terre, écrasé par la vengeance terrible des dieux.

Ynama suivait les gestes de Forster et d'Ellen. Son regard exorbité criait une peur muette et, cependant, elle n'eut pas la moindre réaction lorsque Forster lui enfonça l'aiguille dans la cuisse, d'un coup sec. Brusquement, sa figure s'apaisa, un sourire détendu apparut aux commissures des lèvres. Elle sombrait déjà dans l'impondérable.

— Sortez le vieux, Cliff, ordonna Forster. Si jamais il

nous voit opérer maintenant, il va croire que nous voulons tuer Ynama.

— C'est donc si moche?

— Oui, et c'est assez spectaculaire. Pour un non-initié, cela ressemble à une séance de torture.

Ellen avait tourné Ynama endormie sur le ventre. Prudemment, elle examina les vertèbres... et soudain, son doigt s'arrêta.

— C'est là, dit-elle. A la sixième vertèbre lombaire. Aucun doute possible, on le sent très nettement.

— Bon, essayons...

— Essayer..., voilà qui ne fait pas très bon effet, commenta Cliff plus inquiet qu'il ne voulait le laisser paraître.

Il saisit le sorcier aux épaules et le poussa dehors. L'homme ne se défendit pas, mais ses cris de fauve attirèrent tous les hommes valides de la tribu. Armés de sarbacanes et de flèches, ils cernèrent la hutte. Cliff lâcha Jatupua et revint à l'intérieur.

— Tiens, Ellen, tu ne vas pas tarder à parvenir au but de ton voyage, lança-t-il d'un air ironique. Si jamais votre thérapie échoue, deux cents guerriers, là dehors, nous attendent avec leur poison inconnu.

— Moco, intervint Forster. Parlez donc à vos gens! Expliquez-leur que nous voulons guérir Ynama.

Mais Moco garda le silence. Toujours étendu sur le sol, le visage caché. Cliff comprit sa réaction. Un souverain ne possède le pouvoir qu'avec l'aide des dieux. Qu'il vienne à les fâcher, et chacun des sujets a aussitôt le droit de le tuer.

— Allons-y, déclara Forster d'une voix ferme.

Il leur fallut s'y reprendre à trois fois. Trois fois, le jeune médecin dut donner un coup violent sur la vertèbre démise avant qu'enfin on entendît un bruit sec, caractéristique. Pendant tout ce temps, Ellen avait dû tenir la langue de la jeune femme, pour l'empêcher de s'étouffer.

Ce n'était pas un spectacle agréable. Et quand Forster coucha Ynama sur sa peau de panthère, on entendit trois soupirs simultanés.

— Bravo! Rudolf..., murmura Ellen. Pourvu que les nerfs soient libérés eux aussi!

— Les vertèbres ont repris leur place... En principe, dès qu'elle s'éveillera, elle doit pouvoir remuer.

— Ce serait sensationnel, commenta Cliff. Nous pourrions obtenir des Indiens tout ce que nous voudrions.

Ils quittèrent la hutte. Dehors, le cercle des visages sombres s'était encore resserré, mais, sûrs de leur victoire, Forster, Ellen et Cliff ne craignaient plus rien. Même Jatupua gardait le silence : tous, ils attendaient que soit proclamée la défaite des Blancs.

A l'intérieur de la hutte, Moco s'était glissé jusqu'à la couche de Ynama dont il prit tendrement la tête entre ses mains. Il lui caressa les cheveux et le visage, lui chuchota des mots tendres, et ce fut une étreinte passionnée qui éveilla la malade. Elle ouvrit les yeux et sourit.

— Gaio, murmura-t-elle, j'étais auprès des dieux.

— Et tu es guérie maintenant? Tu peux remuer? Tu peux marcher?

— Je ne sais pas.

— Essaie, Ynama...

Il la souleva, toute droite, les pieds à quelques centimètres du sol; les yeux de Ynama scintillaient d'une peur atroce.

— Essaie, Ynama...

— J'ai peur, Gaio.

Il laissa glisser les pieds de Ynama sur le sol, tout en la soutenant.

— Tu sens la terre sous tes pieds?

— Oui...

— Remue les jambes...

Elle remua les jambes et faillit exhaler un long cri.

— Ça y est, je sens la terre... J'arrive à tenir debout, Gaio...

— Et marcher, Ynama? Et marcher?

Brusquement, Moco la lâcha et recula de trois pas. Ynama battit des bras; elle voulut se raccrocher à quelque chose et, ne trouvant rien, elle se raidit; puis elle avança très lentement un pied... l'autre... et recommença. Trois fois, quatre fois, cinq fois... Elle finit par faire le tour de la hutte, de plus en plus vite. Debout sur le seuil, Moco la suivait d'un regard brûlant, les mains jointes; il remerciait le dieu des Blancs inconnu dans la forêt, mais qui était encore plus puissant que toutes les divinités de Jatupua.

Puis il prit Ynama par la main et, avec elle, il se montra aux guerriers devant la hutte. Sans un mot, la foule des hommes bariolés les regardait; ils virent Ynama avancer vers eux, reculer, courir en riant, comme si elle n'avait jamais été malade.

Jatupua s'écarta du cercle des guerriers, la tête basse. Personne ne le remarqua... Personne ne lui adresserait plus la parole maintenant, personne ne ferait attention à lui. Les dieux l'avaient abandonné, son pouvoir s'envolait comme une brume chassée par le vent. Et quand il grimpa dans un petit canot et s'éloigna de la rive, personne ne lui demanda où il allait ainsi... Tout seul, enveloppé d'une houppelande de peau, il se laissa emmener au gré du courant, portant sur ses épaules toute la tragédie du vaincu... Ici, dans la forêt, où seul le plus fort survivait, sa défaite était deux fois plus définitive et plus rapide qu'ailleurs.

Moco fut le seul à suivre des yeux le canot ballotté sur l'eau, s'éloignant lentement vers les profondeurs de la forêt vierge et, le visage soucieux, il rejoignit Ellen, Cliff et Forster.

— Ynama est guérie, mais sa guérison a tué l'âme de Jatupua. Il va se venger, dit-il. Un sorcier vaincu est un homme mort... Je vais faire tuer Jatupua.

— Non! protesta Ellen. Ce serait un crime!

— Ici, les lois de la morale ne sont pas les mêmes, Señorita. Si nous ne supprimons pas Jatupua, lui, il nous tuera. Il mettra les Blancs à nos trousses et nous serons pourchassés sans relâche comme du gibier.

— Allons donc, ricana Forster. Pas pour si peu! Je veux bien parier qu'il va se construire une hutte à l'écart et vivre en ermite. Il ne va tout de même pas sacrifier toute sa tribu pour un simple échec!

— Je connais ma race mieux que vous, Docteur. Il nous déteste tous, du plus profond de son cœur ulcéré. Parce que nous l'avons tous repoussé. Ici, les hommes pensent comme les bêtes : croque, sinon tu seras croqué... (Moco esquissa un sourire triste.) Allons, oublions cela pour l'instant et célébrons le retour à la vie d'Ynama.

Une heure plus tard, deux pirogues s'éloignèrent en cachette sur la rivière. Cliff s'en aperçut... mais ne réagit point. Pourvu qu'ils le trouvent! souhaita-t-il seulement froidement. Sinon il faudra bien peu de temps pour transformer ce paradis en un enfer de feu et de sang.

Le soir, assis dans leur hutte commune, ils continuèrent à boire le breuvage douceâtre à base de pousses de palmiers. Ellen était étendue sur sa natte; elle suivait des yeux les gestes lents de Cliff, qui faisait l'inventaire de ses poches : un revolver, trois boîtes de munitions, des balles isolées, la carte aérienne repliée, un couteau avec son étui, une minuscule caméra de la longueur du petit doigt avec laquelle il joua un instant.

C'est la trouvaille la plus précieuse de ces dernières années, dit-il pensivement. Bon Dieu! je dois à tout prix la sortir de cette maudite forêt, même s'il faut encore pour cela sacrifier quelques vies humaines. Ce que contient cette caméra, mes enfants, c'est la vie sauve pour quelques millions d'hommes! Voilà qui chasse toute velléité de mesquinerie, hein? Vous êtes d'accord?

— Hum... (Forster s'étendit à son tour.) Je propose que vous poursuiviez seul votre mission, comme Jatupua, Cliff. Elle est plus importante que tout, et je trouve que ce n'est pas fair-play d'entraîner des innocents dans l'aventure.

— Vous êtes fou, Rudolf! protesta Ellen. Je reste avec Cliff, vous le savez bien!

— Libre à vous de partir, seul, compléta Cliff.

— Vous savez bien que je ne le ferai pas. Je ne vous abandonnerai Ellen qu'en toute sécurité. Peut-être retrouvera-t-elle une once de bon sens, en retrouvant le cadre de la civilisation. Car vous, Cliff, vous resterez toujours l'aventurier que vous êtes, n'est-ce pas?

— Erreur, mon cher. Ceci est ma dernière mission. (Il se coucha à son tour, après avoir remis soigneusement la caméra dans son étui de cuir.) Dès que j'aurai remis les films et mon rapport à la C.I.A., je les abandonne à leur sort. Je tire la porte, avec un bon coup de pied, pour être sûr qu'elle ne s'ouvrira plus.

— Et que ferez-vous? De quoi vivrez-vous?

— De mon vrai métier...

— Ah oui?

— Je suis professeur dans un collège, aux États-Unis, expliqua Cliff. Professeur d'histoire contemporaine...

Ils demeurèrent trois semaines au village de Moco. Cliff Haller chassa, avec ses nouveaux amis indiens et apprit à se servir d'une sarbacane, l'arme la plus fatale qui soit, celle de la mort silencieuse.

Pendant ce temps, avec une grande fierté, Moco initiait les deux autres Blancs aux secrets des poisons inconnus dont il enduisait les pointes des flèches et des lances.

Il fit quelques expériences sur des animaux, pour bien montrer les effets des différents poisons, et permettre à

Ellen et à Forster de poursuivre leurs recherches. Moco tira des cochons et des oiseaux, glissa une écharde couverte de poison sur la peau des poissons, attrapa une panthère dont il entailla très superficiellement la peau avec une lame empoisonnée.

La mort survenait plus ou moins vite; mais, chaque fois, les animaux privés instantanément de force oscillaient sur eux-mêmes et mouraient bientôt dans d'horribles convulsions.

Pendant dix jours, les deux médecins disséquèrent les cadavres, pour voir si le poison attaquait les organes internes. Ils ne trouvèrent rien. Moco avait mis à leur disposition une sorte de hangar, et ils travaillaient sur une planche que deux jeunes gens lavaient à grande eau après chaque opération. Parfois, des enfants assistaient à leurs travaux, ou des femmes venaient leur rendre visite. Mais ils ne s'attardaient jamais; ils riaient et partaient vite, car toute cette boucherie n'avait aucun sens pour eux.

De temps en temps, Cliff venait, lui aussi, suivre les découvertes des deux savants; il souriait en hochant la tête.

— Eh bien! Maintenant, vous savez que ces poisons n'attaquent que le système nerveux, dit-il. Et alors? Vous êtes bien avancés! Nos poisons synthétiques ont exactement les mêmes effets. Ça vaut vraiment la peine d'affronter la forêt pour si peu?

Un jour, pourtant, Forster et Ellen firent une découverte sensationnelle. Ils avaient vacciné un cochon couvert de tumeurs avec une dose minime de poison numéro 3, celui que Moco appelait toxinatuba. L'animal respirait encore, bien que paralysé. Au bout de quelques jours, le cochon avait considérablement maigri, certes, mais les tumeurs disparaissaient progressivement et elles finirent par sécher, former des croûtes et tomber.

— Si cela est un des effets du poison, Rudolf, dit

Ellen d'une voix tremblante d'émotion, nous avons tout de même découvert quelque chose d'important!

— Peut-être un nouvel antibiotique...

— Ou un anticancéreux, Rudolf!

Cette idée paraissait trop fantastique pour qu'il pût la prendre au sérieux:

— Ellen, sur notre terre, les miracles n'ont plus cours!

— Mais ici, Rudolf, dans cette forêt en friche. Ici, tout est possible! Ah si seulement j'avais un exemplaire de cellule carcinomateuse...

— Ellen! fit Forster en se lavant les mains dans une calebasse pleine d'eau chaude. Ces tumeurs ne sont que de simples abcès, tout ce qu'il y a de plus banal. Elles guériraient aussi avec un peu de pénicilline en poudre.

— Mais est-ce que ce ne serait pas possible quand même?

— En théorie, l'Himalaya n'est qu'une accumulation de taupinières...

Ils se lavèrent et deux femmes emmenèrent le cochon. Tout ce qui est grillé est comestible... dit la sagesse de la forêt.

- On devrait ausculter leurs estomacs, fit Forster en riant. Ça en vaudrait la peine. Ils paraissent immunisés contre tout ce qui nous conduirait, nous autres Européens, au bord de la tombe. Je me souviendrai toujours de ce collègue qui entreprit un examen systématique des estomacs des Noirs du Congo en les voyant dévorer à pleines dents la viande déjà en état de décomposition avancée des buffles; ils n'éprouvaient pas plus de malaises que s'il s'était agi de biftecks tout frais. Par contre, ils exhalaient par tous les pores une odeur atroce de cadavre. Malgré tous ses efforts, mon collègue n'a jamais pu déterminer la nature du contrepoison élaboré naturellement par les organes digestifs des Congolais. Ici, c'est la même chose...

Un soir, après le dîner, Cliff Haller déclara :

Je n'ai pas voulu vous en parler tout de suite, mais on n'a pas retrouvé Jatupua; il semble s'être évaporé de la terre, et depuis douze jours, on le recherche partout. Il va être temps de mettre les voiles, les enfants. Je sens venir le péril. Moco aussi se fait du souci, mais il n'en parle pas. La moitié de ses guerriers, à tour de rôle, est sur le pied de guerre; ils contrôlent une superficie de trente kilomètres carrés, ce qui est énorme en forêt vierge. Quant à la rivière, ils l'observent sur cinquante kilomètres. Hier un hélicoptère en survolait le cours inférieur. Les Indiens ont cru voir un insecte géant envoyé par les dieux, et ils se sont aplatis, face contre terre. Actuellement Moco est en train de leur expliquer le genre d'armes dont disposent les Blancs. Moi-même, ce matin, j'ai donné une leçon de tir à quatre cents hommes, ou plutôt, je les ai habitués aux claquements des balles, ce qui m'a coûté vingt-quatre douilles... Je sens le danger par tous les pores... Il faut partir avant qu'il ne soit trop tard.

— Que vont faire Moco et sa tribu? demanda Ellen.

— Moco est en train de mettre au point un plan d'évacuation du village. Il voudrait défricher une nouvelle terre.

— Tout cela à cause de nous... Cliff, j'ai l'impression que partout où je me montre, j'apporte le malheur...

— Allons donc, Baby... (Cliff déposa un baiser fugitif sur le front d'Ellen. Depuis des semaines, c'était la seule marque de tendresse à laquelle ils s'abandonnaient. La certitude que, même sans le montrer, ils appartenaient l'un à l'autre leur suffisait.) C'est la guérison d'Ynama qui a tout provoqué, et pour Moco la guérison d'Ynama vaut bien une migration vers d'autres cieux, au bord d'une autre rivière.

— Quand allons-nous partir? demanda Forster.

— Moco propose dans six jours. Avec soixante-dix bateaux. Nous nous séparerons de lui aux abords du rio Jurua, lui continuera vers le sud, en direction du rio

Baboua, dans la région du Xeroanès. Il s'attend à des combats sanglants, mais les guerriers de Moco possèdent des armes infaillibles... Je n'ai rien à vous apprendre... Au fond, c'est toujours le même refrain, qu'on se trouve en pays civilisé ou sur les terres inconnues : on s'entretue pour un coin d'air pur.

— Et que se passera-t-il pour nous au rio Jurua? insista Forster.

— Je vous installe dans un canot à moteur, car nous aurons retrouvé la civilisation, et vous pourrez vous laisser glisser jusque dans un coin tranquille. La localité la plus proche est Fonte Boa, sur l'Amazone... Un avion vous y attendra d'ailleurs pour vous emmener à Manaus.

— Et vous, Ellen? (Forster lui adressa un regard suppliant...) Tu as eu ta grande aventure; viens, maintenant, on rentre en Allemagne...

— Je reste avec Cliff, déclara-t-elle. Rudolf, je ne me sens vraiment pas l'étoffe d'une épouse classique...

— Femme de prof dans l'Ohio, compléta le médecin d'une voix amère.

— A Denver, Doc. (Cliff Haller haussa les épaules.) Cela ne manque pas de charme. Il est possible que je me lance dans la politique... Ceux qui ont eu maille à partir avec les sauvages ont reçu la meilleure formation pour ce genre de distraction... Mais tout cela, c'est encore du domaine de l'utopie. Pour l'instant, la seule chose qui importe, c'est que Moco termine à temps ses soixante-dix pirogues, avant que l'armée brésilienne n'ait flairé nos traces...

Durant ces mêmes semaines, le général Aguria tendit un filet infaillible autour de la région s'étendant entre le rio Repartimento et le rio Jurua. José Cascal et Rita Sabaneta firent subir un interrogatoire en règle à tous les Indiens en provenance de la forêt, qui venaient au bord du fleuve pour leurs marchés d'échanges.

La plupart d'entre eux étaient nus, certains portaient quelques nippes. A tous, Cascal offrit des cigares et du schnaps, et pour le cas où ils auraient repéré des Blancs dans la forêt, une femme et trois hommes, ils recevraient une caisse pleine de cigares et quatre bouteilles d'alcool.

Malgré ces propositions alléchantes, la forêt garda son secret.

Au fur et à mesure que le temps passait, le général Aguria paraissait de plus en plus inquiet. A chacune de ses visites à Cascal, il manifestait un peu plus de nervosité.

— Pourvu que vos déductions se révèlent justes, disait-il. Si jamais Cliff Haller nous file entre les doigts, c'est notre mort. Rien que ses photos valent une déclaration de guerre.

— Où voulez-vous qu'il soit? (Cascal suivait du doigt les territoires inscrits sur la carte murale.) Le sud? Hypothèse absurde. Deux ans à travers la forêt... La même route qu'à l'aller? Impossible, car il sait bien qu'il n'a pas la moindre chance d'y trouver une brèche. Il ne lui reste plus que la direction du rio Jurua. A moins qu'on ne vienne le cueillir par la voie des airs...

— J'y ai pensé.

— C'est tout aussi impossible. Comment pourrait-il indiquer sa position, sans installation radio? Où voulez-vous qu'on vienne le chercher dans la nuit? Dans quelques centaines de kilomètres carrés? Non, mon Général, croyez-moi, c'est au rio Jurua que Cliff Haller surgira. Il nous suffit d'avoir de la patience, car il compte sur notre impatience justement. Il a le temps maintenant, il n'est plus à des semaines près! Il compte sur notre négligence, en se disant qu'au bout de trois mois, plus personne ne se rappellera pour quelle raison on monte perpétuellement la garde dans la forêt. A ce moment-là, il arrive... et disparaît. (Cascal but une longue gorgée de jus de fruits.) Gardons notre sang-froid, mon Général. Pensons au chat qui est capable d'attendre pendant des heures devant un trou de souris, prêt à sauter toutes griffes dehors sur l'imprudente.

Mises à part ces visites et ces discussions, l'existence au bord du rio Jurua ressemblait à celle dont on devait jouir au paradis terrestre. Rita Sabaneta était une amante comme on en trouve rarement, et Cascal se jura bien de ne jamais se séparer d'elle, même quand la mission « Cliff Haller » aurait reçu son point final. « Je l'emmènerai à Manaus, se disait-il, et peut-être même, qui sait? l'épouserai-je. A trente-cinq ans, il commence à être temps de songer à fonder un foyer stable, avec une épouse qui sache faire la popote, la lessive, et vous éclairer l'existence... Rita n'est-elle pas le personnage idéal pour tenir ce rôle? »

Les nuits, surtout dans ce pays merveilleux, ressemblaient à celles d'un conte oriental. Ils logeaient dans un bungalow en bois mis à leur disposition par un propriétaire qui habitait depuis deux ans une hacienda. Comme la plupart de ses semblables, il avait obtenu le terrain et construit la ferme après avoir exterminé tous les Indiens qui l'occupaient.

Durant ces nuits brûlantes, leurs corps s'enflammaient réciproquement, et on pouvait entendre leur souffle haletant jusqu'à la rive du rio Jurua. Mais chaque fois que, l'ouragan passé, ils se retrouvaient côte à côte, nus et le corps inondé de transpiration, Rita répétait inlassablement de sa voix grave et mélodieuse :

— José, n'oublie pas... Tu m'as promis Cliff.

Et Cascal grinçait des dents; il se doutait bien que la passion de Rita n'était que mensonge, car elle était destinée à l'autre.

— Tu l'auras, Favorita. Je te l'amènerai comme un petit chien au bout d'une corde... Il rampera à quatre pattes devant toi.

— Je t'aime, José, disait-elle alors, et elle le comblait

une nouvelle fois de ses caresses auxquelles il ne savait pas résister. Je t'aime comme la fleur aime la rosée...

Elle mentait avec un naturel fantastique. Aussi fantastique que son corps savait trembler d'excitation et ses doigts jouer le jeu de l'amour.

Un dimanche, les membres de l'équipe d'ouvriers envoyés dans la forêt pour y procéder à des travaux de défrichage annoncèrent qu'ils avaient découvert dans une pirogue folle, errant sur la rivière, un vieil Indien dans un état d'épuisement extrême. Il ne parlait pas un mot de portugais, mais l'interprète expliqua qu'il s'appelait Jatupua et venait des bords du rio Numumu, une rivière qui n'était mentionnée sur aucune carte. Trois Blancs étaient arrivés dans sa tribu et l'en avaient chassé... Deux hommes et une femme, trois sorciers qui auraient attiré la colère des dieux.

En apprenant cette nouvelle, Cascal fit un bond, et il embrassa Rita devant tout le monde.

— Les voilà! s'écria-t-il. Ce sont eux! Le rio Numumu, où est-ce?

— Pas la moindre idée. Mais ce doit être une rivière plus proche du rio Coari que du rio Repartimento.

— Tiens donc! Quand même! (Cascal se pencha vers la carte.) Cliff Haller fait un petit détour, mais il se dirige vers le rio Jurua. C'est le seul chemin qui lui reste. (Il releva la tête.) Le général est au courant?

— On lui a téléphoné il y a dix minutes environ.

— Et comment a-t-il réagi?

— Par un seul mot assez laconique... Alarme!

— Ça suffit!

Derrière lui, le téléphone se mit à hurler. Cascal s'en empara fébrilement, mais ne prononça pas un mot. Tant que la voix à l'autre bout du fil, se fit entendre, on vit ses yeux briller de plus en plus fort, comme s'il avait la fièvre; puis il reposa l'écouteur et regarda autour de lui ses auditeurs pétrifiés, parmi lesquels Rita. Son visage grimaçait d'une joie impossible à contenir.

— C'était le général Aguria. La deuxième et la troisième compagnie de parachutistes viennent de s'embarquer à bord d'hélicoptères munis de flotteurs pour que les machines puissent amerrir sur le rio Numumu, que personne ne connaît d'ailleurs, tandis que les hommes seront lâchés par air. Quant à moi, on vient me prendre en avion dans une demi-heure pour rejoindre également le champ de bataille.

— Toutes mes félicitations, fit un capitaine. C'est un grand succès à votre actif.

— Il suffit de savoir réfléchir avec logique. (Cascal jeta un coup d'œil sur Rita dont les yeux noirs étincelaient et les lèvres sensuelles frémissaient.) Je l'amènerai vivant, conclut-il d'une voix rauque. A toi alors de le déchirer, belle panthère!

Il en vint de tous les côtés.

Les guetteurs de Moco racontèrent que des hommes sortaient d'énormes oiseaux inconnus, à la voix ronflante, qui volaient au-dessus de la forêt avec des ailes rondes tournoyantes. D'autres guetteurs signalèrent par tam-tam que des mouches gigantesques flottaient sur l'eau du rio Numumu et glissaient lentement en direction du village.

— Ça y est, dit Cliff. Ils nous ont repérés. Dommage, ils arrivent trois jours trop tôt. Dans trois jours, nous aurions été envolés, et le village abandonné.

— Et maintenant, il va y avoir de nouveau des cadavres, remarqua Ellen d'une voix triste.

— Il va pleuvoir des cadavres, rectifia Cliff froidement.

Moco répartissait ses guerriers en différents groupes. Femmes et enfants furent installés dans les pirogues, et confiés à la charge des vieillards. Puis Moco revint auprès d'Ellen et de Cliff, tandis que Forster soignait deux Indiens blessés par des épines vénéneuses, dans leur précipitation.

— Nous allons conduire les femmes et les enfants au rio Danauri, dit Moco. (Ces dernières heures l'avaient vieilli de plusieurs années; des rides profondes sillonnaient son visage encore jeune.) C'est un bras de rivière caché par la végétation, invisible et boueux. Personne ne pourra les suivre, et ils nous attendront tranquillement.

D'un buisson surgirent de nouveaux guetteurs; les nouvelles pouvaient se lire sur le visage de Moco.

— Ils nous ont encerclés, expliqua-t-il. Mais ils font une erreur, car ils sont trop éloignés les uns des autres. Je vais placer mes guerriers dans les arbres et, de là-haut, ils tireront à la sarbacane sur tous les soldats qui entreront dans leur champ de vision. Le danger ne peut pas venir de la forêt. Tandis que les hélicoptères sur le fleuve... Nous ne pouvons pas les attaquer avec nos pirogues.

— Nous nous en chargerons, nous. (Cliff Haller lança un long sifflement entre ses doigts, ce qui fit sursauter Forster.) Nous possédons deux fusils et trois revolvers, expliqua Cliff, nous devons arriver à atteindre le moteur, c'est notre seule chance.

Ynama apparut soudain de derrière les huttes, une longue sarbacane en main et, sur le ventre, un carquois plein de flèches empoisonnées.

— Qu'est-ce que ça veut dire? questionna Cliff. Moco, vous n'expédiez pas Ynama avec les autres femmes?

— Elle refuse, Cliff. (Ses yeux rayonnaient.) Est-ce que Señorita Ellen ne reste pas auprès de vous, le revolver à la main? Ynama est comme Ellen : elle ne me quitte pas.

— Moco, voyons, c'est absurde. Votre peuple a besoin d'Ynama et de vous. Je prends la direction des opérations sur terre et vous, vous rejoignez les pirogues...

— Je me tuerais moi-même, Señor, si je rejoignais les femmes, fit Moco solennellement. Je suis le chef, et nous luttons pour notre survie!

On entendit au loin quelques coups de feu isolés, puis un claquement prolongé, caractéristique des fusils mitrailleurs. Moco donna le signal à ses guerriers. Comme des fantômes bariolés, ils disparurent dans la forêt. Chacun d'eux avait une mission à remplir, tuer! Tuer tous les Blancs en vue, et sans bruit. La mort silencieuse qui tombe du ciel...

Lentement trois hélicoptères glissaient sur la rivière en pétaradant, portés par leurs flotteurs, annoncèrent les derniers éclaireurs; puis ce fut le silence : la liaison était rompue entre le village cerné et les guerriers perchés dans les arbres.

— Trois hélicoptères... répéta Cliff en fronçant les sourcils. Nous ne pouvons pas les avoir. Je propose que vous, Doc, et vous, Ellen, vous agitiez des drapeaux blancs et que vous vous laissiez capturer. On ne vous fera rien, à vous. Surtout pas à toi, Baby... C'est ma tête qu'ils veulent.

— Et toi? demanda Ellen.

— J'arriverai bien à m'en sortir tout seul, en coupant à travers la forêt.

— Tu es cinglé, dit-elle. Nous restons tous les trois ensemble.

On entendait distinctement maintenant le ronronnement des moteurs sur la rivière. Derrière eux, à cet instant précis, les flammes s'élevèrent vers le ciel avec des gémissements et des plaintes de souffrance.

Moco avait mis le feu à son village.

# 6

CONFORTABLEMENT installé dans sa cabine aux vitres pare-balles, avec un fusil mitrailleur à portée de la main, prêt à entrer en action, Cascal observait les berges du fleuve. Autour de lui, cinq soldats brésiliens armés attendaient les ordres. L'hélicoptère spécialement équipé pour la forêt vierge et les combats contre les Indiens était piloté par un jeune adjudant de l'armée de l'air.

Cascal était en liaison constante par radio avec tous les détachements de soldats sur terre, et il pouvait suivre les ordres et les rapports envoyés par les différentes unités. Les parachutistes qui progressaient lentement vers le fortin des Indiens, les deux autres hélicoptères qui passaient systématiquement au peigne fin toute la forêt longeant les rives à l'aide de leurs mitraillettes à longue portée, un groupe de soldats entraînés à la guérilla, envoyés spécialement ici pour couper la retraite des fuyards. De tous côtés, les observations affluaient.

— Nous apercevons une immense flottille de pirogues bondées de femmes et d'enfants qui cherchent à gagner un bras de la rivière...

— Devant nous, le village brûle. Ils y ont mis le feu eux-mêmes...

— Ennemi en vue à trois cents mètres. Jusqu'à

présent, nous avons neuf morts par flèches empoisonnées. A peine si on distingue les gars : ils sont perchés dans les arbres...

— Ici lieutenant Coreirès. Impossible d'aller plus loin, devant nous, un énorme marigot. Deux noyés et sept morts par flèches empoisonnées. En face de nous, il y a une grosse résistance indienne. Nous essayons de les décimer aux grenades...

— Ici, groupe III. Nous avons capturé deux prisonniers. Ils déclarent que leur chef s'appelle Moco.

Cascal ouvrit des yeux exorbités, puis il jura.

— Ce n'est pas possible, murmura-t-il pour lui-même en passant la main sur son visage soudain inondé de sueur. Moco? Mais les piranhas l'ont bouffé! Je l'ai vu de mes propres yeux. (Il prit le micro à son tour.) Je viens d'apprendre, lança-t-il d'une voix forte, que cette tribu a pour chef un nommé Moco. Je connais ce Moco, c'est l'homme le plus dangereux que j'aie jamais rencontré dans la forêt. J'ai reçu les pleins pouvoirs du général Aguria, et donne l'ordre d'exterminer toute la tribu. Pas de prisonniers...

Appel à l'assassinat collectif. Et personne ne s'en soucierait sur la planète. Personne d'ailleurs ne l'apprendrait, et même si ça venait à se savoir, on ferait le silence et on fermerait les yeux... Des Indiens, quelle importance!... Une seule voix posa une question sans que Cascal pût déterminer d'où elle venait (des bords du fleuve, sans doute) :

— Ordre reçu. Les femmes et les enfants aussi?

Cascal contempla les longs filets de fumée qui s'échappaient du village détruit; çà et là, d'immenses flammes se dressaient vers le ciel bleu. Puisqu'on y était, autant les supprimer tous d'un seul coup, pensa-t-il.

— Oui, répondit-il d'une voix claire dans le micro. Les femmes et les enfants aussi. Ce sont tous des Indiens!

Et la même voix lointaine confirma :

— Sommes en vue des pirogues. Commençons tout de suite le génocide...

Le mot fit tressaillir Cascal qui coupa le contact. « Cette fois, ils ne m'échapperont pas, se dit-il, les yeux brûlants. (Il fixait un point lointain de la rivière...) Plus maintenant. Ils sont cernés par les armées de tous les côtés. Quant à Cliff Haller, je le jette aux pieds de Rita, comme promis. Elle pourra faire de lui ce qu'elle voudra. Je parie qu'avant de le tuer, elle va commencer par le castrer, avec la haine qui lui brûle le cœur! »

Il dirigea son fusil mitrailleur sur le village en flammes et tira. Tira comme un dément au milieu des huttes vides, grisé par la conscience d'avoir sa part active de la destruction totale de Moco et de sa tribu abhorrée.

Cliff Haller et Forster s'étaient postés eux aussi près de la rive; quant à Moco et Ynama, ils avaient disparu. Lorsque les hélicoptères étaient arrivés, ils avaient couru en direction de la forêt, pour rejoindre les guerriers. Ellen était accroupie dans un trou, auprès du village incendié, avec pour unique mission d'attendre... Bien entendu, elle s'était rebiffée une fois de plus, et Cliff avait été obligé de faire preuve de grossièreté pour imposer son autorité.

— C'est la dernière fois, compris? hurla-t-il à son adresse. Tu me fais suer, à la fin! Ou bien tu te caches dans ce trou de ton plein gré, ou bien je te mets K.-O. d'un coup de poing au menton pour te faire obéir...

Elle avait écarquillé les yeux, puis, spontanément, s'était jetée dans les bras de Cliff et ensuite dans ceux de Forster.

— Quand on sent la mort approcher, on aime tout le monde, hein? ricana Cliff. (Et avec un coup de coude dans les côtes du docteur, il ajouta :) Si jamais nous sortons de ce merdier, il faudra enfin déterminer lequel de nous deux possédera Ellen... Allez, Doc, au boulot.

Je ne crains pas les parachutistes, car ils vont s'égarer dans la forêt. Mais ces maudits hélicoptères, ils ne feront qu'une bouchée de nos troupes. Vous savez bien tirer au moins?

— J'ai servi deux ans dans les blindés lourds...

— Parfait.

Ils longèrent en courant la lisière de la forêt et, arrivés au bord de l'eau, ils se jetèrent dans un fourré, derrière un énorme tronc d'arbre couché, destiné à devenir une pirogue qui ne verrait jamais le jour.

— Ah! Ah! fit Cliff paisiblement en apercevant un hélicoptère glissant lentement sur l'eau. Je les connais, ces vieux machins, ils font merveille dans une guerre contre les Indiens. Leur réservoir d'essence se trouve à l'arrière, vers la queue. Vous voyez l'endroit, Doc? Juste au bas de la cabine...

— Oui, je vois.

— Tirez dessus. C'est le talon d'Achille de ces sales engins. Ils n'exploseront pas, ce serait vraiment trop beau; mais au moins, sans carburant, ils n'auront plus qu'à faire du sur place et à tourner en rond... Attention!

Ils attendirent que les deux premiers hélicoptères soient dans leur ligne de tir, puis firent feu en même temps... Quatre fois, toujours sur la même cible.

Bien, fit Cliff. Ça y est, on les a touchés. Ils sont immobilisés.

Au même moment, une flamme claire s'éleva de l'arrière du premier hélicoptère, Cliff et Forster, d'un réflexe commun, s'écrasèrent contre le sol... et l'explosion déchira l'appareil avec un bruit de tonnerre assourdissant : tessons de verre, débris d'acier et lambeaux humains tourbillonnèrent dans les airs; aussitôt, les deux autres hélicoptères stoppèrent leur course. Le dernier fit demi-tour pour rejoindre la rive opposée, et celui du milieu resta sur place au milieu des débris de toutes sortes. L'eau commença à s'agiter... Des milliers de piranhas se précipitèrent sur ce festin inespéré...

Dans l'hélicoptère numéro II, Cascal jetait des yeux effarés autour de lui.

— C'est un coup de Cliff Haller! hurla-t-il brusquement au pilote. Il est devant nous! Vite, rejoignons la berge... le plus vite possible.

Il tourna son arme vers la direction supposée et tira au hasard. L'hélicoptère ne bougeait toujours pas. Les pales firent entendre une sorte de grognement rauque, puis arrêtèrent leur course avant même d'avoir pris de la vitesse. L'appareil se tint tranquille au milieu de l'eau. Pas un mouvement, pas un bruit...

— Alors? hurla Cascal. J'ai dit, vers la berge, et vite!

— Nous sommes immobilisés, commenta le pilote en se tournant vers Cascal. Ils ont touché le réservoir d'essence qui s'est vidé en un clin d'œil.

— Est-ce à dire que nous allons être entraînés par le courant sans pouvoir réagir? s'écria Cascal fou de rage.

— Oui.

— Vous n'avez pas de réservoir de secours?

— Non.

— Il faut rejoindre la berge, vous entendez? Même si nous devons y aller à la nage...

Les soldats ne répondirent point, et Cascal lui-même cessa de hurler. Il suffisait de jeter les yeux sur l'endroit où l'hélicoptère avait sombré pour se rendre compte qu'à la nage ils n'iraient pas loin. Les piranhas se jetaient même sur les tôles de l'appareil parce qu'elles avaient une odeur de sang.

— On pourrait ramer alors, s'écria-t-il au bout d'un instant.

— Nous serons des cibles idéales, à cheval sur les flotteurs.

— Vous êtes tous des froussards?

— Non, mais nous ne faisons rien de stupidement inutile, déclara l'adjudant d'une voix sèche.

Cascal grinçait des dents. Derrière sa cabine blindée, il regardait la rive et les flammes qui dévoraient les restes du village de Moco. Quelque part, de ce côté, Cliff Haller attendait une cible, tandis que réduit à l'immobilité et à l'impuissance, José Cascal devait se contenter d'assister au spectacle sans pouvoir intervenir. Que ce maudit Cliff parvienne à échapper au filet tendu, et il lui serait très facile de disparaître de nouveau dans la forêt. Alors recommenceraient des semaines de recherches épuisantes et de vaine attente, dans l'incertitude. Sans compter l'ironie mordante de Rita! « Il est plus malin que toi, que vous tous réunis! ne manquerait-elle pas de dire. En réalité, il est le seul homme digne d'être aimé... » Dans ses yeux noirs, jaillirait l'étincelle menaçante, et quand il approcherait la main pour une caresse, il recevrait un coup violent.

Cascal fit la grimace et brancha de nouveau les écouteurs. Les nouvelles affluaient de partout.

— Groupe I réduit à l'immobilité. Pertes importantes. Les maudites flèches empoisonnées qui surgissent du néant et vous effleurent la peau... En cinq minutes, c'est liquidé...

— Groupe III. Avons tué vingt-neuf Indiens. Impossible d'aller plus loin... Je donne l'ordre de rester sous abri pour ménager la vie de mes hommes.

— Ici les Bombeiros! (Cascal retint son souffle : les Bombeiros, c'étaient les « pompiers » comme ils disaient, la troupe spécialement formée à la technique de la guérilla.) Avons atteint le bras du fleuve par l'autre rive. Trente-quatre pirogues ont déjà sombré. Mais ici, ça grouille d'Indiens. Une vraie fourmilière. On les recueille?

— Non, pas question! (La voix de Cascal s'enrouait de haine et de colère.) Tuez-les tous! Tous, vous m'entendez? Qu'il n'en reste pas un seul vivant! Ce sont les ordres du général Aguria.

— Compris... Mais les gosses...

— Les gosses aussi, bon Dieu! Les gosses, ce sont les adversaires de demain!

Personne n'aura jamais connaissance du drame qui se joua sur la rivière. Les soldats contraints de faire feu sur les femmes et les enfants indiens s'enfermèrent dans un silence farouche : enterrant l'atroce vision au plus profond de leur cœur.

Après la destruction des premières pirogues, il fallut se rendre à l'évidence : toute la flottille était cernée, et les guérilleros qui surgissaient sur l'autre rive pilonnaient à la grenade les survivants, toute la tribu était condamnée... Il se passa alors une scène digne de l'apocalypse.

Les pirogues se réunirent en une masse compacte, flanc contre flanc. Un vieil homme au chef emplumé se dressa de toute sa hauteur au-dessus de ses gens et étendit les bras. Il cria quelques mots vers le ciel... et on vit les femmes des Indiens se pencher vers leurs enfants, sans bruit, sans une parole, sans un cri. Debout sur les bords de la rivière, les soldats paralysés d'horreur regardaient de leurs yeux exorbités... Les mères entaillaient le dos de leurs enfants avec les lames empoisonnées des poignards, puis elles s'enfonçaient la même lame dans la poitrine. Pas même une plainte ni une larme... Les enfants mouraient en quelques secondes, et leurs mères s'étendaient sur eux pour mourir à leur tour, avec ce courage inhumain qui jusqu'à présent est toujours demeuré une énigme pour les Blancs. Les cadavres s'amoncelèrent en silence au milieu de l'eau... Portée par le courant, la masse indissociable des pirogues muettes voguait tragiquement vers l'inconnu.

Je n'ai jamais rien vu de semblable encore, murmura le lieutenant Lukaneiros qui commandait le détachement de la guérilla. Jamais plus je ne pourrai oublier cela : le suicide collectif de toute une tribu...

Sinon, nous les aurions tués nous-mêmes, murmura un sergent derrière lui. Ce sont des scorpions, et les scorpions se tuent quand ils ont perdu tout espoir.

— C'est faux... Seriez-vous capable de vous tuer, sergent?

— Je ne sais pas.

— Moi, je sais. Je ne pourrais pas, car il me resterait toujours une lueur d'espérance.

— Et les Indiens, avaient-ils encore une lueur d'espérance?

Lukaneiros jeta un coup d'œil sur le convoi funèbre.

— Partons, dit-il d'une voix rauque. Notre mission ici est terminée! Sus aux hommes maintenant. N'oubliez pas qu'ils savent évoluer dans les arbres à la manière des singes!

Les soldats s'égaillèrent dans la forêt. A présent commençait la chasse aux guerriers de Moco. Un corps à corps impitoyable... Fusils mitrailleurs contre flèches empoisonnées.

La civilisation découvrait un paradis caché et s'empressait de lui apporter les bénédictions du XX^e^ siècle...

Il ne restait plus du village riant que des cendres fumantes, çà et là, quelques braises incandescentes encore. Tout autour, dans la forêt, des coups de feu claquaient; sur la rivière deux hélicoptères oscillaient doucement, l'un réduit à l'immobilité, et l'autre, à une distance respectable du champ de bataille. Ni l'un ni l'autre ne prenait une part active au combat. Cascal était vert de fureur... A part les ordres qu'il pouvait distribuer par radio à quelques groupes éparpillés, il était réduit à l'inaction. Enfermé dans sa cage de verre, il avait l'impression d'être un captif de luxe dans une prison de luxe.

A ce moment-là, Moco apparut soudain aux côtés de Cliff Haller et Forster, derrière le gros tronc d'arbre couché qui leur servait de bouclier. Tout son corps trempé de sueur, presque nu, tremblait affreusement; il avait la peau lacérée par les épines, et des filets de sang lui coulaient un peu partout.

— Partez! ordonna-t-il d'une voix sans timbre, en se couchant sur le dos. Tout de suite, sauvez-vous et sauvez Ellen! Elle est toujours cachée dans son trou. Mes hommes peuvent encore retenir les soldats jusqu'à ce que vous ayez disparu dans la forêt. Mais il n'y a pas une seconde à perdre...

Cliff Haller lui lança un regard inquisiteur. Un soupçon affreux lui serra la gorge.

— Où est Ynama? demanda-t-il.

Le regard de Moco se couvrit d'un voile.

— Morte.

— Non! (Forster laissa tomber son fusil.) Où donc?

— Près de la rivière.

— Je pensais que vous vouliez la conduire avec les enfants et les femmes?

— Oui, c'est là qu'elle était...

Cliff Haller sentit soudain une main glaciale lui étreindre la moelle épinière.

— Moco..., fit-il à mi-voix. Mon Dieu, Moco, que s'est-il passé là-bas?

— Tout mon peuple a été anéanti.

Moco ferma les yeux; ses lèvres frémissaient sans qu'il pût les dominer.

— Ils se sont tous tués... Tous... Les femmes, les enfants et les vieillards... C'est mieux pour eux, d'ailleurs, que de tomber entre les mains des Blancs!

— Mais vous perdez tous la raison? hurla Forster. Les femmes et les enfants... Les nouveau-nés...? Personne ne leur aurait fait le moindre mal!

Une horrible grimace déforma les traits de physionomie de Moco.

— Qu'est-ce que vous savez, vous autres, en Europe, de ce qui se passe ici, dans les forêts vierges? Je connais certaines tribus qui ont été exterminées jusqu'au dernier parce que leur terre était favorable aux plantations. Ils ont fusillé les hommes et tué les femmes après les avoir violées. On a même retrouvé des cadavres de femmes suspendues aux branches d'arbres par les pieds, jambes écartées, et le corps éventré comme des cochons à l'étal. Les enfants, ils les ont pris par les pieds et les ont fracassés contre les troncs d'arbre avec une force telle que la cervelle est restée collée à l'écorce. Aucun de ces assassins n'a jamais été puni! Pas même inquiété! On ne parle pas de ces incidents, voilà tout. (Moco entrouvrit les paupières; ses yeux noirs avaient perdu tout éclat.) Fallait-il que mes gens finissent aussi de cette manière? Non. Ils sont morts comme des Indiens pleins de bravoure et nous, les hommes, nous finirons comme des guerriers et non comme des lâches. (Il se leva; son visage avait pris l'aspect figé d'un masque.) Allez, continuez votre chemin. Une avance d'une heure dans ces régions vaut de l'or!

— Ce n'est pas vrai, répétait Forster atterré. (Il était incapable même du moindre geste.) Moco, dites-moi que ce n'est pas vrai...

— Hélas! Doc... (Cliff Haller regarda les deux hélicoptères immobiles sur l'eau. S'il avait supposé que l'un d'eux abritait en cet instant le monstrueux Cascal, sans doute aurait-il réagi autrement.) On raconte que les barbares allemands, pendant la guerre de 14-18, auraient fait griller les petits enfants à la broche; chacun savait que c'était faux, absurde, monstrueux, mais on ne cessait de le clamer, à titre de propagande. Ici, malheureusement, c'est l'opposé : l'horreur est vérité, et personne ne veut le savoir! Voilà la valeur de la morale, sur terre! A quoi bon essayer de préserver une propreté morale... Au nom de quoi? Doc, soyez donc réaliste une fois pour toutes, et convenez que quatre-vingt-quinze pour cent de notre existence évoluent dans un merdier immonde. Allons chercher Ellen maintenant... Moco, que décidez-vous? Vous venez avec nous?

— Non, je reste ici.

— Vous voulez mourir avec vos hommes?

Cliff hocha la tête d'un air sceptique.

— Qu'est-ce que vous avez appris à la mission? Ces trois années passées là-bas, vous ne croyez pas, en fin de compte, que c'était du temps gâché?

— Non... J'ai appris à mourir en priant.

— Vous croyez que ça facilite les choses?

— Je ne sais pas encore. Mais ça ne va plus tarder...

Ils rampèrent en reculant sous les feuilles, puis, courbés comme des boucs, ils coururent d'arbre en arbre jusqu'au village incendié.

Ellen Donhoven n'avait pas quitté son trou; le fusil en joue, le doigt sur la détente, prête à tirer... Heureusement Cliff cria, ce qui lui sauva la vie.

— C'est moi, Ellen. Allez, viens...

Il la tira de sa cachette, tandis que Moco et Forster, à genoux à la lisière de la forêt, faisaient le guet du côté de la berge, car le danger ne pouvait plus venir que de cette direction... Partout ailleurs, les Indiens avaient réussi à retenir l'avance des soldats.

Las de perdre leurs hommes avec ces flèches empoisonnées tombant du haut des arbres, les soldats brésiliens avaient cherché refuge dans les profondeurs des sous-bois pour attendre la nuit. C'était le seul moyen de se reprendre un peu. Tant qu'il faisait clair, les Indiens invisibles tiraient indifféremment sur tout ce qui remuait.

Ellen rejoignit la lisière de la forêt sans être vue.

— Dieu soit loué, vous êtes sains et saufs tous les trois! soupira-t-elle. L'attaque a été repoussée?

— Non. (Cliff regardait droit devant lui.) Il faut que nous nous enfoncions dans la forêt. Moco va nous montrer le chemin.

— Encore dans la forêt?

— Oui, il n'y a pas d'autre issue. En direction du rio Coari où nous nous construirons une pirogue pour rejoindre l'Amazone par eau. Impossible d'y échapper, il faut une fois de plus zigzaguer à travers l'enfer!

Ellen leva des yeux interrogateurs sur Moco; l'Indien baissa la tête sans prononcer une parole; Forster haussa les épaules.

— Et... combien de temps va durer ce nouveau périple? demanda Ellen à voix basse.

— Trois mois, je pense.

Cliff avait répondu sèchement, comme si ce délai était un détail secondaire.

— Trois mois... Jamais nous n'arriverons au bout.

— Mais si, Baby. Nous serrerons les dents. Qu'en pensez-vous, Doc?

Forster haussa de nouveau les épaules. Il n'avait jamais été ni lâche, ni peureux, ni douillet, et pourtant, cette fois, un doute s'insinuait en lui.

— Je n'en sais rien, Cliff. Une chose est certaine : il faut essayer!

— Et Moco? Il reste auprès de ses gens? poursuivit Ellen avec une inconscience cruelle.

— Oui, fit Cliff, le visage pétrifié d'angoisse.

— Bravo, Moco! Je suis heureuse que votre tribu ait été sauvée du désastre.

— Merci, Señorita, répondit Moco d'une voix blanche.

— Où allez-vous reconstruire un nouveau village?

— Au bord d'un fleuve plus joli et plus accueillant que celui-ci.

Malgré toute sa dose de résistance nerveuse, Cliff Haller eut peur d'éclater. Il essaya d'attirer l'attention de Moco, afin de détourner le cours des pensées d'Ellen.

— Comment allons-nous sortir d'ici? fit-il à haute voix.

Moco montra un point dans les sous-bois.

— Il y a une pirogue là-bas, cachée sur un petit affluent invisible. A gauche et à droite, ce ne sont que marais, inaccessibles aux soldats. Avec ce bateau, vous n'aurez aucun mal à sortir du cercle maudit, mais il faut faire vite!

Moco prit les devants; ils coururent en file, sous les arbres, et au bout de deux cents mètres environ, atteignirent les marais. Moco connaissait les endroits guéables, et il dirigea les trois Blancs à travers un dédale puant de boue et de vase, bien souvent même avec de l'eau jusqu'à la ceinture. Cependant, jamais ils ne quittèrent la terre ferme.

Le sentier ne devait pas dépasser un mètre de large; d'ailleurs, une fois, Cliff voulut en faire l'essai, et aussitôt il enfonça dans une boue visqueuse sans fond.

Enfin l'eau apparut, une eau véritable, ondoyante à sa surface, et un petit bateau étroit dansait doucement, attaché à un tronc d'arbre.

— Cela ressemble à un miracle, chuchota Cliff, le cœur serré. Moco, je voudrais bien savoir comment vous trouvez un chemin praticable dans ce marais du diable. Et maintenant, cette embarcation...

— C'est en quelque sorte un bateau de sauvetage, fit Moco tristement. Je n'en ai plus besoin. Je vous en fais cadeau.

— Moco... C'est votre pirogue personnelle? demanda Ellen dans un cri.

— Oui, Señorita.

— Alors, nous ne pouvons pas accepter.

— Merde alors, si, nous le pouvons! hurla durement Cliff. Nous ne sommes pas ici dans une réunion mondaine, en train de papoter sur les potins du jour! Nous le prenons, et... Moco, vous savez à quel point nous vous resterons éternellement reconnaissants?

— Oui, je le sais. (Moco porta Ellen jusqu'à la pirogue et l'installa sur une caisse. Forster et Cliff suivirent après un bain de boue forcé, qui ne tarda pas à les empuantir atrocement.) Vous y trouverez tout ce dont vous avez besoin, poursuivit Moco en montrant les caisses. Des armes, des munitions, de l'eau potable, du poison, des pièges, des sarbacanes, des silex et des mèches faites de mousse séchée... Il n'y manque rien du matériel nécessaire à un Indien...

Les adieux avec Moco ne durèrent pas longtemps. Il baisa la main d'Ellen, puis avant même que les deux hommes aient pu prononcer encore un mot, en quelques enjambées, il avait repris sa navigation étrange au milieu du marais. Dans le lointain, on entendit quelques coups de feu, pour leur rappeler sans doute que la paix en ce lieu maudit n'était qu'un trompe-l'œil. Partout, la mort guettait.

Ellen suivit Moco des yeux jusqu'à ce qu'il eût disparu derrière les arbres; puis elle se tourna vers Cliff Haller.

— Comme il est bizarre! Il n'est plus le même...

— Ça t'étonne? Il a perdu la moitié de ses hommes.

Ellen le fixa d'un regard incrédule.

— Non... C'est vrai?

— Oui, confirma le docteur Forster.

— Et nous... c'est nous qui sommes responsables de cette boucherie, Cliff... Si nous n'étions pas arrivés chez eux, ils vivraient encore... Leur village n'aurait pas brûlé... Et les femmes et les enfants ne seraient pas condamnés à en reconstruire un nouveau maintenant...

— La ferme, Baby! hurla Cliff. Tu ne peux pas la boucler, non? Si... si... Il est trop tard pour ces sempiternels « si ».

— N'empêche que nous en sommes responsables... Jamais je ne me le pardonnerai...

— A ta guise! (Les nerfs de Cliff flanchaient.) On s'en fout, tu comprends, que tu pardonnes ou que tu ne pardonnes pas, mais ferme-la! Doc, un coup de pagaie... Ouf! On s'en va, les enfants, c'est la seule chose qui compte. Doc, on prend chacun une pagaie, hein? En rythme, une-deux, une-deux... Comme ça, on s'éloignera plus vite.

La pirogue effilée n'eut aucun mal à se frayer un chemin à travers la végétation encombrante de la surface; le courant heureusement était à peine perceptible, car ils ramaient vers l'ouest.

De plein touet vers une nouvelle croisière dans l'Enfer Vert.

De la forêt s'élevait une vapeur épaisse; des grincements et des craquements incessants troublaient les dialogues des perroquets et des autres oiseaux. Quant aux moustiques, ils s'en donnaient à cœur joie, maintenant qu'ils avaient une proie de choix. Pendant une heure entière, les alligators accompagnèrent la fuite des trois Blancs, leurs petits yeux pleins de vivacité et de cruauté paraissaient loucher de curiosité. Quand donc se décideront-ils à prendre l'eau, ceux-là?

Vite! Plus loin...

Plus loin vers l'obscurité, vers un univers inconnu du géographe et du cartographe.

Les rives se rapprochèrent insensiblement l'une de l'autre. Des arbres en décomposition flottaient sur l'eau, des lianes jetaient leurs tentacules dans toutes les directions. L'eau prit une teinte verdâtre, une densité visqueuse, comme une purée. Bientôt la végétation manifesta son élan vital : les branches des arbres se rejoignaient par-dessus la rivière, et ils durent pagayer avec force sous un tunnel de feuillage, dans la pénombre.

- Nous n'en sortirons pas vivants! s'écria une fois Forster, ce qui fit sursauter Haller comme s'il avait été piqué de la tarentule.

- Fermez-la, Doc, vous aussi, et ramez, hurla-t-il. Nous sommes sortis du cercle infernal, nous avons retrouvé la liberté, c'est l'essentiel. (Il se tourna vers Ellen assise toute droite à la poupe :) Ça va, Baby?

— Je pense à Moco, répondit-elle. Tout ce malheur que nous lui avons apporté...

Cliff pagaya de plus belle. Une chance encore qu'elle ignore le principal, se dit-il. Et il ne faudra jamais lui révéler la vérité, sinon elle sera toute sa vie écrasée sous un complexe de culpabilité dont elle ne sortira plus.

Moco retourna vers les tas de cendres qui autrefois avaient été son village. Il demeura un instant en contemplation devant l'endroit où s'élevait la grande hutte dans laquelle il avait connu avec Ynama quelques jours de bonheur suprême. Soudain sa mémoire lui rappela le bon Père Josephus, de l'île Pananim au milieu de l'Amazone : pendant trois années, le Père Josephus lui avait enseigné que l'amour était le plus grand bien, l'amour au nom duquel un être appelé Jésus s'était laissé clouer sur une croix, pour soulager ses frères.

Gaio Moco s'agenouilla auprès des cendres de sa hutte et répéta du fond du cœur les prières enseignées par le Père Josephus. Pendant une demi-heure, il s'abîma dans la méditation et, en se relevant, il se sentait le cœur léger; il comprenait même ce Jésus qui avait accepté de mourir pour son peuple.

La tête haute, les mains aux hanches, il traversa paisiblement le village endormi et prit la direction de la rivière. Il vit de loin les deux hélicoptères flottant sur l'eau; il aperçut même sur l'un des appareils une mitrailleuse dont le canon était pointé en plein sur lui.

Perdu dans son rêve mystique, Moco sourit. Pour lui, la mort était devenu un phénomène de la nature. Il demeura au bord de l'eau et se redressa de toute sa hauteur. « Tirez donc, se disait-il en lui-même. Qu'est-ce que vous attendez? »

Du fond de sa cabine vitrée, José Cascal poussa un cri grêle en distinguant la silhouette de l'homme solitaire au bord de l'eau.

— Moco! hurla-t-il. C'est Moco! Que veut-il? A-t-il l'intention de tenter un compromis? Trop tard, on ne transige plus, mon vieux, on tue...

Et Cascal pointa l'arme sur la silhouette immobile, dressée comme une accusation.

Colère et haine grisaient Cascal. Tout en se préparant à tuer de ses propres mains, il marmonnait des mots sans suite, incompréhensibles même. Et il appuya sur la détente.

Sous le choc, le corps de Moco, transpercé de balles, fut soulevé de terre et repoussé à deux mètres en arrière, comme une balle de foin, désarticulé et insensible. Une tache rouge sur le sol sablonneux de la rive d'un fleuve inconnu...

Cascal exhala un profond soupir et s'adossa à son siège. Il sentait confusément que la mort de Moco marquait sa propre défaite.

— Ramez maintenant, vers la terre, ordonna-t-il. Nous n'avons plus personne à craindre. La mort est saturée, elle s'est noyée dans son propre sang...

Pendant huit jours, les recherches se poursuivirent autour de Cliff Haller et de ses compagnons. Mais ils restèrent introuvables, à croire que les marais les avaient tout simplement aspirés.

Dix hélicoptères ratissèrent toute la forêt, du matin au soir, sans découvrir la moindre trace.

Quatorze prisonniers subirent un interrogatoire en règle, les derniers survivants des Jumas. On leur brûla la plante des pieds, on leur enfonça des échardes de bois dans la chair, on leur écrasa les testicules... Ils gardèrent le silence. Peut-être ne savaient-ils rien, mais Cascal en doutait.

— Demain, nous allons les étirer entre deux arbres comme des peaux de bêtes tannées, hurla le monstre hors de lui. Je les connais, leurs méthodes! Ils parleront...

Mais le lendemain, ils étaient tous morts, piqués à l'aide d'épines empoisonnées cachées entre leurs orteils.

Au bout de huit jours, Cascal fit arrêter les recherches. Honteux, déprimé, mortellement blessé dans son amour-propre, il retourna à Carababa, sur le rio Jurua après un détour à Cararuari où l'attendait le général Aguria. La troupe des survivants l'avait précédé, en ramenant leurs morts. Soixante-sept cadavres de soldats, dans un état affreux... le poison dissolvait littéralement leurs corps.

Je sais tout, coupa le général au moment où Cascal se préparait à commencer son rapport. Nous avons exterminé une tribu... C'est déjà quelque chose! Et vous ne vous trompiez pas en affirmant que Cliff Haller surgirait de la forêt à cet endroit-là. A votre actif, mon cher Cascal. Manque de chance : Haller est plus malin que vous. Il nous a échappé une nouvelle fois. Mais ne nous mettons pas martel en tête. Nous n'avons rien à nous reprocher, et nos gens ont fait tout leur possible. Soixante-sept morts... une véritable hécatombe.

Aguria contemplait la carte de l'Amazonie suspendue au mur.

Cascal, si Haller ne valait pas un millier de morts, il y aurait scandale. Mais dans le cas présent, la moindre victime trouve sa justification. A votre avis, quelle route va-t-il prendre maintenant?

– Je n'en sais rien, mon Général! (Cascal à son tour fixa la carte d'un regard haineux. « Maudit pays! » se dit-il.) Il ne lui reste plus maintenant à choisir qu'entre le sud et l'ouest. Mais c'est de la folie, mon Général. Il n'arrivera jamais. Personne ne peut espérer traverser à pied un immense continent uniquement occupé par la forêt! C'est contre toutes les lois élémentaires du bon sens, même pour un Cliff Haller!

Autrement dit, c'est ici même qu'il va tenter un nouvel essai?

Je ne sais pas. (Cascal se leva, il semblait épuisé.) Mon Général, je suis prêt à capituler devant cette énigme.

Devant le bungalow de bois, au bord du rio Jurua, Rita Sabaneta attendait elle aussi le retour de Cascal. De loin, il la vit debout sur la rive, en robe claire, parée comme une fiancée. « Elle ignore encore notre défaite, se dit Cascal; elle a seulement entendu dire que nous étions rentrés, ce qui pour elle signifie que Cliff m'accompagne... »

Il fit stopper la jeep en haut de la côte et descendit à pied jusqu'au bungalow. Dès qu'elle l'aperçut, Rita courut à lui, les bras tendus et se suspendit à son cou. Son regard sombre étincelait, tandis que ses lèvres brûlantes écrasaient celles de José Cascal. Puis elle s'arracha à l'étreinte et tourna les yeux de tous côtés.

— Où est Cliff? demanda-t-elle d'une voix cassée. Dans la voiture? Il vit encore?... Non, José, laisse-moi, je veux y aller seule. Toute seule! Et tu m'entendras rire aux éclats quand je lui aurai craché à la figure.

Elle fit mine de courir sur la chaussée, et Cascal réussit à la retenir in extremis. « Ce qui va se passer maintenant, songea-t-il en l'espace d'une seconde, est pire que la défaite contre les Indiens. Elle va se transformer en furie... »

— Cliff n'est pas dans la voiture, répondit-il d'une voix rauque.

— Non? (Rita ne fit qu'un tour sur elle-même.) Tu l'as remis directement entre les mains du général?

— Non.

— Alors, quoi? (L'éclat des yeux noirs se chargea de menace.) Partout on ne parle que de la magnifique victoire remportée par nos troupes.

— Oui, avec raison. Une dangereuse tribu d'Indiens a été exterminée...

— Et Cliff? Où est-il? Qu'est-il devenu? Vous l'avez tué, hein? Tué, simplement, tout comme les Indiens? Assassins! Criminels!

Elle se jeta sur lui et, de ses poings nus, elle lui martela la poitrine.

— Cliff vit encore..., hurla-t-il quand enfin elle eut retrouvé un semblant de calme. Bon Dieu, il court encore en liberté...

— En liberté? (Cette fois, sa bouche grimaça un mépris indicible.) Vous ne l'avez pas attrapé?

— Non. Il nous a échappé.

— Et les autres? Les deux Allemands?

— Aussi.

— Misérables bons à rien! (Elle s'arracha de lui. La fureur, et en même temps une sorte de triomphe muet se peignirent sur son visage.) On envoie deux compagnies entières, pour pêcher un seul homme et... l'homme arrive à s'échapper! Et vous osez encore redresser la tête? Alors que vous devriez vous rouler en boule pour que personne ne puisse vous voir!

Soudain elle se mit à rire, d'un rire grêle, hystérique, un rire qui brisait le cœur de Cascal car il savait qu'elle l'accablait de son mépris. Un rire qui l'humiliait davantage encore qu'une gifle. Il essaya de lui attraper les poignets, mais elle se détacha d'un geste brusque et courut comme une folle jusqu'au bungalow où elle s'enferma à clef.

— Ouvre! hurla-t-il. Maudite putain! Ouvre la porte! Je compte jusqu'à trois, et j'enfonce!

— Essaie un peu pour voir! cria Rita de l'intérieur. J'ai ton fusil, et je n'hésiterai pas à tirer, crois-moi!

Que faire? Enfoncer la porte, en espérant qu'elle ne tirerait pas? Prendre un tel risque...

Il rejoignit à pas lents la rive du rio Jurua. Deux péniches transportaient du caoutchouc brut. Elles enfonçaient jusqu'à la ligne de flottaison, sous leur charge. Le caoutchouc, principale source de richesse du pays, et l'arrêt de mort des Indiens, si on en découvrait sur leurs territoires.

Cascal retourna à Cararuari, chez le général Aguria. Il trouva tout le quartier général sens dessus dessous. La première compagnie devait repartir incessamment vers

Fonte Boa, sur l'Amazone. Quant à Aguria, il s'envolait une heure plus tard pour faire son rapport à Manaus. Dans la cour de l'école, les cadavres de soldats enfermés dans de simples caisses de bois étaient alignés, dans l'attente des honneurs militaires.

— Je viens de recevoir par radio les premières réactions de Rio de Janeiro, expliqua le général, tandis que, affalé sur une chaise, Cascal lampait quelques gouttes de thé. Le ministre de la Guerre ne tarit pas d'éloges.

— Quoi? (Cascal faillit s'étrangler.) Il était ivre?

— Absolument pas. (Le visage d'Aguria brillait de plaisir.) Il a promis une médaille, pour nous deux.

— Grands dieux! Qu'est-ce que vous lui avez donc raconté?

— Que nous avions fait la conquête de deux mille cinq cents kilomètres carrés de terre fertile...

— Mais voyons, mon Général, ce ne sont que des marigots puants!

— Ne soyons pas mesquins, Cascal. Même des marigots puants peuvent devenir fertiles, avec un petit effort... L'essentiel, c'est que nous ayons la paix pour l'instant. Nous avons gagné du temps... A moins que vous n'endossiez la responsabilité de soixante-sept macchabées?

Le soir venu, Cascal reprit la route du bungalow, mais la porte refusait obstinément de céder.

Rita l'observait derrière les fentes d'une persienne; elle le voyait faire les cent pas, furieux et humilié d'en être réduit à une telle extrémité.

— Ouvre, supplia-t-il d'une voix pleine de tendresse, lorsque la nuit tomba sur le rio Jurua. Ouvre-moi, Rita... Je reconnais mon échec, et je ne comprends pas encore comment ils ont réussi à m'échapper. Mais un jour viendra où la forêt nous les rendra; que ce soit n'importe où, on les aura, car on va lancer partout, dans toute la forêt et dans tout le pays, un mandat d'arrêt contre eux, et la tête de Cliff Haller sera mise à prix cent mille escudos!

— L'argent, je m'en fous! C'est Cliff que je veux!

— Peut-être, mais les autres veulent de l'argent... D'un jour à l'autre, Cliff va devenir le gibier le plus cher du Brésil. Cette prime d'ailleurs ne sera versée que contre livraison de l'homme vivant; s'il est mort, elle sera réduite de moitié...

Cascal avait adopté un ton de voix ultra-doux, bien qu'au fond de lui-même il écumât de rage. Enfin après maintes tergiversations, Rita daigna entrouvrir la porte.

— Je ne sais ce qui me retient de t'étrangler, grinça-t-il une fois à l'intérieur du bungalow. Mais je ne peux pas... Il suffit que je te voie... Je ne peux pas... parce que je t'aime... Merde!

Durant la nuit, étendu à côté de Rita, Cascal ne put trouver le sommeil. Un fusil les séparait, frontière infranchissable, du moins tant que Rita ne s'était pas endormie. Ensuite, un geste imperceptible aurait suffi pour lever la barrière, mais Cascal ne tenait pas à faire ce geste.

« Actuellement, tous les postes émetteurs transmettent le message, songea-t-il. En ville comme sur les plantations, dans les fermes et dans la forêt vierge, parmi les militaires et parmi les indigènes. »

Il en connaissait le texte, particulièrement raffiné, issu de son cerveau excité par les échecs successifs :

« On recherche Ellen Donhoven, 28 ans, médecin de nationalité allemande, 1,68 m, mince, cheveux blonds coupés court, yeux bleus, parlant anglais et quelques bribes de portugais. Elle est accompagnée de Cliff Haller, de nationalité américaine, 1,85 m, fort, cheveux blonds, paraissant environ 35 ans. Signe de reconnaissance : une cicatrice sur le cou du côté gauche, descendant jusqu'à l'épaule. Ellen Donhoven et Cliff Haller se trouvent en expédition à travers la forêt amazonienne, dans la région de Silva, mais depuis quelques semaines, ils semblent avoir disparu. Cent mille escudos sont offerts à ceux qui les retrouveront vivants, la moitié à ceux qui rapporteront leurs cadavres. »

Ce texte élégant parut dans tous les journaux du matin de Rio de Janeiro, de même qu'en première page de ceux de Brasilia.

Deux heures après la parution de ce texte, l'ambassade des États-Unis était le siège d'une conférence extraordinaire, convoquée par l'attaché militaire, le lieutenant-colonel Finley, qui exhibait un visage soucieux.

— Messieurs, notre ami Cliff semble avoir réussi dans son entreprise, car les Brésiliens le poursuivent comme un fauve dangereux. Ce n'est pas cette Ellen qui les intéresse, mais lui. Seulement, je voudrais attirer votre attention sur un élément étrange : une fois de plus, ce sacré Cliff traîne une bonne femme dans son sillage. Il est incorrigible! Je suis prêt à parier que sans la présence de ce jupon, nous serions depuis longtemps déjà en possession de ses informations. Il va avoir du mal à trouver une explication plausible à son retard, à l'usage de la centrale... Cook? (Finley se tourna vers un petit homme sec qui, officiellement, faisait fonction de secrétaire d'ambassade.) Que pouvons-nous faire pour aider Cliff?

— Attendre et nous imbiber de whisky, répondit Cook de mauvaise humeur.

— Tout ça? Dire que là derrière se cache toute la puissance des États-Unis... Un potentiel qui se chiffre par milliards...

— Tous les agents de liaison sont prévenus, expliqua Cook qui était réputé, fait unique dans l'histoire des services secrets, pour être le meilleur promoteur d'un réseau d'espionnage. Si Cliff s'en tient à ses instructions et va trouver l'un d'entre eux dès qu'il réapparaîtra à la surface de la planète, il aura une chance sur deux de s'en sortir sans dommage. A condition, bien entendu, qu'il arrive à les joindre et que cette Ellen lui laisse une parcelle de matière grise intacte, pour lui permettre de penser avec logique! J'avais déjà proposé, il y a deux ans, d'obliger Cliff à se faire émasculer. Depuis que j'ai lu pour la première fois le nom de Cliff Haller, sur un papier de la C.I.A. je l'ai toujours trouvé lié, dans tous les rapports, à des histoires de femelles. Il suffit que ce gars respire un peu fort pour que sa braguette saute!

Les hommes se mirent à rire, mais le lieutenant-colonel Finley jeta sur le petit Cook un regard presque triste.

— J'apprécie votre humour, Cook... mais cent mille escudos, voilà de quoi transformer en sauvages tous les habitants de l'Amazonie. Est-ce que Cliff a encore une petite chance de s'en tirer?

— Seul, bien sûr.

— Et avec une femme?

— C'est plus problématique, Finley. Un homme seul peut passer inaperçu, mais pas une femme de cet acabit! On peut toujours identifier Cliff à ce qu'il traîne derrière lui. C'est ça, le drame.

— Les perspectives sont peu réjouissantes, en somme. (Finley ouvrit un paquet de Camel et le passa à la ronde.) Donc, on ne peut rien faire?

— Rien. A part prier pour qu'il sème cette Ellen quelque part dans la forêt!

Lorsque Dieu créa le monde, il le regarda d'un air satisfait. Et puis, un doute lui vint : tout cela est trop beau pour l'homme. Fabriquons-lui un coin d'enfer...

Ce fut ainsi que, le huitième jour, Dieu créa la forêt vierge.

Ainsi le voulait du moins une légende brésilienne que Cliff, Ellen et Forster ne connaissaient pas, mais qu'ils auraient certainement approuvée en l'entendant raconter.

Pendant quatre jours, sans interruption, ils ramèrent sur l'eau bourbeuse, envahie d'insectes et exhalant des puanteurs insoutenables. Quatre jours dans la fournaise baignée d'humidité, où chaque respiration était une torture : d'ailleurs, il était difficile de parler encore d'exercices respiratoires : ils sifflaient comme des poissons hors de l'eau. Cliff appelait cela « mordre l'air »... Cet humour douteux marquait la naissance du désespoir.

De temps en temps, ils se risquaient à sortir de leur perpétuel tunnel pour apercevoir un coin de ciel bleu, sentir les rayons mortels du soleil sur leur peau, et respirer... respirer surtout. Ils s'accordaient alors une courte pause pour faire provision d'air pur. Une fois, il leur arriva de profiter de la grande pluie pour arrêter leur course; aussitôt, comme trois fous, ils arrachèrent les vêtements de leurs corps, et se laissèrent fouetter par le déluge, en dansant et en riant. Même Ellen... Et une fois passé l'heure bienfaisante, ils s'étendirent côte à côte, tous les trois, au fond de la barque, pour se laisser imprégner d'eau fraîche avec l'impression que leurs corps gonflaient progressivement comme des éponges sèches qui se gorgent d'humidité.

Car la fournaise n'allait pas tarder à reprendre ses privilèges. Et il ne faudrait pas longtemps à leurs épidermes pour reperdre cette fraîcheur tant attendue. Et l'obscurité du sous-bois, la puanteur, les moustiques...

Combien de temps tiendrons-nous le coup?

Quand viendra l'instant où nous appellerons la mort à grands cris?

Trois mois dans cet enfer? Quatre peut-être...

Et qui sait, d'ici quelques jours, à pied...?

Combien de temps faut-il à un escargot pour aller de Hambourg à Moscou?

La nuit, ils dormaient aussi au fond de la pirogue, enfermés dans une moustiquaire découverte par bonheur dans les bagages de Moco. Une fois par jour, à tour de rôle, Cliff et Forster attrapaient des poissons au filet et les faisaient cuire à la broche, à la poupe du bateau. Forster avait mis au point une invention géniale : sur la plaque de tôle de l'arrière, il avait installé quelques pierres et, en dehors des heures de repas, ils se servaient de cette plaque métallique pour faire sécher du bois en vue du repas suivant. Ellen s'occupait du feu, sauf de l'allumage, car elle n'était pas très adroite au maniement du silex. Pas plus que Forster d'ailleurs. C'était la spécialité de Cliff : il arrivait toujours par miracle à faire jaillir l'étincelle sur les brindilles sèches.

Vers le cinquième jour, ils eurent la surprise de voir leur croisière accompagnée, sur les deux rives, par des petits animaux du genre cochons, noirs et abominablement laids, le corps couvert de boue séchée. Ils couraient en tous sens parmi les arbres en lançant des grognements porcins.

— C'est une race que je ne connais pas, constata Cliff, et pour la première fois, il tira la sarbacane et les flèches. Mais ce sont des cochons, c'est l'essentiel. Sans doute fourmillent-ils ici, comme chez nous les lapins... Ellen, Doc, rien qu'à la pensée d'une escalope, je sens un raz de marée m'envahir la bouche...

En quelques coups de pagaie, ils s'approchèrent de la rive, suivis des yeux par les horribles bêtes. Elles avaient d'ailleurs le regard mauvais. Pourtant elles ne s'enfuirent pas devant les hommes. Des hommes? Les cochons sauvages de la forêt n'en avaient jamais vus, ils ne connaissaient que les alligators et les piranhas.

Cliff Haller souffla de toutes ses forces dans la sarbacane et la flèche atteignit un des cochons de tête en plein dos. L'animal tourna les yeux vers lui d'un air sidéré et prit son élan pour s'enfuir, mais le poison fatal agissait déjà, lui paralysant les membres. Il poussa un grognement sinistre en remuant la tête d'un air tragique puis tomba lourdement sur le sol et roula sur le côté sans pouvoir réagir.

— Sans bavure! s'écria Cliff gravement.

— Quel horreur, ce poison! ne put s'empêcher de remarquer Forster en donnant quelques coups de pagaie pour accoster. Les autres cochons vinrent renifler leur camarade mort, et lui tournèrent ensuite le dos pour s'enfoncer dans la forêt, sans émotion et sans hâte. J'ai du mal à croire qu'il n'en reste rien dans la viande...

— Les Indiens ne chassent qu'à la sarbacane, et pourtant ils survivent à tous leurs repas.

— Ils y sont accoutumés.

— C'est ce qu'il nous reste à faire... Allez, vite, approchez du bord. Je vais cueillir le cadavre et je vous le jette.

Cliff lança la bête, qui faisait bien une vingtaine de kilos, et, debout dans la pirogue oscillante, Ellen et Forster la reçurent dans leurs bras tendus. Mais la peau couverte de boue était visqueuse, et tandis que Forster lui tenait la tête à deux mains, Ellen se pencha pour attraper les pattes de derrière; ses mains glissèrent et le corps de l'animal déséquilibré la frappa et la jeta par-dessus bord. Elle poussa un cri; sa jambe gauche claqua contre le bord de la pirogue, et Ellen s'enfonça dans l'eau bourbeuse sans tenter un geste de défense comme si elle avait perdu conscience.

Les deux hommes plongèrent en même temps. En un tournemain, ils la saisirent, la jetèrent dans le bateau et sautèrent à leur tour. Il était temps... A trois mètres à peine, un tronc d'arbre moussu glissait sans bruit vers eux, mâchoires à l'air, deux rangées de crocs brillants, acérés et menaçants, deux petits yeux verts, cruels... Un bruit horrible de déglutition les fit frissonner. Cliff saisit une des pagaies et frappa avec fureur la tête écailleuse de l'alligator, mais il en fallait davantage pour impressionner le monstre. Il fit demi-tour et retourna dignement à sa sieste interrompue.

Ellen était inconsciente, mais quand Cliff essaya de la redresser, elle sursauta comme si ses nerfs réagissaient à une violente souffrance. Forster ausculta rapidement son corps; en voyant la jambe gauche, il poussa un cri : le pied avait pris une position curieuse, totalement tourné vers le côté, en formant un angle inhabituel. Forster passa les doigts sur la jambe et sentit très nettement la fracture du tibia.

— Mon Dieu! murmura-t-il. Il ne manquait plus que ça. Une fracture...

— Vous êtes certain? demanda Cliff tout en ôtant la vase qui lui collait aux joues.

— Regardez la torsion! En tombant, la jambe a claqué sur le rebord de la pirogue et l'os s'est brisé, comme un morceau de bois mort.

Ce disant, il fit le vide autour d'Ellen, pour pouvoir l'allonger au fond du bateau. La jambe commençait déjà à enfler.

Cliff Haller ne perdit pas une seconde. Il sauta une deuxième fois à terre, disparut dans le sous-bois, et revint bientôt accompagné par un orchestre de cris et de pépiements. Les oiseaux aux plumages bariolés et les singes effrayés par cette intrusion intempestive le chassaient de toute évidence de leur domaine réservé. Cliff traînait deux grosses branches qu'il jeta dans la pirogue.

— Ça ira, Doc?

Le docteur Forster avait commencé les préparatifs : débarrassée de la botte, la jambe blessée enflait à vue d'œil. Il l'avait posée sur ses genoux, et tâtait minutieusement pour connaître exactement la situation de la fracture.

— Pour une éclisse, sûrement. Mais le pire, c'est que la syncope a l'air de vouloir prendre fin d'une seconde à l'autre. Ellen va se réveiller, et pourtant, il faut bien que je réduise cette fracture.

— Eh bien, qu'est-ce que vous attendez?

— On vous a déjà réduit à vif un membre fracturé, Cliff?

— Non.

— Vous pousseriez de tels cris que le plâtre du plafond vous tomberait sur le crâne.

— Comme ici, il n'y a ni plâtre ni plafond, ça tombe bien... Allez-y, bon sang!

— Je ne peux pas...

Ellen ouvrit les yeux; elle regarda autour d'elle d'un air étonné, sans comprendre, et essaya de se lever; mais la main ferme de Forster la retint.

— Que se passe-t-il? demanda-t-elle surprise de constater qu'elle claquait des dents comme si elle était glacée. Je me souviens, je suis tombée à l'eau en voulant retenir ce cochon qui me glissait entre les doigts. Et alors?

— Ne bouge pas, Baby, fit Cliff avec une grimace. Le docteur et moi, nous nous demandions justement comment faire pour te replonger dans l'inconscience.

— De quoi?

— Tu as une fracture de la jambe gauche, Ellen.

— De la jambe gauche?

— Oui. (Forster essaya de lui remuer la jambe, mais, aussitôt elle pâlit et ne put retenir un cri.) Et vous croyez, Cliff, qu'on peut arranger ça à vif?

Ellen leva la tête pour jeter un coup d'œil sur sa jambe; puis, sans un mot, elle se recoucha, les yeux fixés sur le ciel bleu; elle se cramponna des deux mains aux bords de la pirogue, et murmura enfin :

— Essayez quand même...

— Impossible.

Forster secoua énergiquement la tête.

— Mais enfin, vous ne pouvez tout de même pas rester des semaines sans bouger, en tenant cette jambe entre vos mains! hurla Cliff. Combien de temps doit durer une réduction de fracture?

— Avec une bonne radio, c'est l'affaire de quelques secondes.

— Eh bien! Qu'est-ce que vous attendez? (Il s'agenouilla auprès d'Ellen et prit entre ses mains son visage blême.) Tu as mal, Baby?

— Oui... Ça commence. Toute la jambe me brûle...

— Nous allons te faire une magnifique gouttière, Baby. La plus belle de toute l'Amazonie. En bois d'ébène et feuilles vert sombre. Il ne faut pas avoir peur, c'est tout!

— Je n'ai pas peur! Rudolf est spécialiste de ce genre de bobo. Il a passé deux ans en chirurgie osseuse.

— Parfait. (Cliff fit un clin d'œil à Forster.) Reste bien sage, Baby, et ne nous en tiens pas rigueur.

Il se pencha sur elle et l'embrassa tendrement avant qu'elle ne puisse répondre. Le docteur lui tapa sur l'épaule.

— Ce n'est pas une anesthésie suffisante pour une opération de ce genre, Cliff. C'est tout ce que vous savez faire?

— Une minute de patience, Bon Dieu!

Il caressa tendrement les cheveux d'Ellen, puis leva le poing et la frappa au menton. On entendit un bruit sourd, et le corps d'Ellen se détendit.

— Salaud! grogna Forster. Sale type...

— Allez-y, commencez votre charcuterie! murmura Cliff en posant la tête d'Ellen sur ses genoux. Et grouillez-vous, car je ne le referai pas une seconde fois!

Forster prit sa jambe, posa la main gauche à l'endroit de la fracture, et de la main droite, il opéra une torsion... On entendit de nouveau un bruit sinistre.

— Salaud! hurla à son tour Cliff. Toute la jambe grince!

— Possible, mais le tibia est d'aplomb maintenant... Vous ne pourriez pas en finir avec votre sentimentalité de femmelette? Passez-moi plutôt les branches, les feuilles, et des lianes pour les ligatures.

Sur la rive opposée, des petits êtres à la peau brune, cachés par les buissons suivaient tous leurs gestes des yeux. Ils s'approchèrent de l'eau sans bruit, sans même remuer, comme des branches d'arbres pourris. Ils étaient nus, mais autour de la taille, ils portaient une lanière tressée, à laquelle pendaient des espèces de breloques de la grosseur du poing, qui ressemblaient à des noix de coco agrémentées de perruques noires.

C'étaient des têtes humaines.

Des têtes en réduction...

# 7

L'ANESTHÉSIE à la manière forte improvisée par Cliff Haller dura assez longtemps pour que Forster pût en toute quiétude bander la jambe cassée d'Ellen. Elle s'éveilla, mais ne remua pas, tant que l'opération pansement n'était pas terminée. Forster jeta un rapide regard sur Cliff.

— Parfaite, votre méthode, dit-il sur un ton sarcastique. On n'aurait pas mieux réglé l'anesthésie dans un hôpital. (Il se pencha sur la blessée et lut dans ses yeux une peur intense.) Comment vous sentez-vous, Ellen?

— Comme on peut se sentir après un K.-O. bien appliqué, Rudolf. Tout mon crâne bourdonne.

— Et la jambe?

— Pour l'instant, ça va. Pourtant... Quelque chose me picote dans le muscle.

— Reste tranquillement étendue, Baby, grogna Haller. Tu n'auras pas fini de souffrir, dès que nous reprendrons le large... Combien de temps faut-il compter pour qu'une fracture de ce genre soit guérie et qu'on puisse recommencer à marcher?

— Six semaines.

— Merde! Six semaines, moi qui voulais être déjà à Rio dans six semaines.

— Et encore! Six semaines, à condition que la jambe

cassée reste parfaitement immobile. (Forster reprit sa place et sa pagaie.) Qu'avez-vous à proposer, Cliff?

— Nous allons chercher un petit coin tranquille pour pouvoir flemmarder en paix pendant six semaines.

— Ici? Sur l'eau?

— L'eau, dans la forêt, a autant de valeur que l'oxygène. Elle est synonyme de vie! Allez, cherchons une berge accueillante.

— Et moi alors, on ne me demande pas mon avis?

Ellen redressa le buste, mais, avec sa pagaie, Forster la força à s'étendre sans ménagement.

— Couché! ordonna-t-il. Ellen, vous ne devez pas faire un mouvement, vous le savez bien!

— Il n'y a rien de pire qu'un médecin dans un lit de malade, commenta Cliff de l'avant. Tout ce qu'ils ont l'habitude de faire endurer à leurs patients, quand il s'agit d'eux-mêmes ils l'oublient instantanément. (Il tourna la tête vers Ellen et lui sourit.) Tu as quelque chose de mieux à nous offrir, Baby?

— Non. Il n'y a qu'une chose dont je sois absolument certaine : jamais plus je ne remettrai les pieds dans la forêt tropicale, je le jure!

— Quel pieux serment! (Haller éclata de rire.) Dans les deux mois à venir, nous ne la quitterons pas!

— Deux mois... Toute une éternité..., murmura Ellen d'un air résigné.

— C'est pourtant un laps de temps très normal dans cette partie du monde.

Forster reprit le rythme de Cliff, et la pirogue remonta sans bruit le courant.

La rivière devenait de plus en plus étroite; les rives se rapprochaient progressivement et l'eau exhalait des puanteurs de putréfaction.

— Cliff, vous avez une petite idée de la direction que nous prenons?

— Très vague... Vers le nord-est, Doc. (Il haussa les épaules.) J'attends avec curiosité le moment où nous atteindrons le cul-de-sac et où nous serons obligés de poursuivre à pied.

Les petits hommes à la peau brunâtre s'enfoncèrent dans la forêt sans bruit, comme des singes, tout en lançant des petits cris de bêtes qui portaient très loin. Haller dressa l'oreille.

— Des perroquets! cria-t-il aux deux autres. Vous les voyez?

— Non.

Les petits bonshommes couraient le long de la rivière, à la même allure que la pirogue; un étroit sentier leur servait de chemin sur la berge; de temps en temps, ils portaient les mains à la bouche, en forme de porte-voix, et poussaient leurs cris; puis ils hochaient la tête en riant, quand un autre cri leur répondait dans le lointain. Et ils reprenaient leur course, par bonds étranges imités sans doute des chats sauvages. Ils étaient complètement nus; seule une corde de liane tressée autour du ventre retenait leur sexe.

Au bout d'une heure de voyage, la rivière s'était tellement étranglée que les extrémités des pagaies atteignaient les deux rives. Les racines aériennes des arbres étaient suspendues au-dessus de leurs têtes comme des guirlandes.

Juste à cet endroit, ils se trouvèrent soudain face à face avec un immense filet à mailles fines, fait de lianes tressées tendu d'une rive à l'autre, d'un arbre à l'autre... Immense toile d'araignée qui retenait prisonnier tout ce qui dépassait la taille d'un rat. Cliff Haller donna un coup de pagaie en revers, pour immobiliser la pirogue à temps.

Aussitôt, Forster jeta sa rame dans le bateau et saisit son fusil; Cliff en fit autant. Toujours étendue au fond, Ellen ne voyait rien; inquiète de cette immobilité soudaine, elle attira l'attention en donnant des coups de poing sur la coque.

— Que se passe-t-il? s'écria-t-elle.

— Nous sommes des mouches prises dans une toile d'araignée géante! répondit Cliff. Doc! Surtout ne tirez pas. Vous les voyez?

— Non!

On n'entendait que les incessants piaillements de perroquets.

— Ce sont des petits êtres à la peau brun-rouge, expliqua Cliff Haller sans faire le moindre mouvement. Un genre de Pygmées. Jamais entendu parler de ça, Doc! Jusqu'à présent, on ne connaissait que les Pygmées d'Afrique centrale. Jamais je n'ai entendu parler de races lilliputiennes en Amérique du Sud. Et vous?

— Je dois avouer que jusqu'à cette satanée expédition, je ne m'étais jamais intéressé outre mesure à l'ethnographie du Brésil. (Forster regarda autour de lui.) Je ne vois toujours rien.

— Vous regardez trop haut, Doc, cria Haller. Les gars traînent par terre comme des racines rampantes...

Brusquement les piailleries cessèrent. Le calme leur parut tellement inattendu qu'ils sursautèrent, le cœur serré d'angoisse.

— A propos de perroquets, reprit Haller. C'étaient ces nains. Tiens, regardez, Doc! Pour l'amour du ciel, ne bougez pas! Ils ont tout aussi peur que nous, car ils n'ont sans doute jamais vu d'hommes blancs encore.

— C'est vous qui le dites...

— Non, c'est sûr. Sinon, ils nous auraient caressés de leurs flèches empoisonnées depuis longtemps!

Sur les deux rives, les petits hommes bruns s'amassèrent. Il en venait de partout, comme un grouillement de fourmis. Plus de cent petits bonshommes, nus et craintifs, leurs longues sarbacanes en main, faisaient la haie le long de la rivière, le visage distendu par un large sourire, les yeux fixés sur la pirogue. Un vieil homme, qui outre sa ceinture de têtes rétrécies portait également ses trophées en collier autour du cou, agita les deux bras en signe de bienvenue, en sautillant sur la pointe des pieds, comme s'il marchait sur des clous. Cliff Haller bomba le torse.

— Bel homme, hein? fit-il d'un air moqueur. Ce sont surtout ses bijoux qui m'attirent. Pourquoi rigolent-ils, ces petits monstres? On croirait qu'ils assistent au débarquement du Père Noël!

Forster poussa un bruyant soupir.

— Vous ne croyez pas si bien dire, Cliff! Ils nous prennent pour des esprits. Ils veulent nous faire plaisir; ils se soumettent! Tirez donc en l'air...

— Jamais de la vie! S'ils ignorent tout, en tout cas ils savent tuer!

— En l'air, Cliff, bien sûr. Rien que le claquement leur fera courber l'échine. Nous sommes les dieux qui commandent au tonnerre.

— Au fond, vous avez peut-être raison, Doc! Et dans le cas contraire?

— Nous serons réduits en quelques secondes à l'état de cadavres. Vous voyez une autre chance?

Cliff Haller ne répondit point. La main tremblante, il leva son fusil en l'air et lança un coup d'œil vers la foule des nains. Le vieil homme arrêta sa danse comique et s'immobilisa au bord de l'eau, bras étendus.

— Ça y est, c'est le moment! s'écria Cliff d'une voix tremblante d'émotion. Doc, si vous voyez qu'ils s'apprêtent à riposter avec leur flèches, tuez Ellen d'un coup de fusil avant de vous tuer vous-même...

Forster répondit d'un signe de tête muet et posa le canon de son fusil sur la tempe d'Ellen. La jeune femme lui lança un regard poignant de tendresse, en guise d'adieu, un regard qui brûla le cœur du fidèle amoureux. Autour de lui, il percevait un drôle de bruit indiscernable, et il fallut qu'il retînt son souffle pour se rendre compte que ses dents claquaient...

Cliff Haller tira. Le coup se répercuta à travers toute la forêt dont il brisa le silence lourd. Puis on l'entendit trois fois encore distinctement, dans trois directions différentes. Un écho qui fit frémir Cliff de la tête aux pieds.

Sur la rive, les dieux étaient venus rendre visite aux petits hommes brunâtres. A peine le coup était-il parti que, d'un seul mouvement, ils s'aplatirent face contre terre, comme s'ils avaient été frappés directement de la foudre, et poussèrent des hurlements de chiens battus. Ils tremblaient de tout leur corps et semblaient vouloir s'enterrer vivants dans le sol spongieux.

Avec un sourire triomphant, Cliff se tourna vers Ellen et Forster.

— Géniale, votre idée, Doc! s'écria-t-il. Cette fois, vous nous avez sauvé la vie. Allez, on recommence... Une fois vous... une fois moi... quatre fois en suivant...

Ils levèrent les fusils et tirèrent par-dessus les corps étendus dans la poussière, loin dans la forêt. On entendit quelque part des craquements de branches cassées.

Après chaque coup de feu, les Indiens se trémoussaient sur le sol et hurlaient à la mort, puis tout aussi vite, ils reprenaient leur immobilité de cadavres vivants. On les aurait crus figés sur place.

— Terre! s'écria Cliff gaiement. Si j'allonge une bonne claque au vieux chef vêtu de ses joyaux à la Tiffany, il se croira béni des dieux. Les enfants, croyez-moi, nous avons mis le doigt sur la villégiature idéale jusqu'à la guérison complète d'Ellen. Jouons aux divinités maintenant!

Ils approchèrent de la rive et sautèrent sur le sol. Les Pygmées étaient toujours couchés; Cliff essaya d'en toucher un qui se recroquevilla aussitôt comme un ver de terre. Ils n'osaient pas contempler face à face les dieux capables de commander aux puissances du tonnerre. Cliff parcourut les rangées de corps étendus avec le sentiment d'évoluer au milieu d'un parterre de hérissons. De temps en temps, il en effleurait un du doigt, mais ne parvenait qu'à provoquer une plainte aiguë.

— On ne va tout de même pas passer tout son temps ici! s'écria Cliff pris d'une rage d'impatience. Allez debout, vous autres, nous ne mangeons personne!

Il se pencha et saisit le chef par les épaules; sans prendre aucun égard, il le releva brutalement, provoquant ainsi un entrechoquement sinistre des breloques suspendues à son cou et à sa ceinture. Il le mit debout et lui tapa sur la poitrine. Le pauvre homme transi de peur était incapable de la moindre réaction; il ne pouvait que fixer de ses petits yeux cruels l'apparition terrifiante. Puis le Pygmée plissa les paupières et, comme il se l'était promis, Cliff lui envoya deux gifles retentissantes, une sur chaque joue. Les yeux du vieux étincelèrent.

— Il est sûrement marié, ricana Cliff. Comme quoi, c'est bien partout la même chose!

Le regard du chef restait figé sur le dieu; il finit par se rendre compte que ce dernier daignait lui sourire, et il esquissa à son tour une timide grimace.

— Ah! C'est mieux, fit Cliff en lui caressant les joues. On finit toujours par s'entendre, hein?

Il le prit aux épaules, le serra contre lui, puis lui donna une solennelle accolade, à droite et à gauche, et déposa un rapide baiser sur son front.

Ce traitement apparemment n'eut pas l'heur de plaire au petit homme; de nouveau il s'effondra à genoux sur le sol et poussa des cris de putois en regardant vers le ciel. Cliff le releva et, d'un geste solennel du bras, lui montra toute la forêt, le fleuve, la végétation, le monde entier.

Ce langage pour le moins ambigu parut clair à son cerveau de Pygmée. Il ôta de son cou le collier sinistre et le passa au cou de Cliff puis il desserra sa ceinture munie des pendeloques et la passa à la taille de Forster. Et il se lança dans un discours volubile; ses paroles ressemblaient à une série de bruits étranges, venus du plus profond de l'estomac. Forster frissonna d'horreur en se parant de la ceinture.

– Allons, Doc, ne faites pas la fine bouche! Dans les salles de dissection, vous en avez vu d'autres! Vous avez dépecé de vos propres mains des têtes humaines, et ici, vous tremblez?

– Ces gens-là ont été martyrisés, Cliff.

– N'oubliez pas que nous sommes encore à l'âge de pierre ici. Venez avec moi chercher Ellen. Elle doit crever de peur, au fond de la pirogue.

Une demi-heure plus tard, les Pygmées avaient achevé la fabrication d'une civière faite de deux branches d'arbre et d'un filet intermédiaire; ils y étendirent Ellen, la ficelèrent soigneusement, toujours avec des lianes, et huit petits hommes l'emportèrent dans le sein obscur de la forêt. Ils étaient suivis de Forster et du chef de la tribu, puis derrière eux grouillaient les cent nains nus. Cliff terminait le cortège, le fusil prêt à faire feu. Il n'avait pas confiance dans ces propositions de paix, l'enthousiasme avait été trop spontané pour son goût.

Mais il se trompait. Le petit peuple des Pygmées Ulurari était heureux et fier.

Leur village recevait la visite des dieux de la foudre et du feu.

Cette visite les marquait d'un signe sacré.

Les dieux leur donneraient une force invincible, à eux reviendraient les têtes des autres tribus.

Les dieux les avaient choisis pour régner sur la forêt et les rivières.

Ellen, Forster et Cliff ignoraient un seul détail : les Ulurari n'étaient plus du tout disposés à se séparer de leurs divinités. Quelques centaines de paires d'yeux allaient les observer jour et nuit, suivre les moindres de leurs gestes et de leurs mouvements, de peur qu'ils ne s'en aillent porter leurs bienfaits dans d'autres tribus.

Le village des Pygmées se composait de petites huttes rondes. Elles ressemblaient à des taupinières. Ce qui fit remarquer à Cliff :

— Rien qu'à les voir, ces mini-bungalows, j'éprouve déjà un frisson de claustrophobie... Nous autres, les dieux, nous allons leur montrer, à ces nains, comment on construit de vraies maisons. Attention, Doc, vous allez voir leurs réactions lorsque le thaumaturge que je suis va se mettre au travail, la hache à la main.

On commença par construire un abri pour Ellen. Cliff choisit la hutte la plus spacieuse, justement celle du guérisseur. Le vieux, obligé de déloger, ne semblait pas tellement d'accord avec cette décision divine. Il entama une danse effrénée autour de sa demeure et s'accompagna lui-même avec des instruments bizarres faits de sachets de peau dans lesquels il avait enfermé toute sa provision d'ossements humains.

Cliff résolut la difficulté à la manière des dieux. Il montra du doigt un énorme morceau de viande suspendu à une liane tendue entre deux arbres pour sécher au soleil; puis il prit son fusil et visa la liane. Le coup partit. Le morceau de viande s'écrasa dans la poussière.

Un tel argument suffit à convaincre le guérisseur et régla du même coup le problème du logement. Les Pygmées portèrent Ellen dans la hutte et Forster les suivit de près.

— Quand remarqueront-ils que nous ne sommes que des êtres humains comme eux? murmura Ellen, tout en prenant la main du docteur et en la serrant fortement.

— Pas avant six semaines, je l'espère... Nous avons une taille double de la leur, et comparés à eux, nous sommes plus blancs que le sable de la rivière. Ils ne pourront jamais arriver à comprendre cela. (Il caressait la main d'Ellen pour calmer ses angoisses.) En outre, à partir de demain, je vais m'occuper de leur santé, ce qui les plongera dans une nouvelle crise de vénération.

Sans médicaments, Rudolf?

— Il me reste ma sacoche portative.

— Qui contient...?

— De la pénicilline, de la pommade ophtalmologique, de l'esprit-de-sel, des gouttes contre la toux et contre les insuffisances gastriques, deux produits anticonvulsifs, du pyramidon et une bouteille d'eau de Cologne.

— Terrible... Mais ça ne suffit pas pour jouer les divinités!

— Mais si, Ellen! Rien que l'esprit-de-sel et l'eau de Cologne suffisent!

Le soir même, Cliff Haller avait réalisé un nouveau miracle; en vingt minutes, il avait abattu un gros arbre, grâce à la hache de Moco. Lorsque le géant commença à flancher sur ses bases, les petits bonshommes, avec leurs épouses et leurs enfants, semblables à des poupées, s'écrasèrent une fois de plus le visage contre terre.

La puissance destructrice des dieux dépassait leurs facultés de compréhension.

En quatre jours, la demeure de Cliff, d'Ellen et de Forster fut montée. Pour les Pygmées, elle devait apparaître comme une sorte de gratte-ciel, un temple géant dont ils ne se risquaient à fouler le sol qu'à quatre pattes comme des chiens. Trente femmes en tressèrent le toit de feuilles et de branchettes.

Cliff était dans son élément; la fonction de divinité lui convenait à merveille... Il pouvait lancer ses ordres aux quatre coins de son monde, et même si ses subordonnés ne comprenaient rien à ses paroles, ils saisissaient rapidement le sens de ses gestes. Dès qu'il laissait entendre un grognement de sa voix grave, les nains croyaient entendre de nouveau le tonnerre derrière les nuages.

Pendant ce temps, Forster faisait la chasse aux maladies afin de prouver ses talents divins à sa manière. Le spectacle qui l'attendait partout était navrant.

Des enfants présentant tous les symptômes d'anémie aiguë et de rachitisme, et couverts de pustules. Des familles décimées ou sur le point de l'être par la tuberculose ou la phtisie galopante. Des yeux infectés par des piqûres d'insectes... Une case sur deux en moyenne abritait un aveugle. Et combien d'enfants à quatre pattes dont les yeux purulents servaient de dépotoirs aux mouches et aux moucherons.

Le médecin se rendit compte rapidement que les faibles réserves de sa trousse de secours seraient de peu d'utilité, dans la plupart des cas. Il fit des lavements d'yeux, mit de la pommade à la pénicilline et renvoya les gosses à leurs jeux. Pendant qu'il les soignait, les petits restaient immobiles sur ses genoux comme des petits chats assoupis, sans faire un geste; mais dès qu'il les relâchait, les gosses se sauvaient en hurlant et aussitôt, ils étaient happés par les mères et emmenés à l'écart.

Forster s'étonna de ne plus jamais les revoir, ces gosses qu'il avait soignés en passant, et il s'en ouvrit à Cliff.

— ... à croire qu'on les cache...

— Peut-être les engraisse-t-on parce que la main de Dieu les a touchés...

Un soir, Cliff revint au village et lança un regard perçant sur Forster.

— Doc, si je vous raconte ce que je viens d'apprendre, vous ne toucherez plus jamais un seul malade, dit-il d'une voix rauque. Savez-vous où ils sont, les gosses auxquels vous avez donné des soins? Je vous le donne en mille... Ils ont été tués de la main de leurs parents et leurs têtes sont suspendues aux murs des cases.

— Non... Ce n'est pas vrai..., bégaya le médecin épouvanté.

Son visage grimaçait d'horreur.

— Dieu a soigné cette tête, vous comprenez... Alors,

elle est sacrée; on la coupe, et on la suspend comme un trophée divin. Telle est la logique rigoureuse des Pygmées.

— Il faudrait leur apprendre..., murmura Forster.

— Ne vous transformez pas en missionnaire, Doc. Pour nous, la seule chose qui compte, c'est de tenir le coup jusqu'à la totale guérison d'Ellen. Le reste, on s'en fout! Et même s'ils coupent les seins de leurs femmes pour nous en faire hommage, Doc, nous les accepterons, compris? Nous devons tout faire pour rester en paix avec eux, dans notre fonction divine.

La fracture d'Ellen semblait en bonne voie de guérison. Aucune complication ne survint, et l'éclisse se révéla plus efficace que Forster n'aurait osé l'espérer. Une fois sèches, les lianes et les feuilles géantes formèrent autour de la jambe une sorte de plâtre plus solide encore que les bandes utilisées en Occident; le danger principal paraissait être écarté définitivement, à savoir une ossification en mauvaise position, qui aurait nécessité une nouvelle cassure du tibia. Forster pouvait être fier de ses talents chirurgicaux, car réduire une fracture sur la seule foi de la sensibilité tactile, sans l'aide de la radiographie, représentait une performance de taille.

— Après tout, c'est votre métier, remarqua Cliff Haller. A chacun sa spécialité, vous réparez les os et moi je déterre les secrets...

Les Pygmées se mettaient en quatre pour satisfaire les moindres désirs de leurs dieux blancs. Ils apportaient de la viande en quantités étonnantes, des fruits et des tubercules, du jus de palmes fermenté et de l'eau fraîche. Avec l'eau, Cliff se montrait particulièrement méfiant; avant de la boire, il la faisait bouillir...

Hormis ces petites attentions, les Pygmées ne s'occupaient guère d'eux. Tant qu'ils demeuraient à l'intérieur de la case, personne ne les ennuyait... En revanche, dès qu'ils faisaient un pas au-dehors, ils étaient immédiatement suivis, à quelques mètres de distance, de six, ou huit, ou dix guerriers, sortes de gardes du corps chargés de protéger le trésor le plus précieux du peuple. En réalité, il s'agissait de gardiens dont la mission consistait à faire en sorte que les dieux ne quittent pas le territoire de la tribu, et à bombarder de flèches empoisonnées tous les étrangers qui approcheraient de trop près les divinités.

Cliff ne fut pas long à comprendre, et son visage se rembrunit.

Leur hospitalité présente une caractéristique assez curieuse, avoua-t-il à Forster. Même des dieux, ils les considèrent comme leur propriété exclusive. Je me demande comment nous arriverons à nous enfuir, dès la guérison d'Ellen.

Au cours de la seconde semaine de leur séjour, une agitation inhabituelle laissa présager les préparatifs d'une festivité extraordinaire. Les hommes se parèrent de plumes d'oiseaux, les femmes se peignirent le corps avec des cendres jaunes. Deux jeunes filles, très petites mais parfaitement bien proportionnées, furent enduites d'argile ocrée et décorées de guirlandes de fleurs. Pendant ce temps, dans la case du chef, un jeune homme subissait aussi un traitement spécial. Le guérisseur lui traça sur le corps de longs traits couleurs de plantes; un soin tout particulier fut accordé au sexe, entièrement entouré de dessins éclatants rouge vif.

Puis, les tam-tams sonnèrent le rassemblement : les hommes se formèrent en un bloc de corps nus, frémissant, en face d'un bloc identique de femmes également nues, aux corps peinturlurés; près des tambours, trois chanteurs psalmodiaient une complainte lugubre qui tenait à la fois de la sirène d'alarme et du chant funèbre. Effrayés par ce déploiement de forces, Cliff et Forster, fusils en main, montèrent la garde au seuil de leur case; ils ne pouvaient détacher leurs yeux du spectacle donné en leur honneur. Ces deux groupes d'êtres nus qui tressaillaient en rythme et évoluaient en cadence en se dirigeant insensiblement vers eux avait quelque chose d'hallucinant.

Devant le groupe des mâles dansait le jeune homme au sexe étincelant; et devant les femmes, les deux jeunes filles dans leurs collants d'argile qui ne laissaient à nu que les seins et le bas-ventre, sautillaient sur place.

— Mon Dieu, fit Cliff en prenant appui sur son fusil. Regardez ce qu'ils nous préparent... Les deux filles sont pour nous et le garçon est destiné à Ellen.

— A la bonne vôtre! commenta simplement Forster.

— Il faut les comprendre, ces nains. Les dieux aussi ont besoin de faire l'amour...

— ... et ensuite, les deux filles et le garçon seront mis à mort.

— Très certainement. Mais ils le savent et considèrent ce destin comme un honneur.

Les Pygmées entouraient maintenant la case divine; ils dansaient toujours. Les deux filles s'agenouillèrent devant Cliff et Forster, et le garçon attendit, debout. Son regard disait clairement : « Conduisez-moi jusqu'à elle. Je veux faire frémir de plaisir la déesse blanche... »

— C'est ce que tu crois, mon gars! ricana Cliff. Il leva la main et la secoua énergiquement.

Même les Pygmées étaient capables de comprendre la signification de ce « non » catégorique. Ils se mirent à piailler, puis voulurent se saisir du jeune homme éconduit, mais au dernier moment, Cliff tira un coup de feu en l'air, et aussitôt, toute la tribu, hommes, femmes et enfants, s'aplatit, nez contre terre.

Cliff attrapa le garçon par la main et l'emmena à l'intérieur de la case où il lui assigna une place dans un coin.

— Tu restes là et tu n'en bouges plus, compris! ordonna-t-il d'une voix dure. (Puis tourné vers Ellen, il s'écria :) Baby, s'il fait le moindre mouvement, tu tires dans ses pieds. Nos chers hôtes l'ont chargé d'apaiser tes exigences sexuelles... Ils font vraiment tout ce qu'ils peuvent pour satisfaire leurs dieux.

Ellen se dressa sur les coudes. Son revolver était près d'elle, bien en évidence, prêt à entrer en action.

— Qu'est-ce qui se passe dehors, Cliff?

— Une fête à tout casser. Deux jeunes vierges attendent notre bon plaisir.

— Tu vas les amener ici?

— Non, cela entraînerait trop de complications...

Forster lui faisait signe du seuil de la case.

— Terminé. Les festivités ont été interrompues.

— Mauvais signe.

Cliff lança sur Ellen un regard soucieux.

— Nous avons dédaigné leur présent. Qui sait maintenant ce qu'ils vont imaginer, ces sacrés petits nains préhistoriques?

Prudemment, ils mirent le nez dehors. La place était vide! Hommes et femmes avaient réintégré leurs demeures; seuls le chef et le guérisseur étaient restés au bord de la piste de danse. Derrière eux, entre deux arbres, on apercevait des peaux tendues... Cliff Haller blêmit, et saisit le bras de Forster.

— Doc... Regardez... Derrière les deux gars... (Sa voix n'était plus qu'un gargouillis.) Ils ont tué les deux malheureuses filles et les ont suspendues entre les arbres. Venez... Nous allons leur montrer ce que nous pensons de leurs mœurs.

Ils chargèrent leurs fusils et se dirigèrent à pas lents vers le lieu de l'exécution. Le chef et le guérisseur s'inclinèrent profondément à leur approche, le front dans la poussière. Cliff leur donna à chacun un coup de pied et ils roulèrent sur le sol, comme deux poupées de son.

Le spectacle des deux malheureuses avait de quoi faire frémir d'horreur l'être le plus insensible. Cliff poussa un gémissement; quant au visage de Forster il n'était plus qu'un masque grimaçant.

— Enterrons-les, Doc..., fit Haller à voix basse. Allez chercher les pelles de Moco.

Pendant une heure, ils remuèrent la terre, puis ils enfouirent les restes des deux filles et refermèrent la double tombe. Forster planta une croix faite de deux branches retenues par des lianes.

Le lendemain, la croix était parée... Des têtes fraîchement coupées étaient suspendues aux bras latéraux, comme pour sécher. Le butin rapporté d'un combat avec une tribu voisine.

— Ce n'est pas facile d'être missionnaire, remarqua Cliff avec un clin d'œil à l'adresse de Forster. Notre cimetière est devenu un nouveau lieu de culte.

A la fin de la quatrième semaine, Forster examina la jambe d'Ellen. Plus question à présent de se fier à la sensibilité des doigts, on ne pouvait plus qu'espérer. La jambe avait une couleur verdâtre, la sève des feuilles avait pénétré profondément dans les pores, mais la peau présentait un aspect souple et lisse comme à la suite d'un traitement esthétique, Cliff lava la jambe et déposa un baiser sur les orteils; Forster grogna.

— Cela ne lui fera pas de mal... Ne soyez donc pas mesquin, Doc. (Il se releva et fit un signe au jeune Pygmée dont ils avaient sauvé la vie et qui, depuis, ne quittait plus la case et faisait office de boy.) Apporte l'eau chaude... Alors, Doc, Ellen peut se lever maintenant?

— Non, pas encore, je n'ose pas. Attendons encore deux semaines. Sans radio, le risque est trop grand...

Cliff posa la jambe d'Ellen sur un tas de feuilles séchées, avant de reprendre la discussion.

— Doc, vous persistez vraiment dans vos six semaines?

— Oui. Mais je crains que nos hôtes ne finissent par perdre patience.

— Je partage vos craintes; il est temps que nous

fassions un nouveau miracle, si nous ne voulons pas passer pour des divinités ennuyeuses.

Durant ces deux semaines-là, Cliff et Forster passèrent leur temps à plonger les Pygmées d'extases en extases.

Ils abattirent un immense crocodile, d'un âge respectable, qui avait élu domicile sur un marigot proche du village, et qui, au cours de son existence, avait croqué bien des indigènes. Comme toutes les flèches empoisonnées se brisaient sur sa carapace épaisse, il jouissait d'une solide réputation d'invincibilité. Cliff le tua d'une seule balle, en plein dans l'œil. Lorsque le crocodile se tourna ventre en l'air, définitivement mort, le ciel sembla tomber sur la terre, dans cette partie de l'Amazonie : toute la forêt retentit des hurlements des petits hommes; ils se traînèrent aux pieds de Cliff et de Forster et leur baisèrent la pointe des bottes.

Ils nous en garderont une reconnaissance éternelle, dit Forster.

Oui, et ils en profiteront pour redoubler leur surveillance. Nous sommes devenus pour eux une assurance sur la vie!

Une semaine plus tard, Ellen fit ses premiers pas. Soutenue par Cliff et Forster, elle clopina à l'intérieur de la case; puis elle se hasarda sur la place du village et finit par regagner sa couche, complètement épuisée.

— Bravo Baby, encore une semaine, et tu cours comme un cabri, s'exclama Cliff. Il sera temps alors de mettre les voiles. J'ai bien étudié la carte. Nous ne devons pas être loin du rio Coari; ce maudit bras de rivière doit s'y jeter quelque part. Que nous rejoignions le Coari, et nous sommes sauvés, car nous tomberons directement sur l'Amazone et Manaus.

— Et dans les bras de Cascal, compléta Ellen.

— Non. Pour ces gens-là, nous sommes morts. Disparus, pourris, coupés en morceaux, écartelés, au choix. Libre à nous de descendre le cours de l'Amazone comme des vacanciers en croisière, sans soulever la moindre curiosité. Avant Manaus nous n'avons rien à craindre.

Et c'est là que nos chemins se dissocieront, fit Forster d'une voix dure.

Cliff le regarda fixement, et fronça les sourcils.

Oui, Doc. Nous laisserons alors à Ellen le choix de sa direction.

Vous n'allez tout de même pas recommencer, vous deux? grogna Ellen en se massant la jambe. Alors que nous sommes encore en plein dans l'époque préhistorique...

Huit jours plus tard, tout était prêt pour la fuite. Cliff avait réussi au moyen de borborygmes, d'onomatopées et de gestes, à faire comprendre au jeune Indien tout ce qu'il voulait. Cette fois, il lui expliqua qu'ils allaient partir : il représenta une pirogue sur le sol, au moyen de quelques branches, et y installa quatre personnes, Ellen, Forster, lui-même et le jeune Pygmée. Celui-ci comprit et se mit à trembler de peur. Les dieux étaient sur le point de partir ailleurs. C'était la fin de l'époque glorieuse de la tribu. Il s'agenouilla humblement dans son coin et observa les préparatifs de départ.

Puis il fallut attendre la nuit. Lorsque, sans le moindre bruit, ils quittèrent la case, un magnifique ciel étoilé les accueillit.

Le village dormait. Pas un feu ne brûlait; on n'entendait que les bruissements multiples de la forêt nocturne, et dans les huttes réservées aux cochons sauvages, des grognements... Cliff ignorait si des sentinelles montaient la garde dans les arbres ou près de la rivière; jamais encore il n'avait eu la possibilité de sortir de l'enceinte du village après la tombée de la nuit. Trois fois, il en avait fait l'essai, et chaque fois, les petits hommes l'avaient repoussé de force vers leur territoire.

Ils demeurèrent un moment cachés dans l'ombre de la

case, jusqu'à ce que leur jeune esclave fît un signe. Il les conduisit à la rivière par un chemin différent de celui qu'ils avaient emprunté en débarquant. Tout d'abord, un demi-cercle très évasé puis un sentier très étroit, et quand il vit Cliff s'arrêter soudain pour guetter les bruits de la nuit, il leva les bras au ciel et les agita frénétiquement.

— Nous ne pouvons rien faire d'autre que de nous fier entièrement à lui, murmura-t-il pour Ellen et Forster. Il nous tient à sa merci.

Le sentier déboucha sur le chemin de la rivière. Brusquement, alors qu'ils étaient à trois cents mètres environ seulement du village leur parvinrent du fond de la nuit des cris perçants; une longue flamme éclaira la forêt.

— Ça y est, ils ont découvert notre fuite, hurla Cliff.

Il saisit Ellen et la poussa devant lui. Le jeune Pygmée tremblait de tout son corps aux côtés de Forster, il avançait en chancelant comme un ivrogne.

— Cours, hurla Cliff à Ellen... Ne pense à rien d'autre. Cours. Ta vie ne tient qu'à un fil... A un mètre...

Il la poussa encore, puis passa devant elle et la tira par la main. Derrière eux, Forster et son compagnon trébuchaient maladroitement dans l'obscurité.

— Rudolf! cria Ellen en essayant de se dégager de l'étau de Cliff. Où est Rudolf? Ils ne nous suivent plus!

— Mais si, ils sont juste derrière nous. Merde alors... Avance, bon sang! C'est idiot d'attendre...

— Rudolf! (Cliff lui donna deux bonnes gifles pour la faire courir.) Il reste derrière... Nous ne pouvons tout de même pas abandonner Rudolf...

Enfin le carrefour. Le chemin de la rivière. Plus que cent mètres...

Pourvu que la pirogue soit toujours là... Au bout de six semaines!

A moins que les Pygmées ne l'ait démolie, ou qu'elle

ne soit en train de pourrir au fond de la vase... Et la toile d'araignée géante... Faudra-t-il qu'ils traversent tout l'enfer à pied?

Cliff Haller traînait Ellen derrière lui. Deux fois, elle trébucha et, chaque fois, il la força à se relever, remit le sac d'aplomb sur son dos et continua la course contre la mort.

De Forster, ils ne voyaient ni n'entendaient plus rien. Au moment où ils avaient rejoint le chemin de la rivière, il s'était pris le pied dans une racine et fait une entorse. Tout en boitillant, le cœur retourné par la douleur, ils parcoururent, lui et son petit compagnon, quelques mètres encore. Mais il se rendit compte que c'en était fini de lui : sa vie se terminerait là.

Il entendit les cris d'Ellen, son nom prononcé plusieurs fois d'une voix anxieuse, mais ne donna pas de réponse. « Cours, Ellen, se disait-il. Cours, sauve-toi avec Cliff... Et sois heureuse avec lui... Je sais que tu l'aimes... et pas moi... Contre cet homme-là, je n'ai pas la moindre chance. Je ne suis qu'un pauvre type, tout juste à point pour être bouffé. Cours, Ellen... »

Du village, ils arrivèrent en courant comme des singes sauvages; leurs cris perçants vous déchiraient le cœur. Ils portaient même des branches incandescentes en guise de flambeaux.

Forster s'arrêta définitivement et poussa le jeune Pygmée dans le dos.

— Sauve-toi, lui cria-t-il en montrant un point de la nuit derrière lequel Cliff et Ellen avaient disparu. Pourquoi tu ne te sauves pas?

Mais le jeune homme secoua énergiquement la tête; il s'assit par terre, près de son maître, résigné à son sort, les deux mains jointes.

Cliff et Ellen arrivaient au bord de la rivière. Pas trace de pirogue. Seules quelques embarcations faites d'écorces d'arbre oscillaient doucement à la surface de l'eau, une flottille à la dimension des nains. Plus trace de filet tendu non plus, la rivière était rendue à la libre circulation.

— Monte! cria Cliff en tirant Ellen vers l'eau.

— Rudolf! On ne peut pas s'enfuir sans lui. Cliff, je t'en supplie... Attendons-le!

Elle essaya de se défendre, mais Haller la souleva et la jeta littéralement dans un petit bateau, puis d'un coup sec, il cassa la liane de retenue.

— Il prendra un autre bateau, grogna-t-il d'une voix haletante en s'écartant de la rive. Il nous suivait...

Quelques coups de feu claquèrent dans la nuit. Ellen se redressa et mis ses mains en porte-voix.

— Rudolf! cria-t-elle. Ici! Il y a des bateaux!

Adossé à un arbre, Forster attendait l'irruption des Pygmées. Il lui était impossible à présent de poser le pied par terre : sa cheville était horriblement gonflée, et le moindre mouvement lui arrachait des larmes de souffrance. Il savait qu'il n'avait plus que quelques minutes à vivre; il les mit à profit pour protéger la retraite des deux autres.

« Ellen a atteint la rivière maintenant, se dit-il. Ils sont sauvés; et si la forêt se montre un tant soit peu bienfaisante, ils continueront à vivre... Moi, j'ai tenu ma promesse, j'ai protégé Ellen aussi longtemps que j'ai pu. »

Curieux sentiment que de n'avoir plus que quelques minutes à vivre et d'en être conscient... Une sorte de paix bienheureuse se répandit en lui, lui réchauffa les veines et lui gonfla le cœur.

Il leva son fusil... « Je vais leur procurer encore quelques minutes de répit supplémentaires, se dit-il.

« Profitez-en! Cliff, Ellen, sauvez-vous vite, ne m'attendez pas... »

Dès qu'il aperçut la masse des petits bonshommes accourir dans sa direction, il mit en joue.

Les cris redoublaient; les visages n'étaient plus que d'horribles masques grimaçants.

Les dieux abandonnent le village! Qu'on les retienne! tant qu'ils sont chez nous, nous sommes invincibles! Qu'on les ramène!

Forster visa et tira. Un petit homme fit un bond, et son corps désarticulé s'aplatit sur le sol, bousculant son voisin; les autres demeurèrent cloués sur place, hébétés, pétrifiés comme une rangée de troncs d'arbre martyrisés par la scie.

Six fois, Forster tira, et les victimes s'aplatissaient toutes sur le sol après avoir fait un bond. Puis il cala le fusil contre une branche, appuya le canon sur sa poitrine et tira.

Il y eut un « plop », et ce fut tout.

Plus de balles.

— Mon Dieu..., bredouilla-t-il, les yeux exorbités de frayeur.

Devant lui, se dessina l'image abominable des deux filles massacrées, écartelées entre deux arbres comme des peaux de bête tannées. Ses yeux ne quittaient plus le groupe serré des Pygmées aux visages simiesques, éclairés par les reflets des torches, qui se mit lentement en mouvement, comme une procession.

Forster ferma les yeux. Il se promit de mourir sans une plainte et supplia Dieu de faire vite. Une volée de mains le saisit et l'arracha de son arbre. Une horrible douleur lui fit dresser les cheveux sur la tête, et il serra les dents pour ne pas crier... Ce n'était que sa cheville.

Personne ne le coupa en morceaux, on ne s'amusa pas à le dépecer comme un animal de boucherie.

Six, huit, ou même peut-être dix guerriers le soulevèrent de terre et le portèrent solennellement jusqu'au village. On le déposa religieusement sur sa couche, dans la grande case vide, puis on l'abandonna à sa solitude.

Une fois encore, ils vinrent le déranger : le guérisseur entra et, sans un mot, déposa à ses pieds une tête fraîchement coupée.

La tête du jeune Pygmée sauvé une première fois de la mort.

Ainsi le village offrait un sacrifice de reconnaissance à son dieu miséricordieux qui avait consenti à revenir...

Forster prit sa tête entre ses mains : il vivrait, certes, il continuerait à vivre, mais maintenant son destin était indissolublement lié à la forêt.

Jamais plus on n'eut de ses nouvelles, jamais il ne reparut en pays civilisé.

Plus tard, lorsqu'on ratissa cette partie de la forêt vierge, on ne trouva aucune trace de lui, pas plus que de la tribu, d'ailleurs.

Forster n'avait que trente et un ans lorsqu'il fut élevé à l'Olympe des Pygmées.

Deux mois plus tard, un homme et une femme surgirent soudain de l'obscurité de l'Enfer Vert, au bord du rio Coari.

Comme des fantômes, ils avançaient en chancelant et, en apercevant le sable fin de la rive, ils tombèrent comme deux masses et ne bougèrent plus. A croire que, à l'approche de la liberté, la joie les avait tués.

Ils dormirent près de la rivière jusqu'au lendemain matin, d'un sommeil lourd et sans rêves, qui tenait plus de l'inconscience que de la détente.

Cliff Haller fut le premier à s'éveiller; à quatre pattes, il approcha de l'eau dans laquelle il se jeta sans réfléchir et s'ébroua longtemps comme une bête. C'était une petite crique, peu fréquentée par les habitants de la forêt, et complètement dédaignée par les féroces piranhas et alligators. Seuls deux gros boas d'eau prenaient un bain de soleil côte à côte, ce qui n'empêcha pas Cliff de satisfaire son désir d'eau fraîche exacerbé par le temps. D'ailleurs, les boas devaient avoir un sixième sens, car ils quittèrent dignement leur loge afin de laisser le champ libre à l'intrus.

Après un long bain, qui acheva de chasser les derniers

miasmes d'épuisement, Cliff regagna la plage et s'allongea contre Ellen. Il la serra dans ses bras et lui baisa les lèvres, avec une telle fougue qu'elle finit par s'éveiller en poussant un cri d'horreur, vite étouffé dans une nouvelle étreinte.

— Sauvés! hurla Cliff en entamant une danse de Sioux sur le sable.

Vraiment, il se comportait comme un dément; il riait et criait, interrompait ses cabrioles pour embrasser Ellen, puis faisait soudain un bond et recommençait. Enfin, il la souleva et, face à la nature, il eut un geste majestueux du bras pour désigner la forêt et le grand fleuve.

— Nous sommes sauvés, Ellen. Voilà la vie! Nous fêtons aujourd'hui notre seconde naissance.

Puis ils se mirent au travail. Tout d'abord, ils montèrent une hutte de branches et de feuilles et abattirent quelques arbres pour mettre un radeau en chantier. Cliff découvrit un bosquet de balsa, dont le bois avait la légèreté du liège et la réputation d'insubmersibilité. Ils commencèrent par construire un petit radeau, muni de grosses rames, et dès qu'il fut terminé, Cliff partit en reconnaissance sur le rio Coari. Six heures plus tard, il revint, épuisé par ce long retour à contre-courant.

— A huit kilomètres d'ici, il y a une petite cité habitée par un mélange d'Indiens et de Blancs, raconta-t-il tout en mangeant. Je suppose que c'est une équipe des Eaux et Forêts. Plus loin, le fleuve prend une telle largeur et une telle puissance qu'on est entraîné par le courant, de gré ou de force. C'est parfait, Baby. Nous allons arriver d'un trait sur l'Amazone...

Au bout de trois semaines, le grand radeau de croisière était terminé. Cliff détacha les lianes, posa le bras gauche sur les épaules d'Ellen et, au moment où l'engin prit l'eau, il leva solennellement la main droite.

— Nous te baptisons Rudolf, dit-il sobrement.

C'était la première fois qu'ils prononçaient le nom de l'ami perdu, et Ellen éclata en sanglots. Elle se réfugia contre la poitrine de Cliff, le cœur soulevé de chagrin.

Il leur fallut encore trois jours pour charger l'esquif d'une provision de nourriture, d'eau fraîche et de bois à brûler. Cliff attrapa quelques cochons sauvages qu'il dépeça et Ellen les fit griller pour que la viande se conserve. Puis ils creusèrent des calebasses qu'ils assemblèrent avec des lianes pour y transporter les réserves de viande et de boisson.

Enfin l'heure H sonna. D'un seul coup de pagaie, Cliff éloigna le radeau de la rive, et bientôt, ils flottèrent en plein milieu du rio Coari. Cliff avait improvisé un gouvernail à l'arrière, et ils réussirent, plus vite encore qu'ils n'avaient pensé, à s'insinuer dans le fil du courant.

La suite n'était qu'un jeu : ils avançaient plus rapidement que s'ils avaient utilisé un moteur.

L'émotion fit trembler Ellen; elle ne put s'empêcher de rejoindre Cliff et de s'accroupir à ses pieds, les yeux noyés de larmes.

— Jamais je n'aurais osé espérer que nous sortirions vivants de cette forêt, sanglota-t-elle. J'avais déjà renoncé, Cliff... Je me considérais comme morte! (Elle regarda le monde autour d'elle, le fleuve large et majestueux, les rives verdoyantes qui défilaient à toute allure, le ciel bleu et le soleil tout à la fois haï et béni, maudit et désiré...) Et voilà que nous revivons, Cliff... Que nous vivons vraiment... Et que tout, tout ce cauchemar est terminé!

— Oui, Baby.

Cliff Haller serra les lèvres.

« Nous ne sommes pas encore à Manaus, songea-t-il. (Cliff Haller serra les lèvres.) Et encore moins à Rio. Quant à l'avion qui doit nous emmener en Floride...

« Les deux films sont toujours sur moi, intacts, sur ma poitrine. Ces films d'une valeur inestimable qui peuvent sauver des millions d'êtres humains de l'anéantissement et faire brûler un immense État...

« La poursuite n'est pas terminée, Baby. Nous n'avons échappé à un enfer impitoyable que pour en retrouver un autre. Pire sans doute que les petits Pygmées, parce qu'il est manœuvré par des milliers de cerveaux qui travaillent avec la rapidité et la précision d'ordinateurs.

« Il faut attendre de mettre le pied en Floride pour pouvoir vraiment respirer en toute liberté... »

Ils voguèrent trois semaines sur le rio Coari avant de traverser le lac du même nom pour déboucher enfin sur l'Amazone.

Le jour, ils dormaient, cachés dans des criques invisibles, et renouvelaient leurs provisions d'eau et de bois, et la nuit, ils avalaient les kilomètres, selon les caprices du courant.

Deux fois, Cliff fit halte en pleine nuit, non loin d'une cité habitée; il partait alors en expédition et revenait quelques heures plus tard, les poches bourrées de trésors. Ainsi rapporta-t-il tour à tour une hache, deux couvertures, un petit paquet de zinc, un réchaud à gaz butane, du sel et du poivre, deux couteaux de cuisine et un portefeuille contenant un passeport et deux mille escudos.

Incroyable comme les gens peuvent être négligents, raconta-t-il gaiement. Ils dorment la fenêtre grande ouverte, comme des marmottes. (Il vida le portefeuille et ouvrit le passeport.) Señor Juan Aquila. Inspecteur du gouvernement. Tu vois, je te le disais bien qu'ils appartenaient à un service gouvernemental. J'ai tout pris d'un coup, la C.I.A. lui remboursera ses deux mille escudos. (Cliff se mit à rire.) Ellen, te voilà la femme d'un voleur-cambrioleur-aventurier... Une fois à Manaus, tu pourras encore réfléchir à ton avenir...

Je t'aime, Cliff. (Elle l'embrassa. Ses cheveux

longs les enveloppèrent tous deux d'un voile.) J'ai traversé le pire des enfers en ta compagnie, que peut-il m'arriver de plus terrible encore?

« Attends un peu, Baby, se dit-il. Le chat n'a pas quitté son poste d'observation devant le trou. Et les souris, c'est toi et moi! »

Ils atteignirent l'Amazone cette même nuit. Là aussi, ils prirent la précaution de ne voyager que la nuit, jusqu'à ce qu'ils arrivent à la petite localité de Codajas.

Dans un bazar chargé de fournir le matériel des chercheurs de caoutchouc et des aventuriers de tout genre, Cliff acheta un nouveau costume pour lui et, pour Ellen, un pantalon et un corsage ample. L'argent volé venait bien à point... Pour la première fois depuis des mois, il s'offrit une cigarette. Ce fut une fête. Assis tout seul sur un banc, devant la boutique, il avala la fumée en jouisseur, comme une drogue. « Maintenant, je peux vraiment dire que j'ai réintégré la civilisation, se dit-il. Une cigarette américaine! »

Puis ils continuèrent leur croisière, avec le sentiment d'être devenus des touristes auxquels rien ne manquait, sauf peut-être un peu de confort. Jusqu'aux faubourgs de Manaus, le radeau tint bon, les lianes eurent le bon esprit de ne pas craquer.

La proximité de la grande ville ne tarda pas à se faire sentir. Des chalands chargés de bois précieux voguaient nonchalamment vers l'aval; des petits canots à moteur grouillaient autour d'eux comme un essaim de mouches. La nuit cependant, l'Amazone retrouvait son calme; elle redevenait paisible comme une rivière de légende dans laquelle la lune se reflétait. La rivière idéale pour engendrer les rêves les plus fous. Ce fut la plus belle période de leur équipée... Une glissade sans fin sur un fleuve argenté...

Manaus.

La ville grouillante de bruit et d'activité. Jaillie de terre sous la baguette magique des chevaliers de la fortune, identique à celle des chercheurs d'or de Californie et de l'Alaska. En son temps, une cité qui regorgeait de luxe, où des millions se jouaient dans les casinos chaque soir...

Manaus... La ville construite à force de sang et de larmes, lorsque commença la ruée sur le caoutchouc, et reconstruite plus tard au moment de la découverte fabuleuse des diamants et des émeraudes dans les rivières de la forêt vierge.

Manaus... La ville où une flaque de sang collait à chaque coin de rue, où, à une certaine époque, on comptait plus de putains qu'à Hambourg même, plus de morts tous les mois qu'en un an dans une capitale normale. Siège du gouvernement de l'Amazonie, quartier général des armées du Nord. Une ville qui s'enorgueillissait de son opéra, bien que personne n'y eût chanté depuis des lustres. Ville contaminée par la forêt, à l'embouchure de l'Amazone et du rio Negro.

Cliff Haller et Ellen pénétrèrent dans la cité sans se faire remarquer. Ils avaient abandonné leur radeau et tout son chargement près de Salgada, au fond de l'eau : il avait suffi de détacher les lianes...

Ils achetèrent ensuite deux mulets et deux chapeaux de paille, et partirent à l'assaut de Manaus, comme des centaines d'autres indigènes.

La première cabine téléphonique en vue attira Cliff comme un aimant. Il se sentait tellement sûr de lui qu'il était incapable de garder pour lui seul la nouvelle de son triomphe.

A 12 h 43 précises, le téléphone sonna chez le général Aguria. Le standard ayant annoncé un fou au bout du fil, par réaction instinctive, le général avait fixé l'heure sur un coin de son calepin.

– Qu'y a-t-il? hurla Aguria dans l'appareil. Qui êtes-vous?

– Ici, Haller, fit Cliff avec volupté. Cliff Haller. Mon Général, j'ai gagné le sprint. Les photos se trouvent actuellement sur la route de Washington. J'avais encore une communication à vous faire : jamais plus je ne remettrai les pieds dans votre foutue forêt vierge. Adieu, mon Général!

Aguria reposa lentement l'écouteur, comme s'il était en plomb. Il se passa la main sur la figure, poussa un profond soupir, et reprit le téléphone.

— Sergent, dit-il au standard. Je voudrais le ministère de Rio, le chef de la défense, et Señor Cascal. Vous avez les numéros... D'abord Cascal...

Il attendit environ quatre minutes, puis on sonna. La voix calme de José Cascal se fit entendre.

— Quoi de neuf, mon Général? demanda-t-il. Avez-vous besoin de moi pour une partie de cartes?

— Oui, José. J'ai ici en main une nouvelle terrible... Cliff Haller est à Manaus...

Aguria entendit à l'autre bout du fil un gros bruit étrange, puis Cascal coupa la communication sans un mot.

Le chasseur repartait à l'affût; il avait retrouvé la trace du gibier.

# 8

THOMAS Callo connaissait tous les indigènes de Manaus. Un jour ou l'autre, il fallait bien avoir recours à lui, car il cumulait les fonctions de fabricant de cercueils et de directeur des pompes funèbres de la ville. Ses affaires paraissaient prospères; d'ailleurs le luxueux exemplaire d'acajou doublé de satin blanc exposé en vitrine inspirait confiance.

Aussi Thomas Callo menait-il une vie paisible; sa profession lui conférait une très haute considération dans la ville, car il avait l'art de parer un mausolée ou une tombe, de prononcer les quelques mots de condoléances nécessaires aux parents en deuil, et de les consoler avec des versets de la Bible, ce qui produisait toujours son effet. On le remerciait pour la dignité avec laquelle il exerçait ce métier ingrat.

Il entretenait également des relations de familiarité avec tous les représentants de l'ordre public de Manaus, connaissait personnellement les officiers en garnison en Amazonie, le maire de la ville, les grosses fortunes, les juges et les avocats; il était en outre membre-fondateur de l'association de football, un des promoteurs de la réouverture du grand opéra, et membre actif du club de golf.

Bref, Thomas Callo faisait partie intégrante de Manaus au même titre que l'Amazone, et si quelqu'un demandait depuis combien de temps il habitait la ville, il recevait invariablement cette réponse : « Qui peut le savoir? Il a toujours été là. »

Ce qui était faux. Thomas Callo n'habitait Manaus que depuis sept ans et, en fait, il ne s'appelait pas du tout Callo, mais Robert Carpenter; il n'était pas né non plus à Belem, mais dans un petit trou de l'Utah; il avait fait ses études dans le Massachusetts et rejoint plus tard la C.I.A. comme une nonne se jette sur un bébé...

Telle était du moins son expression favorite. Le hasard avait voulu qu'il participât au démasquage d'un agent japonais, et l'opération lui avait tellement plu qu'il avait adhéré à la confrérie. Il étudia tout ce qui était nécessaire pour changer de peau, et devint Thomas Callo; il s'installa à Manaus et, de là, dirigea bientôt tout le réseau d'espionnage de l'Amérique du Sud. Le camouflage en pompes funèbres était une idée de génie. Celui qui s'occupe des morts est forcément inoffensif dans la pensée du public. Et ce commerce permettait à sa boutique d'être le théâtre de perpétuelles allées et venues, sans attirer autrement l'attention.

En voyant entrer ce matin-là dans son magasin un homme et une femme aux longs cheveux blonds, Bob Carpenter n'eut aucun mal à jouer la surprise. D'autant plus que ses nouveaux clients semblaient se désintéresser totalement de tout ce qui touchait le monde des morts. D'autant plus surtout que l'homme fit des yeux le tour des lieux, ferma la porte à clef de l'intérieur sans y être invité, et sans y être invité non plus tourna bien en évidence une petite pancarte suspendue à un fil et à un crochet : « Fermé ». Cela aussi était habituel chez Callo, car il ne pouvait en même temps se trouver au cimetière et à la boutique.

— Tiens! Tiens! fit Carpenter adossé à la porte de son petit bureau. Il est déjà midi?

— Midi cinq, Bob! (Cliff Haller ôta son chapeau de

paille.) Ferme la bouche, Bob, tu n'es pas spécialement à ton avantage, la gueule grande ouverte!

— Cliff! bégaya Carpenter. Mon Dieu, Cliff! C'est toi... (Il se jeta littéralement sur l'apparition et la serra fougueusement dans ses bras. De même taille que lui, il était plus mince et, étant donné son métier, vêtu avec plus de recherche.) Cliff, si j'enterre les morts, je ne suis pas compétent pour les résurrections! L'église la plus proche, avec un curé pour tenir le registre des miracles, se trouve à trois rues d'ici. Saint-Joseph...

Cliff éclata de rire; puis il écarta l'encombrant personnage et se tourna vers Ellen.

— Tu vois, voilà comment sont mes amis! expliqua-t-il. Bon Dieu, je me sens de nouveau chez moi!

Il poussa Ellen vers Carpenter et à ce dernier adressa un petit salut comique.

— Bob, ne fais pas cette tête! Et reste bien sage si tu ne veux pas te balader ensuite avec un œil au beurre noir... Je te présente la future Mrs. Haller.

— Ah! Cliff, la joie m'étouffe...

Carpenter tendit la main à Ellen.

— Soyez la bienvenue chez nous, Milady. Est-ce qu'il pousse beaucoup d'orchidées incomparables de votre genre, dans la forêt?

— Stop! interrompit Cliff. Ellen est docteur en médecine. J'ai tiré son expédition d'un bourbier innommable, ou plus exactement des intrigues d'un salaud d'agent des services secrets brésiliens.

— Cascal?

— Tu le connais?

— Depuis ta disparition, la centrale m'a fait parvenir tous les documents intéressants... Au fait, sais-tu que, officiellement, tu es mort depuis quatre semaines déjà? On t'a même décerné une médaille de bonne conduite à titre posthume. Tel que je connais le vieux, à Washington, tu vas être obligé de la rendre, d'ailleurs. Car on ne reconnaît notre valeur, en haut lieu, que lorsque nous bouffons les pissenlits par la racine. (Carpenter se tourna vers Ellen avec un sourire.) Docteur Ellen... Psychiatre?

— Non. Bactériologue.

— Dommage. C'était un psychiatre qu'il fallait d'urgence pour Cliff. Vous n'avez pas remarqué encore qu'il est complètement cinglé?

— Bob!

Cliff leva le poing et tous trois éclatèrent de rire. Ellen sentit tomber d'un seul coup angoisse et appréhension. Cliff était là, près d'elle, et elle ne le quitterait plus. Ils avaient vécu ensemble une éternité d'agonie, l'avenir ne pouvait être pire.

— Bon, venez dans mon bureau... (Carpenter passa le premier; il prit le temps d'installer sur la table un plateau, des verres et une bouteille de jus de fruits.) Je vais envoyer immédiatement un message à la centrale pour prévenir les gars que tu es rentré, et pour savoir si ta nomination de lieutenant-colonel est arrivée... Sinon, tu retournes dans la forêt...

— Minute! (Cliff fouilla sous sa chemise et sortit son petit sachet de cuir. Deux minuscules films emballés spécialement pour résister aux intempéries tropicales que Bob Carpenter contempla en fronçant les sourcils.) C'est très urgent, Bob. Il faut les faire parvenir là-haut le plus rapidement possible.

— Des photos de fourmilières?

— Des photos, mon vieux, avec lesquelles nos politiciens vont pouvoir s'amuser pendant plus d'un an! Ce sont les images les plus compromettantes de ces dernières années.

— Voilà pourquoi ils te poursuivent avec tant d'ardeur! Ce général Aguria a mis sur pied toute la garnison, jusqu'au jour où on a annoncé officiellement que tu avais crevé quelque part dans la forêt. Les gars de Rio et la centrale n'arrêtaient pas de me poser des questions. « Comment veux-tu que je sache, moi? » que je répondais invariablement. Mais nous nous doutions qu'il s'agissait d'un gros poisson. Qu'est-ce que c'est?

— Des rampes de lancement de fusées... Installées en pleine forêt vierge... Direction : États-Unis!

Carpenter écarquilla les yeux.

— Tu es cinglé, Cliff!

— Peut-être, mais pas les films! J'ai fait sauter une fusée au passage... Histoire de leur laisser ma carte de visite, tu comprends!

— C'est typique... (Il se tourna vers Ellen.) Ellen, il est encore temps de réfléchir. Vous pouvez dire adieu à la paix, au repos, à la détente, si vous l'épousez. Une carte de visite! Et après ça, on joue les fantômes et on disparaît de la circulation.

Carpenter prit les précieux films, puis il alla chercher dans une armoire une boîte de fer-blanc portant une étiquette alléchante : « Les bonnes confitures Gonzalès », et il y cacha les rouleaux. Ce fut au tour de Cliff de ricaner.

— Ellen, regarde de tous tes yeux. Des films qui représentent la survie de deux cents millions d'Américains, tu vois où il les cache? Dans une boîte de confiture! Et il prétend que moi, je suis cinglé?

— A mon avis, vous l'êtes tous plus ou moins, dit Ellen. Mais, Mr. Carpenter, rassurez-vous, j'ai eu le temps de m'y habituer. Si jamais Cliff changeait de peau, je passerais mon temps à bâiller d'ennui. Je l'aime...

— Arrosons ça... (Carpenter se frotta les mains.) Je suis libre jusqu'à trois heures. Après il faut que j'aille enterrer un grand-père. Ah! Les enfants! Vous ne pouvez pas vous imaginer comme je suis heureux de revoir ce sacré Cliff sain et sauf, et tiré de cette saleté de forêt!

A trois heures, ils accompagnèrent Bob Carpenter jusqu'à son corbillard. Cliff avait bu force whisky; il chancelait légèrement et ne gardait son équilibre que grâce au soutien d'Ellen. Il était tellement heureux de reprendre contact avec la vie qu'il aurait fait n'importe quelle sottise.

— Mettez-le au lit, Ellen, conseilla Carpenter. Sa crise d'euphorie peut amener des catastrophes. Cascal est à Manaus...

— Mon Dieu! Et lui, l'imbécile, il a téléphoné personnellement au général Aguria juste avant de venir chez vous!

— Crétin! hurla Carpenter. Tu cherches encore à attirer la meute à tes trousses?

— Oui, fit Haller. Cela les empêchera de penser aux films. Bob, arrange-toi pour qu'ils arrivent le plus vite possible à Washington. Quant à Cascal, j'en fais mon affaire.

— Le beau héros..., fit Carpenter d'un air narquois. Ellen, si vous tenez à l'épouser, débrouillez-vous pour le tirer de la circulation à temps. Sinon je doute fort du succès de votre lune de miel...

Rita Sabaneta tremblait d'excitation. Comme un cheval de course au pesage, elle piétinait sur place d'impatience.

— Où est-il? cria-t-elle, d'une voix cassée par la haine. José, où est-il?

— En ville... (Il contrôla son revolver.) Aguria n'en sait pas davantage. Quel culot il a de téléphoner! Et les films en route vers Washington... Ça, c'est la catastrophe.

— Tu crois qu'il les a livrés?

— Non. Où donc? Il bluffe. Mais il se trompe. Il s'imagine que sans les films, sa personne ne présente plus d'intérêt pour nous... Or il est le seul et unique témoin oculaire des rampes de lancement... Des films, on peut toujours en nier l'authenticité. Il est facile de faire un montage. Tandis que l'homme qui a vu de ses propres yeux les fusées et est capable de donner des précisions sur certaines particularités des photos, cet homme-là est une menace ambulante. Voilà pourquoi, ne lui en déplaise, nous allons poursuivre Cliff Haller jusque dans ses derniers retranchements.

— Mais vous ne le tuerez pas..., insista Rita.

— Non. Cela, on te le réserve... Nous nous contenterons de le prendre au piège.

— Manaus compte cent cinquante mille habitants...

— Et alors? Même s'il y en avait des millions! Je le sens à une lieue! Je ne peux pas le rater!

Lorsque Cascal parut au quartier général, le général Aguria avait déjà obtenu ses deux autres communications téléphoniques. Un lieutenant le conduisit au chef suprême des troupes de l'Amazone.

Aguria salua Cascal avec un sourire mi-figue mi-raisin. Le ton des autorités de Rio, au téléphone, n'avait pas été particulièrement aimable. On lui avait laissé entendre qu'on considérait cette affaire comme un échec à son actif. Facile à dire, songea Aguria avec amertume. A mille kilomètres de distance, au milieu du luxe et du modernisme, on peut difficilement imaginer une ville comme Manaus située au bout du monde. Comment poursuivre quelqu'un qui se perd dans la forêt vierge? A un mètre, on n'y voit strictement rien. Bien sûr, en ville, sur une route asphaltée...

Voilà ce qu'Aguria avait essayé de leur expliquer. La réponse de Rio de Janeiro :

— Mon Général, nous n'avons jamais prétendu habiter à New York. Tout autour de Brasilia aussi, c'est la forêt. Elle fait partie de nous-mêmes! Il s'agit de transposer cela dans la technique des poursuites, voilà tout!

Théories autour d'une table ronde que tout cela! Tandis que la réalité, en plein Enfer Vert, présentait une autre physionomie.

— Donc, Cliff Haller est à Manaus, dit Aguria dès que Cascal fut confortablement installé au fond d'un fauteuil. Les films se sont envolés. Cascal, je connais d'avance vos objections, mais cette fois, voyez-vous, je crois en la parole de Cliff. Ce n'était pas du bluff. Nous avons perdu la partie.

— Que représentent des films, mon Général? N'importe quel studio bien équipé peut en faire autant... Si les Américains nous montrent ces films, nous rirons et nous les chargerons de transmettre nos compliments aux Studios Walt Disney. Le seul et unique danger demeure Cliff Haller lui-même. Il sait, lui, ce qui a été construit là-bas, il l'a vu! Les films seuls ne sont rien, mais les films confirmés par les explications de Cliff nous porteraient le coup de grâce.

Aguria jeta sur Cascal un regard pensif.

— Autrement dit, vous pensez que...

— Oui, que nous devons à tout prix supprimer Cliff.

— Vous vous rendez compte des conséquences? Tout est sens dessus dessous désormais. De Washington à l'ambassade, du Pentagone aux unités spéciales. Si nous attaquons Cliff maintenant, nous n'aurons aucune excuse à présenter.

— Voyons, mon Général, il y a toujours eu, et en toutes circonstances, des accidents...

— Personne ne croira à un accident, Cliff est au sommet de la gloire; à un type dans sa situation, il n'arrive pas d'accident.

— Et si l'accident frappe Ellen?

— La doctoresse allemande? En quel honneur?

— Cliff l'aime. Si nous tuons Ellen, nous frappons Cliff en plein cœur.

— Vous êtes un vrai démon, Cascal.

— Je me contente de penser à tête reposée, mon Général. C'est la logique même : nous allons éliminer Ellen Donhoven par un accident, en nous arrangeant pour qu'il comprenne qu'il était visé, lui, et non pas elle. Comment va-t-il réagir? Il va méditer une vengeance et sortir fatalement de sa réserve. Et nous? Nous pourrons alors affirmer qu'il a commencé et que nous, nous nous sommes défendus.

— Et où voulez-vous présenter cette pièce?

— A Manaus ou à Rio, je ne sais pas d'avance. Il faut d'abord que je le retrouve.

— Ça ne durera pas longtemps. (Aguria se jeta dans son fauteuil en faisant une grimace. Le coup de téléphone de Rio lui revenait en mémoire. « Ils vont m'envoyer au désert ou au bagne... se dit-il. On accumule les échecs, bien sûr. Il y a des gens qui traînent la déveine partout où ils vont, comme le rhume des foins. Tout est surveillé, hôtels, pensions, auberges, les routes qui mènent à la côte sont contrôlées, les aéroports cernés. Pas même une puce ne pourrait passer inaperçue... ») Supposons que nous apprenions la retraite de Cliff? Qu'avez-vous l'intention de mettre sur pied?

— Rien.

— Quoi? Vous plaisantez?

— Non, je ne vais rien faire. (Cascal joignit les mains sur ses genoux.) Je vais transmettre les renseignements à Rita. C'est tout. Savez-vous ce que c'est qu'un démon?

— Une femme au cœur pétri de haine...

— Très bien, mon Général. Rita est un volcan au cratère grondant de haine. Voilà ce que j'avais en tête en vous parlant d'accident... Cliff Haller va périr sous les flammes d'une jalousie dévorante, et avec lui, cette Allemande. Une tragédie toute banale, sans aucun rapport avec la politique. Cliff Haller ne sera pas la victime de sa profession, mais de son pénis!

Le rythme de la respiration du général s'accentua notablement; il transpirait comme au sauna et dut ouvrir le col de son uniforme.

— Cascal, vous avez dressé la fille dans ce sens, hein?

— Oh non, pas du tout, c'est Cliff lui-même qui a provoqué cette réaction, et c'est pour cette raison-là que, moi aussi, je le hais à ce point. Car — et ne riez pas, je vous en prie — j'aime Rita. Et quand Cliff aura disparu de la circulation, je pourrai enfin l'avoir pour moi tout seul.

Le téléphone interrompit les aveux de Cascal. « Rio..., se dit Aguria en faisant la moue. Décidément, ils sont sans pitié ! »

— Oui? aboya-t-il dans l'appareil. (Puis, plus rien. Ses yeux commencèrent à étinceler et, avec un long soupir, il reposa l'écouteur.) Cascal... Votre pièce vient de commencer. En lever de rideau, présentation du personnage !

Cascal se pencha, ses mains tremblaient.

— Cliff?

— Oui. Pas personnellement... Un avis de l'agence d'aviation. Cliff Haller et Ellen Donhoven ont retenu deux places pour Rio de Janeiro demain. Vol 4, à 10 heures 25, première classe... Je me demande où il prend le fric... Et surtout où se cache-t-il en attendant?

— Chez son agent de liaison, répondit Cascal avec désinvolture. Je ne voudrais pas être chargé de faire le recensement de tous les agents qui vivent à Manaus... Donc demain à 10 heures 25. (Cascal sauta sur ses pieds.) Je prendrai le même avion...

— Et Rita? s'enquit Aguria.

— Rita? Elle va se transformer en déesse de la vengeance. Et quelle déesse !

On venait d'annoncer le vol 4. Un DC 6 de la compagnie Air-Brasilia, terminus Rio de Janeiro. Un vol au-dessus de l'Enfer Vert aux couronnes mouvantes.

Trente-neuf passagers se ruèrent vers le portillon VI, la plupart d'entre eux étant des hommes d'affaires, dont le métier consistait à avaler des milliers de kilomètres. Parmi eux deux journalistes, un couple en voyage de noces, un chef d'orchestre qui devait diriger un concert à Rio, un millionnaire désireux de flâner quelques jours au bord de l'eau, trois mannequins avec impresario et photographe.

Adossée au mur du hall, Rita ne quittait pas des yeux la porte donnant sur la place de l'aéroport. A côté d'elle, Cascal fumait tranquillement un cigarrillo.

– Où est-il, bon sang! grinça Rita en entendant pour la seconde fois l'appel du vol 4 dans les haut-parleurs. Il s'est douté de quelque chose et il flanche...

— Il n'y a pas eu d'annulations.

— L'appareil décolle dans dix minutes, José.

— On a le temps. Tu es payée pour savoir tout ce que Cliff Haller peut réaliser en dix minutes!

— Ah, José, je n'en peux plus, j'éclate!

Rita Sabaneta serra les poings et les cacha derrière son dos. Cascal lui lança un regard rapide, puis mâchonna pensivement son cigarrillo.

— Je t'en prie, un peu de nerfs, dit-il grossièrement. Tu sais ce que tu as à faire, hein? Surtout pas de scandale à l'aéroport! Tu es la grande dame, qui ne connaît pas Cliff Haller.

— Je ne tiendrai pas le coup, José. Dès que je le verrai, je ne pourrai pas m'empêcher de lui sauter à la gorge et de lui bouffer le nez! A titre d'acompte.

Tu ne feras pas ça, au contraire. Tu le supprimeras selon la méthode que nous avons mise au point ensemble. Il ne peut plus t'échapper maintenant.

Les passagers se dirigeaient vers l'avion, de l'autre côté des portes vitrées. Au bas de l'escalier, ils étaient accueillis par deux hôtesses souriantes, tandis que le petit chariot à bagages roulait directement vers la soute. José et Rita pouvaient voir de leur poste d'observation le reflet du soleil sur la carcasse argentée du DC 6.

— Le voilà! fit soudain Cascal, et une boule lui serra la gorge.

A longues foulées rapides, Cliff traversait le hall, accompagné d'Ellen Donhoven vêtue d'un tailleur cintré rouge vif, dernière mode. Ses longs cheveux blonds étalés sur le dos faisaient un contraste saisissant avec le rouge du tailleur. Tous les Brésiliens, sans exception, ouvraient de grands yeux admiratifs devant cette apparition auréolée d'or. Quant à Cliff, il portait un complet neuf, blanc, comme les aimaient les riches planteurs. Cascal ne put s'empêcher d'envier son allure martiale.

Un simple regard sur Rita le fit frissonner d'effroi. Ce n'était plus la physionomie d'une femme dévorée de haine... C'étaient les yeux d'une femme hypnotisée à qui le magicien donne des ordres : « Tu es au ciel ! Sois heureuse... Tu vois les anges... »

Cliff Haller passa son bras sur l'épaule d'Ellen et ensemble ils s'engouffrèrent dans le portillon VI après avoir montré leurs billets.

— Comme c'est touchant ! commenta Cascal.

Il savait que ces simples mots déchiraient le cœur de Rita, mais il ne put se retenir.

— Je vais le tuer avant même qu'il n'atteigne l'avion, grinça Rita en quittant l'abri du mur.

— Tu feras ce que je t'ai dit. (Cascal la retint par la manche.) Je t'ai livré Cliff, maintenant, à toi de tenir ta promesse.

Elle acquiesça d'un signe de tête et courut à la suite de Cliff Haller. D'ailleurs, il commençait à être temps; finalement, ils furent les derniers passagers à monter dans l'avion. Les haut-parleurs ne cessaient d'appeler les retardataires. Lorsqu'ils arrivèrent, Cliff et Ellen étaient déjà à l'intérieur et, d'un seul coup d'œil, ils repérèrent leurs places : à la seconde rangée, tout en avant de l'appareil. Quant à eux, ils s'assirent exprès le plus loin possible, et du côté opposé, d'où ils pouvaient observer les moindres faits et gestes du couple.

— Nous resterons trois jours à Rio, expliquait justement Cliff à Ellen. Et ensuite, en route pour les

États-Unis. Dans un mois, tu seras Mrs. Haller... Pourras-tu attendre jusque-là, Baby?

— A peine. Je vais essayer de me raisonner.

Elle lui sourit; elle ressemblait à une madone, et celui qui la voyait pour la première fois n'aurait jamais pu deviner quelles épreuves elle venait de traverser.

— Comme tu es belle! reprit Cliff en lui baisant la paume de la main. J'ai bien envie de t'emmener un instant vers l'arrière, dans l'office.

— Oh! Cliff...

— Cinq cents escudos, et le steward ne voit rien et n'est au courant de rien.

— Cliff, arrête! (Elle lui rit au nez tout en lui administrant une légère gifle.) Encore quelques heures de patience, et nous sommes à Rio. Il y a des chambres là-bas...

Il l'embrassa sur les lèvres, sans s'occuper des spectateurs, puis commanda un whisky et un cognac.

Quelques mètres derrière eux, Rita transformait son mouchoir en charpie, et Cascal posa sa main sur son bras frémissant, pour essayer de l'apaiser.

— Du calme, murmura-t-il. Du calme! Quelques heures de patience encore, et il est à toi.

— Et elle aussi, José... Je vais la couper en morceaux, cette petite saleté blonde.

— Tu peux faire ce que tu veux... mais pas de spectacle.

Les lourdes portes se refermaient; les moteurs se mirent à ronfler, l'appareil vibra sur ses bases. Puis on roula vers la piste d'envol, dans un léger roulis.

Ellen regarda par le hublot, et elle aperçut, comme un ruban argenté, l'Amazone, et un peu plus loin, le rio Negro. Et encore plus loin, la muraille oscillante de la forêt, les lacs, les îlots, les fleuves puissants, les veinules que représentaient les innombrables bras de rivières, marigots, torrents et rigoles.

— Adieu, Amazone pour toujours! dit-elle tout bas,

le front collé à la vitre. Cliff, qu'ai-je fait? De tous ceux qui ont accompagné ma folle entreprise, plus un seul ne vit... Cette maudite forêt les a tous tués, mais s'ils ne m'avaient pas suivie, ils vivraient encore... Je les porte tous sur la conscience.

— Tu te trompes, Baby... Dès l'instant où vous avez croisé mon chemin, les choses ont pris une tournure différente. Qui peut savoir ce que serait devenue ton expédition autrement? Un fait est certain : Cascal avait reçu pour mission de la saboter. Sans le savoir, tu te dirigeais exactement dans la zone dangereuse, d'où Moco lui aussi était originaire. On ne pouvait pas t'empêcher de partir, car c'eût été révéler le secret d'État. Mais Cascal pouvait s'y prendre de telle manière que vous soyez obligés de faire demi-tour. Et il commençait à mettre son plan à exécution quand je suis sorti de terre... Ce fut alors le début d'une lutte à mort. Quelle est ta responsabilité, à toi qui ne cherchais qu'une chose, poursuivre tranquillement tes recherches, dans un but pacifique? Et voilà que tu mets justement le pied sur la charge de dynamite politique la plus explosive qui soit!

— Jamais nous ne pourrons oublier cela, Cliff... J'ai peur que ces souffrances et ces cadavres ne viennent sans cesse s'interposer entre nous, et troubler notre harmonie...

— Nous en viendrons à bout, Baby. Tiens, bois, ajouta-t-il en portant à ses lèvres le verre de cognac. En Floride, tout cela nous paraîtra tellement loin! Je te promets de lâcher mes activités dès que nous débarquerons. Nous nous achèterons une ferme, toi, tu exerceras ton métier comme médecin de campagne, pour ainsi dire; et si les clients tardent à arriver, je prendrai la voiture et je m'arrangerai pour te procurer quelques petits accidents sans gravité, jusqu'à ce que ta salle d'attente devienne trop exiguë...

— Jamais tu n'auras de plomb dans la cervelle.

(Ellen sourit.) Je n'arrive pas à résoudre cette énigme : comment ai-je pu, moi, moi justement, tomber aussi bêtement et aussi totalement amoureuse de toi?

Un peu plus tard, Cliff se leva pour aller aux toilettes. Il ne pouvait faire autrement que de passer devant Cascal et Rita...

Il ne les découvrit qu'au moment où il arrivait à leur hauteur, et aussitôt, il sut que Rio de Janeiro ne mettrait pas encore le point final à l'aventure; ce ne serait qu'une étape de plus. Un rapide regard vers Ellen le rassura, elle s'était plongée dans une revue.

Aussi fit-il les trois pas qui le séparaient du couple.

— Tiens! murmura-t-il. En voyage de noces pour Copacabana?

— Non, répondit Rita, le visage blême. En route vers une cérémonie funèbre...

— Ne l'écoutez pas, Cliff, intervint Cascal. Elle vous déteste, mais vous l'avez bien mérité : il serait difficile d'oublier la manière dont elle a été traitée par vous!

— Mais vous, Cascal, vous êtes là et vous lui soutenez le moral... Comme c'est touchant!

Cliff ne put s'empêcher d'admirer le sang-froid de Cascal. Il aurait très bien pu lui tirer dans le dos... Et voilà qu'il voyageait dans le même avion, se faisait voir à l'adversaire et lui donnait ainsi la possibilité de se préparer à la suite du combat... Au fait, il ne pouvait s'agir là ni de bravoure ni de sang-froid... Cette tactique cachait autre chose.

— Cascal, si vous avez l'intention de me liquider dans cet avion, je vous ferai remarquer que vous mettez en danger la vie de quarante innoccents. En supposant que votre premier coup de feu passe à côté de moi et traverse la paroi de l'appareil... Vous avez déjà entendu parler d'implosion? Et je vous garantis que votre premier coup de feu ne m'atteindra pas...

— Je sais, Cliff Haller... Je n'ai pas l'intention de vous liquider en plein vol.

— A Rio, vos chances ne pèsent pas lourd.

— Attendons, Cliff... Vous n'êtes pas le seul à avoir de l'imagination.

Cliff haussa les épaules; le sang-froid de Cascal le laissait sceptique. Puis il passa doucement la main sur les cheveux noirs de Rita qui se tassa aussitôt sous la caresse.

— Et toi, ma poupée? Tu retourneras à ton bordel d'origine après l'enterrement de Cascal? N'oublie pas de transmettre mon meilleur souvenir à Mme la Directrice...

Rita blêmit encore, et ses grands yeux noirs étincelèrent; Cascal serra les lèvres.

— Cliff, faites gaffe. Rita ignore la patience, et ce ne sont pas les quarante passagers qui la retiendraient, elle. Elle cache un revolver sous sa jupe.

— Pas seulement un revolver, Cascal! Je suis payé pour être au courant...

— Salaud... Sale Yankee...

— Ah enfin! Cette fois, nous sommes dans l'ambiance. (Il recula d'un pas pour éviter à son tibia le contact brutal de la chaussure de Rita.) Je loge à l'ambassade américaine, à Rio. Avez-vous l'intention de la prendre d'assaut?

— Attendez, Cliff, et vous verrez. Vous n'avez pas l'air de connaître l'éventail de nos possibilités...

Cliff s'éloigna, le front soucieux; il demeura assez longtemps aux toilettes, uniquement pour pouvoir étudier tranquillement la situation.

En revenant, il n'accorda même pas un coup d'œil au couple.

Cascal se frotta les mains.

— Je l'ai rendu nerveux, dit-il à Rita d'un air triomphant. Rien de tel pour commettre des bévues. Il est impossible de vivre paisiblement avec le canon d'un revolver sur la nuque...

Quant à Cliff, sitôt réinstallé près d'Ellen, il lui arracha doucement le journal des mains.

— Cliff, que se passe-t-il? demanda-t-elle, sur le qui-vive.

— Cascal et Rita voyagent dans le même avion que nous. Neuf rangées nous séparent. Non... ne te retourne pas. Fais comme si je ne t'avais rien dit. Ils nous accompagnent jusqu'à Rio de Janeiro.

— Cliff, il faut prévenir le commandant de bord. Avertir la police, qu'elle soit présente à l'aéroport de Rio.

— Ce serait idiot. Que leur dirons-nous? Cascal et Rita se feront passer pour des voyageurs inoffensifs; tu penses bien qu'il niera être membre des services secrets brésiliens! Et moi, je ne vais tout de même pas avouer publiquement que je suis en mission pour le compte de la C.I.A.

— Il faut pourtant bien réagir!

— Oui. En offrant à l'adversaire le spectacle du calme le plus olympien.

Ellen approuva d'un signe de tête, la gorge serrée par l'angoisse.

— Ils veulent te tuer, hein?

— Apparemment...

— Cliff, je vais hurler...

— Ça ne sert à rien. Cascal est brésilien; il voyage dans un avion brésilien. Tout ce que tu y gagnerais, c'est un séjour en clinique psychiatrique, avec l'étiquette : sujette aux crises d'hystérie.

L'appareil poursuivait imperturbablement sa route vers le sud, dans un ronflement sonore. De là-haut, à quelque neuf mille mètres d'altitude, l'Enfer Vert paraissait un océan de paix aux trésors incomparables. A ceux qui n'avaient jamais senti sa caresse mortelle, il était difficile de l'imaginer autrement.

Ce fut un voyage infernal. La radio diffusait une musique douce aux rythmes sud-américains. Samba, tango, cha-cha-cha. Les hôtesses distribuèrent les repas, agrémentés d'un bon vin rouge du pays. Tout semblait normal, comme n'importe quel vol banal. Personne ne se doutait pourtant de la réalité.

La mort faisait partie du voyage.

Elle mangeait du poulet et du vin, fumait un cigarrillo et lisait un roman policier en langue anglaise.

Cliff et Ellen y perdaient leur réputation de gourmets : rien ne passait l'étau de leur gorge.

Rio de Janeiro.

Une ville de trois millions d'habitants, dont on prétendait qu'elle était le tas de cailloux le plus splendide et le plus cher du monde. Plages, filles, carnaval, tout y était au superlatif, de même que le contraste entre riches et pauvres, le nombre des aventuriers et des criminels impunis.

Rio, le cœur du Brésil, dont les battements affolés ne cessaient jamais comme si elle avait perpétuellement la fièvre. Une cité de rêves et de malédictions, de désirs exacerbés et de déceptions.

Lorsque l'appareil se fut posé, Cliff détacha la ceinture d'Ellen, puis la sienne. Une grosse limousine noire attendait sur le terrain d'atterrissage, légèrement en retrait. Certainement pas destinée à José Cascal... Cliff saisit son petit revolver au fond de sa poche et, sans le sortir, il ôta le cran de sécurité.

La première occasion se présentait pour Cascal. S'il tirait maintenant, il ne mettrait plus personne en danger...

Mais pour rien au monde, Cascal n'aurait déclenché un scandale. Lorsque la porte s'ouvrit, Rita et lui furent les premiers à descendre l'escalier. Cliff Haller prit la main d'Ellen et se dirigea à son tour le plus rapidement possible vers la sortie.

En arrivant sur la plate-forme, ils aperçurent au bas des marches trois hommes en complet blanc, le chapeau de paille rejeté sur la nuque; l'un d'eux, un petit bonhomme sec au visage chiffonné s'éventait avec un mouchoir. Il faut dire que la température tournait autour de 45°, et qu'il n'y avait pas un brin d'ombre.

– Ah! s'écria gaiement Cliff. Toute la bande est là, au grand complet. Ce brave Finley, et même Cook, le Lilliputien. Ellen! fit-il en posant ostensiblement son bras sur les épaules de sa compagne. Tu vois ces gars-là, en bas, ce sont eux qui m'ont dit un jour : « Eh, Cliff! Mon vieux, va voir un peu ce qui se goupille dans la forêt, au sud de Tefé... » Tout comme s'ils m'avaient demandé de leur acheter un paquet de cigarettes au tabac du coin... Hello!

Il leva le bras, et Finley et Cook répondirent à son geste. Le troisième, un certain capitaine Leeds, venait de débarquer à Rio, avec la mission de remplacer Cliff Haller à qui on accordait un congé dont il avait grandement besoin. A peine s'il avait assez de ses deux yeux, Leeds, pour contempler celui dont on racontait tant de prouesses dans les coulisses de la C.I.A.

— Soyez le bienvenu! s'écria Cook, lorsque les voyageurs eurent mis pied à terre.

Finley rayonnait de bonheur, on aurait pu croire qu'il venait accueillir son propre fils.

— Ah! Vieux Cliff, quand Bob nous a prévenus que tu étais sain et sauf, je me suis saoulé de joie! A Washington, on avait déjà commencé à graver ton nom sur le marbre d'honneur, et quand quelqu'un a crié : « Stop, le gars débarque!..., » ce fut l'affolement général. Au moins, tu sais ce qu'on pense de toi en haut lieu. Tu peux dire que tu es le premier homme à avoir ton nom inscrit au tableau d'honneur, de son vivant. Encore qu'il t'en manque un bout, les quatre dernières lettres...

Pendant ce temps, Cook saluait Ellen Donhoven; avec toute la galanterie du vieux continent, il lui baisa la main et se présenta. Ils étaient au courant de tout, par les rapports radio de Bob Carpenter, et savaient aussi que, pour l'amour de cette femme, Cliff renonçait à la C.I.A.

— Hum..., avait fait Cook en apprenant cette nouvelle surprenante. Attendons. Vous voyez Cliff déguisé en fermier? Je ne lui donne pas six semaines pour qu'il bouffe son chapeau d'ennui.

Finley et Leeds traitèrent Ellen comme une vieille connaissance.

— Votre réputation vous précède en fanfare. Il est vrai qu'on peut présenter comme un phénomène unique la femme capable de tenir le coup si longtemps avec Cliff, surtout à travers toute la forêt d'Amazonie. Et quand on vous voit... Miss Donhoven, où puisiez-vous donc cette résistance?

— J'aime Cliff, répondit Ellen simplement.

— Incroyable, commenta Finley avec un hochement de tête. Les réactions humaines sont vraiment imprévisibles... Eh! mes amis, je vous ai fait préparer un petit lunch chez moi, avec tout ce que vous aimez. (Et d'autorité, il emmena Ellen par le bras.) Non, mon vieux... Ellen m'appartient. Tu peux bien accorder à un pauvre célibataire aigri et solitaire quelques heures agréables, non?

Cook, Leeds et Cliff suivirent à quelques pas.

— Carpenter a lancé la bombe... Tu nous quittes?

— Oui.

— A cause d'elle?

— Oui...

— Tu vois, Finley va essayer de l'embobiner pour lui montrer quels bons petits gars nous sommes, en fin de compte... (Cook ricana.) Tu ne pourras jamais semer des tomates...

— Des tomates, non, mais du maïs, si...

— Ridicule. Cliff Haller dans un rocking-chair. Même un type comme Walt Disney n'y aurait pas songé.

Cliff demeura immobile, le regard tourné vers l'entrée

de l'aérogare; discrètement, il montra à ses compagnons Cascal et Rita.

— Voilà le commando de choc chargé de ma liquidation, dit-il paisiblement.

— Qui est-ce? interrogea Cook.

— Cascal et Rita... Ils m'ont accompagné à Rio pour me supprimer.

Leeds fixa le phénomène d'un œil ahuri. On n'a pas souvent l'occasion de rencontrer un homme qui parle de sa propre mort comme d'une anecdote banale.

— Eh, Cliff! Qu'est-ce que vous allez faire?

— Rien. J'attends. Je le laisse venir.

— De toute façon, nous, nous allons le filer jour et nuit, ce Cascal. (Cook prenait les choses en main, avec le réalisme qui le caractérisait.) Tu t'envoles lundi prochain pour la Floride, tout est prêt.

— Tu as un billet pour Ellen aussi?

— Bien sûr. Qu'est-ce que tu crois...?

Cliff Haller aperçut un homme en complet sombre, derrière la vitre, qui s'inclinait devant Cascal et Rita; la limousine noire avait démarré discrètement, et sans doute devait-il y avoir un rapport entre tous ces personnages en tenue d'enterrement.

C'était vraiment la lutte en plein jour. Plus question de jouer à la guérilla ou de s'attendre sous les porches, la nuit. Et pourtant, les règles du jeu demeuraient les mêmes : pas de scandale, pas de publicité. Les agents meurent dans l'ombre.

— Lundi? répéta Cliff en accélérant le pas pour rejoindre Ellen. Il reste donc quatre jours à Cascal pour me tuer. C'est bien peu de temps pour que son imagination lui suggère une idée valable... Il va devoir faire vite!

# 9

Au quartier général des services secrets à Rio de Janeiro, l'ambiance était loin d'être aussi détendue que chez les Américains.

Tandis que Cliff et Ellen, dans la villa de Cook, s'ébrouaient sous la douche avec volupté, comme s'ils voulaient rattraper les occasions perdues, à deux ou trois kilomètres de là, quelques messieurs à la mine grave suivaient attentivement le rapport prononcé par José Cascal, tout en buvant du cognac et en fumant des cigares autour d'une table ronde.

Cascal s'était minutieusement préparé à cette épreuve. Il avait pesé le moindre de ses mots, afin de reporter sur les services secrets eux-mêmes la responsabilité des échecs successifs des mesures de sécurité.

— Il est impossible qu'une entreprise comme celle des rampes de lancement reste cachée, conclut-il. Dès que plusieurs personnes sont au courant, il faut renoncer au secret. L'erreur est dans le choix des dimensions, Messieurs. Quelques fusées isolées, réparties sur un immense territoire, peuvent à la rigueur rester dans l'ombre, mais toute une base, avec son aéroport et cætera... Comment peut-on protéger cela des curieux?

Les généraux contemplaient en silence la grande carte de la région de Tefé, qui recouvrait la table comme un tapis. Aguria se mordait les lèvres; pour lui, le glas de sa carrière venait de sonner. Il ne s'attendait à aucune mesure de clémence : un poste éloigné dans quelque trou perdu de la forêt. C'était d'ailleurs plus qu'il n'aurait osé espérer. Autrefois, les généraux défaillants disparaissaient purement et simplement. Et personne ne se risquait à poser des questions.

— Je n'ai fait qu'obéir à des ordres, se défendit-il d'un air las. Rien d'autre. J'ai reçu les projets et je les ai réalisés.

— Señores! (Le chef des services secrets, un homme qu'on connaissait uniquement sous le nom de Dariques, tout en sachant qu'il était faux, s'éventait avec une feuille de papier.) Il ne s'agit pas ici de savoir si la réalisation des bases de lancement a été une erreur ou non, ni même de déterminer qui aura à signer la reconnaissance de responsabilité... Le problème relève du ministre de la Guerre. Pour nous, la seule question importante est la suivante : qu'allons-nous dire aux Américains? (Il tendit le papier qui lui servait d'éventail.) Voici la note de protestation officielle de Washington. Ils vont vite en besogne, les gars de là-bas. En plus de la note, ils ont même envoyé quelques photos de la base au ministère des Affaires étrangères. Excellentes photos, du reste, nettes et précises. Ce Cliff Haller décidément n'est pas le premier venu! (Il jeta un coup d'œil moqueur sur Cascal.) Voici en bref la situation : les États-Unis exigent la destruction immédiate de la base, et la date prévue pour cette destruction.

— Et si nous refusons? s'écria le général Aguria. Les États-Unis déclareront-ils la guerre au Brésil? Veulent-ils provoquer un second Viêt-nam?

— Aguria, je vous en prie, réfléchissez avant de parler, cela vous évitera de raconter des sottises. (Il jeta la note de protestation sur la table, et elle tomba par le plus grand des hasards en plein sur la contrée marquée au rouge, celle de la fameuse base.) Nous savons bien que nous n'avons aucun point commun avec les

Viêtnamiens. Quelques bombes sur Rio, Brasilia, São Paulo et Manaus, et la guerre est terminée. En outre, les Américains n'ont même pas besoin de se donner la peine de venir lâcher leurs bombes chez nous : qu'ils bouclent leurs entonnoirs à dollars, qu'ils jettent le trouble sur nos exportations, qu'ils nous serrent la vis, et dans un an, nous en serons tous réduits à lécher les murs pour trouver quelque chose à nous mettre sous la dent. Non, Messieurs, malgré la souffrance que nous éprouvons, malgré la blessure sanglante que ce coup portera à notre fierté patriotique, nous détruirons la base!

Le général Aguria bondit de son siège. Sortie un peu théâtrale, mais il savait qu'elle ferait son effet, maintenant, au moment où on venait d'échauffer les sentiments nationalistes.

— Ferons-nous tout sauter, alors, toute notre foi dans le Brésil, notre fierté? hurla-t-il comme un possédé. Croyez-moi, la dernière charge de dynamite m'enverra, moi personnellement, au ciel, car je refuse d'y survivre!

— Vous êtes libre de vos actes! (Dariques exhibait un sourire ironique.) Ce n'est pas cet argument qui fera reculer la décision officielle. Washington exige que la destruction de la base se passe sous contrôle d'une commission spéciale.

— Et vous... vous... vous acceptez une telle humiliation? bredouilla un des généraux.

Les commissures de ses lèvres tremblaient; on avait l'impression qu'il devait faire un effort terrible pour ne pas éclater en sanglots.

— Non, c'est la seule partie des exigences américaines que nous refusons. La base sautera la semaine prochaine, avec la plus grande discrétion possible; après, la commission spéciale pourra venir mettre son nez dans les débris si ça lui chante, nous n'y voyons aucun inconvénient. Il faut éviter qu'elle découvre l'origine de nos armes secrètes. Ce sera le petit côté positif de notre défaite.

— Et Cliff Haller, qu'est-ce qu'on en fait? demanda Cascal dans le silence qui avait suivi la déclaration de Dariques, un silence funèbre...

La minute de silence en souvenir du rêve envolé de puissance et de grandeur nationales.

— Haller? (Dariques fit un geste du bras.) Il ne nous intéresse plus. Que ses prochains adversaires s'en accommodent!

— Tout de même, c'est lui, et lui seul, qui a amené notre patrie à cette défaite...

— Derrière lui, il y a les États-Unis, Cascal. Tout comme le Brésil, derrière vous. Vous avez perdu la partie... N'oubliez jamais la règle d'or de notre métier : pendant le combat, frapper l'ennemi avec tous les moyens possibles. Après le combat, reconnaître loyalement le vainqueur. (Dariques se cala sur le dossier de sa chaise et avala une gorgée de cognac.) Je donnerais cher pour avoir un Cliff Haller dans mon équipe... Dire que Washington en possède quelques centaines...

— Je vais le tuer! prononça Cascal à haute voix.

Les têtes des généraux se relevèrent d'un commun accord, comme sous l'effet d'un ordre brutal. Dariques se pencha vers lui.

— Ce n'est pas moi qui vous confie cette mission, Cascal.

— Voilà ce que j'attendais. Cela ne m'empêchera pas de le tuer...

— Vous agissez de votre propre chef?

— Oui.

— C'est un meurtre. Cascal! Personne ne vous défendra, si on vous impute la paternité de ce crime. Et on vous traitera en criminel de droit commun. De plus, comme il s'agit d'un citoyen américain, on sera obligé de vous condamner à mort, ne serait-ce que pour sauver la face vis-à-vis de nos voisins, dans nos relations diplomatiques. Vous ne pouvez pas dire que vous n'aurez pas été averti !

— Cela ne m'effraie pas, Messieurs. (Le visage glabre de Cascal faisait ressortir l'étincelle qui animait son regard.) On ne trouvera jamais l'auteur du crime.

— Vous en êtes tellement sûr, Cascal?

— Oui. Il me faut absolument un Cliff Haller réduit à l'état de cadavre pour pouvoir moi-même continuer à vivre. Vous ne comprenez pas cela, vous autres? Tant qu'il est en vie, mon cœur éclate sous le poids d'un roc... (Il se passa la main sur son visage moite.) Vous avez encore besoin de moi?

— Non. (Dariques lui adressa un signe de tête bref.) Vous pouvez vous retirer. Savez-vous que Cliff Haller ne passe que quatre jours à Rio?

— Non. (Cascal se tourna d'une pièce.) Quatre jours seulement?

— Oui, et il est gardé comme un diamant de cent carats. Vous feriez mieux de digérer votre vengeance, Cascal, et de n'y plus penser.

— Impossible, Général. Quatre jours, cela suffit pour supprimer même un gars comme Cliff Haller.

Il quitta la pièce d'un pas rapide. Dariques se tut jusqu'à ce que la porte se fût refermée, puis il déclara lentement :

— Il va à sa perte, Messieurs. Mais c'est la voie la plus simple. Cascal nous évitera ainsi bien des désagréments.

Pendant deux jours, Cliff et Ellen vécurent comme au paradis terrestre. La villa de Cook s'élevait sur une colline entourée d'un parc inondé de parterres fleuris et de palmiers aux bruissements de rêves. Un swimming-pool avait été creusé au milieu d'une pelouse, et le soir, de la terrasse, on avait une vue incomparable sur l'océan de lumières de Rio qui, à cette distance, faisait l'effet d'un jardin enchanté. Ellen Donhoven était tellement impressionnée par la splendeur de cette ville qu'elle passa des heures, le premier jour, assise sur la terrasse, jusque tard dans la nuit, dans l'impossibilité de s'arracher à sa contemplation. Il fallut que Cliff vînt doucement la caresser aux épaules pour qu'elle posât la tête sur sa main chaude. Elle était heureuse. Heureuse et émue.

— Moi aussi, je suis là..., murmura-t-il à son oreille.

— Voudrais-tu prétendre que tu es plus séduisant que Rio?

— Ne me rends pas jaloux, Baby! Attention, si je deviens jaloux de cette ville, je la fais sauter tout entière!

Ils éclatèrent de rire tous deux. Puis Ellen ferma les yeux et se laissa aller à la douceur de la caresse.

— Est-ce que nous étions heureux dans cet enfer? demanda-t-elle à voix basse. Cliff, je ne peux pas y croire. C'est si loin déjà!

— Hier encore, nous étions à Manaus, au bord de l'Amazone. Et il y a à peine dix heures, nous volions dans le même avion que la mort...

— Cascal! Lui aussi, il me paraît tellement loin maintenant!

Haller ne réagit point. « Parfois on la prendrait pour une gosse, se dit-il. Malgré son diplôme et son titre ronflant de docteur en médecine. Malgré son courage et son endurance... car il en faut pour traverser la forêt tropicale en quête de poisons inconnus! Malgré sa tête de mule et la précision de son tir... Et quand son ami Rudolf est resté derrière, elle a manifesté plus de force d'âme que je ne l'aurais pu, moi... Quel drôle de personnage, un véritable cocktail de contrastes et voilà que ce soir, elle ressemble à une petite fille devant un sapin illuminé, en admiration devant la flamme des bougies. »

— Cascal... Il est tout près de nous, l'ami José, dit soudain Cliff en lui baisant les yeux.

— Tu rêves! Nous sommes au paradis, Cliff.

— Un paradis entouré d'un mur surmonté de barbelés électrifiés.

A vrai dire, ce mur avait coûté au gouvernement brésilien bien des cassements de tête. On découvrit trois cadavres sur le mur, trois hommes électrocutés pour avoir voulu à tout prix savoir ce que faisait Cook à ses moments perdus, dans sa villa blanche. La curiosité, parfois, se paie très cher. Les trois cadavres ne furent jamais identifiés, et on les enterra avec une plaque laconique : « Inconnu ». Par la suite, le mur ne reçut plus de visiteurs indiscrets. Dariques avait rappelé ses hommes. Il n'avait nulle envie de voir ses troupes décimées pour si peu! Et en fin de compte, après une année de correspondance acerbe, de part et d'autre, de protestations et de menaces, le gouvernement brésilien capitula, et Cook conserva son courant à haute tension. En tant que membre de l'ambassade des États-Unis, il jouissait, de toute façon, d'un statut particulier. Et d'ailleurs il était devenu inutile de suivre les faits et gestes du petit homme à l'intérieur de sa résidence, car Dariques avait acheté pour le compte de sa section la villa voisine devenue libre, et il y avait installé un certain señor Leones, un gars d'une quarantaine d'années, calme et réservé, qu'on voyait rarement. En revanche, lui et quatre bonshommes invisibles observaient sans relâche les moindres allées et venues chez Cook, par des longues-vues soigneusement dissimulées, et ils faisaient au quartier général un rapport quotidien. Dans ces conditions, il eût été très simple de tuer Cliff Haller, quand il se trouvait sur la terrasse; Dariques le savait, mais il se garda bien de passer le tuyau à Cascal.

— Tu crois qu'ils nous poursuivent encore, Cliff? questionna Ellen.

Tant que nous sommes sur le sol brésilien, nous sommes en danger... Tu peux compter sur Rita...

— Rita... Tu l'as aimée, hein, Cliff?

— Je ne te connaissais pas encore, à l'époque...

— Si tu ne m'avais jamais rencontrée, que serait-il advenu de Rita et de toi?

— Je ne sais pas. Peut-être comme pour toutes les autres...

— Une pression de la main, quelques mots gentils et d'une pénible banalité, « Adieu, Baby, c'était merveilleux », et le grand oubli...

— Oui. S'il fallait prendre au sérieux n'importe quel flirt... merde, on n'en sortirait jamais!

— Et nous deux, qu'allons-nous devenir?

— Quelle drôle de question!... Nous allons nous marier...

— Oui, et puis un jour, je reçois un coup de fil... m'apprenant que tu t'es fait tuer à Hong-Kong, à Moscou, ou je ne sais où. Je ne suis pas tellement tentée par la pension de veuve.

— J'en ai déjà parlé à Finley et à Cook : je quitte la boîte comme je te l'ai promis. Nous allons nous acheter une ferme, chérie. Personne ne pourra me faire changer d'avis!

— Et tu crois qu'ils te laisseront filer?

— Il faudra bien, Baby! Je ne suis pas leur propriété!

— O Cliff! J'ai peur. (Elle lui jeta les bras autour du cou et attira sa tête près d'elle. Un rapide baiser sur le nez avant de murmurer :) Viens avec moi en Allemagne...

— Qu'est-ce que tu veux que je fasse dans la Vieille Germanie?

— Mon père possède une grosse usine de produits pharmaceutiques. Et moi, je peux ouvrir un cabinet. Ce ne sont pas les possibilités qui nous manquent...

— Et moi? Qu'est-ce que je ferai? J'attraperai les papillons en t'attendant? Le prince consort qui n'a qu'à sourire béatement devant une existence vide et sans souci. Qui au bout de quelques années prendra de la brioche à force de flemmarder, et souffrira d'embarras gastriques à force de trop bouffer.

« Ellen... pitié ! plus un mot là-dessus. Je travaillerai sur la ferme jusqu'à ce que me craquent tous les os ! Et toi, tu pourras, si c'est absolument nécessaire à ta santé, soigner les malades du coin. Au fait, t'ai-je dit que notre petite ville s'appelait Tentown, parce qu'elle a été fondée, il y a cent cinquante ans, par dix clochards et défendue contre une vingtaine d'attaques indiennes?

— Comment sais-tu que nous habiterons là?

— Depuis quatre ans déjà, je lorgne ce ranch. Mais il s'est toujours passé quelque chose pour m'empêcher de m'y intéresser vraiment.

— Et voilà... Quand tu seras là-bas, il se passera toujours quelque chose également pour t'empêcher de t'intéresser à la ferme et à moi... répéta-t-elle. Jamais nous ne serons tranquilles. Je sais comment ils feront : quelques semaines de vacances princières en Floride, et ensuite, il leur suffira de siffler : « Cliff, retour à Washington ! On a besoin de toi ! Voici ton passeport. Tu t'appelles Janos Bekesz, originaire de Budapest. » Et le brave Cliff disparaîtra quelque part en Hongrie, comme s'il n'avait jamais existé...

— Je te jure, Baby ! Ce temps-là est passé. Dès que nous quitterons le Brésil après-demain, je serai un homme libre !

Cliff avait un air si persuasif qu'Ellen était bien près de le croire. « Peut-être suis-je trop pessimiste, se dit-elle. Les bonzes de Washington ne peuvent pas le forcer. Cliff n'est pas un de ces mercenaires de basse classe, mouchards ou traîtres pour de l'argent, les colonnes honteuses du pouvoir, Judas payés à trente deniers ou marionnettes de foire. » Cliff était un spécialiste; il combattait par conviction, et c'était justement cette dernière caractéristique qui rassurait Ellen pour l'avenir : on ne peut pas forcer la conviction.

— En Allemagne, tout serait différent, murmura-t-elle une fois encore, légèrement révoltée.

Cliff la caressa doucement, et la réponse du corps d'Ellen ne se fit pas attendre longtemps.

— A Tentown, le monde est paisible, lui murmura-t-il à l'oreille. Et je chasserai comme un gibier puant tous ceux qui essaieront de troubler la paix de notre ranch... Est-ce que tu as l'intention de passer toute la nuit ici, à flirter avec Rio?

— Non, Cliff. (Ellen se leva et s'étira.) Je t'aime.

— C'est parfait.

Il se mit à rire et l'enleva dans ses bras.

D'un coup de pied, il referma la porte-fenêtre, et on n'entendit plus rien jusqu'à ce que, cramponnés l'un à l'autre sur le lit, ils s'évanouissent en une flamme unique.

Dans la villa voisine, señor Leones était en communication téléphonique avec un interlocuteur mystérieux.

— Rien de spécial, récitait-il d'une voix monotone. Ils se sont pelotés sur la terrasse, et maintenant, ils viennent de rentrer, pour faire l'amour sans doute. Pedro prend la relève. Salut!

Une de ces nuits qui vous font perdre la raison tombait sur Rio.

Pour Cliff et Ellen, le paradis terrestre.

Le lendemain soir, Cliff Haller et Ellen Donhoven étaient invités à une réception chez l'ambassadeur. Le Brésil fêtait quelque date illustre de son histoire agitée, et pour prouver les bonnes relations avec son pays, l'ambassadeur des États-Unis avait convié le tout-Rio dans sa résidence. Trois orchestres étaient disséminés à travers les salons, un orchestre de jazz américain, une combo et une troupe brésilienne au répertoire intarissable de rumbas, cha-cha-cha et tangos. Tout ce qui à Rio avait un nom se pressait dans les salons ou auprès du buffet, devisait paisiblement dans le parc et autour de la piscine, ou dansait sur la terrasse.

Les généraux surtout avec leurs uniformes constellés attiraient l'œil, et parmi eux, le général Aguria. Réunis en petits groupes épars, ils discutaient de choses et d'autres, sans aucune importance, avec les diplomates étrangers. Pas la moindre allusion, bien sûr, à la base de la forêt, du reste, pas un mot touchant de près ou de loin la politique ne fut prononcé. Ce qui laissait le temps, au moins pour une fois, de s'occuper des femmes : créatures luxueuses, portant aux oreilles, au cou et aux mains, des fortunes se chiffrant par millions.

Le petit Cook, partout et nulle part à la fois, avait guetté l'arrivée de Cliff et d'Ellen et, d'emblée, il s'était adjugé la jeune femme.

— Il ne sera pas dit, Cliff, que tu traîneras, toi, pendant toute la soirée la plus belle femme de la réception, donna-t-il comme excuse à son enlèvement... Il ne lui arrivera rien, à votre bien-aimé, confia-t-il ensuite à Ellen en l'emmenant par le bras vers un autre salon. Ne provoquez pas de scandale. Si je vous ai enlevée ainsi, c'est qu'une trentaine d'officiers et de diplomates américains veulent vous inviter à danser, ce qui est proprement impossible tant que ce taureau de Cliff est dans votre ombre... Une valse... C'est la seule danse que je puisse me permettre. Vous venez, Miss Ellen?

Pendant ce temps, Cliff se promenait du côté de la piscine. Il observa les groupes animés et les couples silencieux; il but quelques coupes de champagne apportées dans le parc par un serviteur attentif, et s'enfonça plus avant dans le bois. De partout fusaient des rires ou des chuchotements; le moindre buisson semblait servir de refuge.

Soudain, il s'arrêta. Son corps se raidit, son visage se durcit. Dans les poches de son pantalon, ses poings se serrèrent spontanément.

— Cliff Haller, fit une voix derrière lui, et au même moment un objet rond et métallique se posa sur sa nuque. Gardez vos mains dans vos poches, en bon vieil Américain que vous êtes, et continuez à avancer.

— Cascal! (Le ciel constellé lui parut à cet instant le plus beau qu'il ait jamais vu.) Par une si belle nuit, vous vous abandonnez à de telles turpitudes! Au fait, comment êtes-vous entré?

— Beaucoup plus difficile encore sera de trouver le moyen de sortir d'ici avec vous.

La voix de Cascal avait une intonation calme, on le sentait très sûr de soi. Ils se trouvaient à présent dans une partie du parc relativement éloignée du bruit, et où les lueurs des lampions ne parvenaient plus.

— Est-ce indispensable? reprit Cliff Haller.

— Absolument.

— Vous pourriez tirer ici, Cascal. Tout est sombre et le professionnel que vous êtes a muni son revolver d'un silencieux, je présume.

— Vous en auriez fait autant, Cliff. Cette fois, la chance a tourné, et il était temps, je dois dire, après cette longue série de revers. Savez-vous que j'ai les mains libres?

— Que voulez-vous dire?

— Si je vous tue, c'est indépendamment des services secrets... Pour eux vous êtes le vainqueur! Notre règlement de comptes se situe sur un plan strictement privé. (La pression du revolver sur la nuque s'accentua légèrement.) Continuez à marcher lentement tout en sifflant une joyeuse mélodie.

— Où vont vos préférences? *West Side Story?* Ou bien *Old Man River?* Je vous avertis, Cascal, je n'ai pas l'oreille musicale, et il arrive que je rate la note.

Un ricanement lui répondit. Cascal était sûr de lui. Au milieu du brouhaha de la réception, personne ne se douterait que Jósé Cascal réglait ses affaires personnelles. C'était devenu une nécessité physiologiquement inéluctable, le poids qui pesait sur son cœur ne faisait que l'étouffer de plus en plus. Le poids abominable qui avait nom Cliff Haller.

Ils se promenèrent lentement à travers le parc, au même pas, comme deux soldats à l'exercice disciplinaire, et atteignirent le mur d'enceinte de la résidence, un mur de trois mètres de haut, surmonté de tiges métalliques et de barbelés.

Cliff sourit et fit un geste du menton.

Courant à haute tension. Même vous, Cascal, vous ne passez pas à travers.

Vous me prenez pour un con?

En deux pas, Cascal fit face à Cliff. Il portait un smoking avec un nœud papillon en soie grenat; un ruban brillait même au revers du veston... La preuve de son appartenance à la haute société.

Splendide! commenta Cliff d'un air sarcastique. Cascal, vous avez vraiment l'allure d'un gentleman, parfois. Alors, que fait-on maintenant?

On va venir nous cueillir.

Ici? En hélicoptère?

Un peu de patience. A cet endroit, le mur n'a qu'une épaisseur de dix centimètres. Nous avons creusé un trou, de l'extérieur, en prenant soin de le recouvrir de plâtre pour ne pas attirer les soupçons des sentinelles. Dès que je donnerai le signal, le plâtre tombera.

L'heure du grand hallali! Cascal, pourquoi toute cette mise en scène? Alors qu'il vous suffit d'appuyer sur la détente!

— J'ai fait une promesse, et je dois la tenir, Cliff. (La physionomie de Cascal se plissa en une horrible grimace.) Croyez-moi, sans cette promesse, il y a longtemps que vous ne seriez plus en ce monde!

Puis il lança un long sifflement.

« Comme tout cela est ridicule, se dit Cliff Haller. L'antichambre de la mort... »

Rien à espérer pour se libérer. Il était bel et bien pris

au piège. Cascal se tenait entre le mur et lui, prêt à faire feu. De l'autre côté, on entendit quelques rumeurs, un grattement, un léger choc. Sur un mètre et demi de haut environ, le mur ouvrit une brèche. Cascal fit un geste avec son arme.

— Cliff, je vous en prie.

Haller acquiesça. Sa seule chance. Il ignorait ce qui l'attendait de l'autre côté du mur... Mais s'il restait une possibilité d'évasion, c'etait au moment où il passerait la brèche, et où Cascal serait encore dans le parc. Peut-être alors l'obscurité deviendrait-elle son complice...

Cascal s'approcha, l'arme tendue.

— Rien ne m'empêche de tirer, grinça-t-il.

— Allons, gentleman, pas d'énervement.

Haller sauta et immédiatement ses espoirs de libération tombèrent à l'eau.

De l'autre côté du mur, une silhouette féminine l'attendait. De longs cheveux noirs tressés de fleurs rouges comme pour une fête. De grands yeux brûlants, rivés sur Cliff Haller. Un corps frémissant d'attente, d'émotion, d'énervement. Une main tendue, avec un pistolet menaçant. Des lèvres rouges, entrouvertes.

— Rita, murmura-t-il en se mettant inconsciemment au garde-à-vous.

C'en était fini de lui.

— Oui, fit Rita.

Un coup dans le dos le fit avancer de quelques pas. Cascal avait passé à son tour la brèche.

— Enfin te voilà! Je t'ai tant attendu! C'est le plus beau cadeau que pouvait me faire José pour notre mariage. Il a tenu parole... En échange, je vais l'épouser.

— Soyez heureux et ayez beaucoup d'enfants. (Cliff sentait venir une mort raffinée, et sa voix perdit un peu de son calme coutumier.) Tu ne trouves pas que c'est une invitation étrange pour un mariage?

— Viens! ordonna Rita en agitant son revolver.

Elle passa la première, et Cliff la suivit sans hésitation. Il savait qu'une arme derrière lui ferait feu au moindre geste.

A quelques mètres de là, sur le sentier qui contournait le fort, une voiture attendait, tous phares éteints. Rita ouvrit la portière; le regard étincelant de ses yeux noirs se posa sur Cliff.

— Monte!

— Je ne te donne pas une heure avant que mon absence ne soit signalée.

— Ça ne durera pas aussi longtemps, le rassura Cascal. En outre, on pensera que vous faites une promenade sentimentale dans le parc, avec une jolie fille.

— Mauvais calcul, Cascal. Ellen est avec moi.

Rita lui donna un coup violent, et il s'affala sur les coussins, comme un gros ours qui perd l'équilibre.

— La salope! s'écria-t-elle, d'une voix haineuse, le visage tout contre celui de Cliff. Tiens! Et tiens! Ce sera pour elle, ajouta-t-elle en le giflant plusieurs fois de suite. Cette sale putain blonde aux yeux de vache alanguie. Comme elle criera et gémira, Cliff, quand on retrouvera ce qui restera de toi! J'aimerais bien être là, la voir s'écrouler en prononçant ton nom. Mais toi, en tout cas, tu ne pourras plus lui répondre...

Cliff Haller s'installa confortablement dans la voiture. La voix de Rita s'enroua, et son discours de haine se termina dans un sanglot. Heureusement le fidèle Cascal, toujours présent, lui mit la main sur l'épaule.

— Calme-toi, dit-il tendrement. Mon Dieu, calme-toi, voyons. Tu l'as, maintenant, et tu peux faire de lui ce que tu veux. Ne perds pas le nord, Favorita...

— A votre place, je commencerais par la conduire chez un bon toubib, intervint Cliff, la gorge serrée. Elle devient folle, ma parole.

— C'est juste! Folle de haine. Et il n'y a que vous

qui puissiez la guérir. Le seul remède dont elle ait besoin, c'est votre cri d'agonie.

Cascal s'assit près de Haller et lui pointa le revolver sur la tempe.

« Je suis encore en vie, se dit Cliff. Tant qu'il y a de la vie, il y a de l'espoir. D'où pourrait venir le salut, Dieu seul le sait! Respire profondément, Cliff Haller, ravale ta peur. De l'air pur... Tu en as encore besoin! Prononce un mot gentil, quelque chose de stupide, n'importe quoi qui puisse faire sortir Rita de ses gonds. C'est une femme enragée d'amour insatisfait, profondément blessée dans son âme; une femme ivre de haine et de désir de vengeance... mais un mot tendre, une caresse, voilà ce qui peut la verser dans l'autre extrême, et elle essaiera par tous les moyens de te sauver la vie, comme une tigresse défend son petit. Allons, Cliff, un bon mouvement... »

— Tu es en beauté, Rita, dit-il tout haut, et il vit tressaillir les mains posées sur le volant.

Ils roulaient sur les boulevards périphériques en direction des collines de Pico Di Tijuca, là où se réfugiait toute la populace la plus pauvre et la plus misérable de Rio de Janeiro. L'envers du décor. Dix mille estomacs tordus par la faim en contemplation devant des tables croulantes de bonnes choses. La source de la révolution. Une montagne de saletés et de détritus dans lesquels les enfants pataugeaient. Fumier de la terreur, engrais d'une couche humaine victime du mépris et de l'arrogance des autres. Ici, le paradis s'arrête et l'enfer commence. Un seul diamant d'une seule boucle d'oreille d'une riche señorita suffirait à faire vivre une famille entière pendant un an... Ici les poubelles d'une villa feraient l'effet d'un festin.

Cliff Haller connaissait parfaitement ce coin, car même là, des agents de la C.I.A. avaient élu domicile. Cliff ignorait leurs noms et leurs adresses, dans ce fouillis de cabanes à lapins. Ici, pas de salut.

— Les fleurs de tes cheveux me rappellent le rio Tefé, reprit Cliff d'une voix mesurée. Un matin, alors que la forêt et la rivière se dissolvaient en vapeur sous les rayons du soleil levant... Tu te souviens? Je suis venu par l'autre rive, et je t'ai apporté une corbeille pleine de fleurs inconnues, rouge sang, avec quelques taches blanches sur les pétales intérieurs. Des taches blanches qui ressemblaient à des lèvres entrouvertes. Je t'ai déshabillée...

— Tais-toi! hurla Rita d'une voix cassée. Sale chien maudit, tais-toi!

— ... je t'ai déshabillée, je t'ai étendue dans l'herbe humide, et j'ai répandu les fleurs sur ton corps. Puis nous avons fait l'amour... Bon sang, ce fut une heure chaude!... Et quand nous nous sommes quittés, les fleurs étaient en lambeaux; mais toi, on aurait dit que ton corps avait été peint en rouge clair, et tu exhalais des senteurs de roses.

— Ferme-lui la gueule, José! haleta Rita. (La voiture prenait les virages dangereux à la corde; les pneus crissaient.) Qu'il se taise, Bon Dieu!

Sans un mot, Cascal allongea un coup de poing sur la bouche de Cliff. Le sang gicla.

— Vous me le paierez, grinça-t-il. C'est un coup malhonnête.

Le silence s'installa dans la voiture. On avait dépassé les quartiers miséreux, à présent, et peu à peu, on rejoignait les villas somptueuses. Résidences d'été dans les hauteurs ventées. Jardins analogues à des parcs, parsemés de torrents et de sources. Une merveille de végétation abondante, inondée de soleil, d'eau et de fraîcheur. Un silence de bon aloi. Quelques lanternes dans les jardins et sous les portails. Rien ne troublait l'harmonie du ciel étoilé.

Rita stoppa devant une villa sombre et sortit de la voiture. Cliff se pencha par la portière.

— Vous avez gagné à la roulette, Cascal? demanda-t-il. Ce petit castel doit bien coûter deux millions de dollars! A moins que vous n'en ayez pas encore terminé avec vos surprises?

— Non, la dernière que je vous réserve, ce sera votre mort... Descendez.

Cliff s'exécuta, et sur le chemin, il se détendit comme s'il avait parcouru des milliers de kilomètres. Rita l'attendait, les yeux fixés dans le vide. Cascal ouvrit le portail en fer forgé, et invita Cliff à entrer.

Mais une peur abjecte paralysait Cliff. Cent fois, il s'était trouvé dans des situations désespérées, d'où seul un hasard invraisemblable l'avait tiré; toujours, il en était sorti, d'une façon ou d'une autre. Cette peur ignoble, en revanche, jamais il ne l'avait ressentie; cette fois, il n'y avait aucune échappatoire à espérer : le moindre pas qu'il accomplissait le rapprochait de la mort.

Cascal exhibait un large sourire, car il se doutait du cours des pensées de son ennemi vaincu. Derrière Haller, Rita marchait le dos courbé; on aurait dit qu'elle se cachait derrière Cliff, qu'elle se faisait toute petite comme un chien peureux. Elle s'écroulait littéralement au souvenir des heures passées avec Cliff Haller au bord du rio Tefé; toute sa haine s'amenuisait, se dérobait, tombait en lambeaux, pour faire place à l'amour insensé qu'elle avait voué à cet homme, à qui il restait exactement vingt-cinq pas à parcourir pour se jeter dans la mort.

— Haut les cœurs! s'écria Cascal. Vous avez le devoir de mourir tel que vous avez vécu et que votre sang-froid soit un exemple pour les générations à venir. Vous n'avez jamais eu peur de la mort?

— Non, jamais. (Il traversait le jardin à pas lents. Soudain, dans le noir, il perçut le bruit d'un torrent.) Mais jusqu'ici, j'ai toujours eu le moyen de me défendre. Jamais encore je n'ai été traité en bête qu'on mène à l'abattoir.

— Pas de chance, Cliff. On a rarement la possibilité de choisir sa mort.

D'un geste brutal, Cascal lui tira les bras dans le dos; il y eut un bruit de chaînes : ses deux poignets étaient serrés dans des menottes.

« C'est la fin, songea Haller. Sans rémission. Avec les mains liées dans le dos, je ne peux plus rien faire. »

Cascal revint vers lui; il avait rengainé son revolver devenu inutile.

— Les uns meurent d'avoir glissé sur une peau de banane et de s'être brisé la colonne vertébrale, dit-il gaiement. D'autres de cracher leurs poumons. Vous vous allez avoir la malchance d'être bouffé tout cru...

Haller sentit ses cheveux se dresser sur sa tête.

— Donnez-moi donc quelques précisions, espèce de salaud, grogna-t-il.

— Voilà. Cette villa appartient à un certain Señor Miguel de Sequillar, qui gagne ses millions grâce à la marijuana et la mescaline, mais personne ne le sait. Officiellement, il fait le commerce des bois précieux et des fruits exotiques. Sa fortune lui permet de passer la moitié de l'année sur la Côte d'Azur où il s'achète des putains. Ainsi sa villa est-elle souvent inoccupée. Mais Señor Sequillar adore les animaux et déteste laisser des traces. Quand on fait commerce de drogues, on est vite sujet aux bavardages; il a horreur des bavards. Aussi a-t-il mis au point un moyen fort ingénieux de s'en débarrasser : il les fait passer sur un pont lancé par-dessus une mare artificielle. Au milieu du pont, une trappe s'ouvre, qu'on peut actionner de la terrasse, soit dit en passant. Quelques secondes, et il ne reste rien. On prétend que quatre mille piranhas vivent dans cette mare... Je vous le disais bien le Señor Sequillar adore les animaux... Bon, allons-y.

— Sur le pont... murmura Cliff d une voix rauque.

Vers la mare. Vous serez le seul à passer le pont.

Moi, il faut que je m'occupe du mécanisme de déclenchement de la trappe.

Vous êtes vraiment la pire ordure que j'aie jamais connue, haleta Cliff.

Ce n'est pas à moi qu'il faut vous en prendre, corrigea Cascal en haussant les épaules et il tourna la tête vers Rita Sabaneta. C'est elle qui a eu cette idée géniale.

Rita se détourna et courut comme une furie dans la nuit noire, jusqu'à la terrasse où elle s'immobilisa, le front contre la pierre du mur.

Voilà sa réponse. Allez, en avant, Cliff. Je pourrais tout aussi bien vous administrer un coup de poing, vous traîner jusqu'au pont et vous déposer délicatement sur la trappe. Si vous préférez...

Il y avait exactement trente-six pas jusqu'au bord de la mare, elle-même profonde de cinquante mètres en moyenne. Ses rives regorgeaient de fleurs épanouies, de roseaux légers et de buissons exotiques. Quelques nénuphars dans les coins. Un pont de bois blanc passait au-dessus, en formant un arc d'une délicatesse toute japonaise. « Tuer en beauté, se dit Haller. Ce Sequillar doit être un sacré sadique... »

— Allons, fit Cascal brutalement, mais Cliff n'avança pas d'un pas.

La sueur lui dégoulinait en longues rigoles sur le front et les joues.

— Vous êtes marrant, vous! haleta-t-il. Vous voudriez que de mon plein gré...?

— C'est justement le fin du fin. Vous partez en promenade et n'en revenez plus.

— Cascal, vous aussi, vous donnez dans la démence.

— Vous avancez, oui ou non?

— Non!

— Imbécile!

Avant que Cliff ait pu parer le coup, Cascal le frappa durement à la tempe, avec la crosse de son revolver. Il y eut un bruit sourd, un gémissement, et Cliff s'affala sur les genoux. Non pas inconscient, mais paralysé, et tous les nerfs à vif. Il se rendit compte que Cascal lui liait les pieds, cette fois avec une corde et non plus des menottes.

Puis Cascal se pencha sur lui et, avant de le traîner jusque sur le pont, il lui assena encore un coup de poing sur la figure. Il le plaça exactement sur la trappe, puis lui allongea un coup de pied dans la colonne vertébrale. Une douleur fulgurante parcourut tout le corps de Cliff, le ciel au-dessus de sa tête explosa, et le monde s'enflamma de millions d'étincelles incandescentes. Pour la première fois de sa vie, il poussa un hurlement de souffrance, comme si on lui arrachait le cœur à vif.

Sur la terrasse, Rita Sabaneta s'effondra, les mains sur les oreilles; elle gémissait comme un petit enfant.

— Vite! hurlait-elle contre la pierre du mur. Vite, par pitié, Cliff! Meurs, à la fin...

Cascal revint en courant de la mare, le visage décomposé, et il se précipita du même élan sur le levier fatal. Une lampe rouge brillait faiblement.

— Ça y est, hurla-t-il à l'adresse de Rita. Ça y est, il tombe... Tu es contente?

Il abaissa le levier, la lampe rouge s'éteignit...

Une fois passée la douleur fulgurante causée par le coup de pied de Cascal, Cliff Haller sentit que ses membres inférieurs avaient perdu toute sensibilité, à partir de la taille. « Il m'a démoli les vertèbres, se dit-il. Je suis paralysé... Et la trappe qui va s'ouvrir d'un moment à l'autre. Quatre mille piranhas. Quelques secondes seulement... Mais cette vision horrible que je vais emporter là-haut : ces gueules avides, ces dents acérées! »

Étendu sur la trappe, il ne faisait pas le moindre mouvement, son cerveau renonçait. Tout ce qu'on racontait sur les derniers instants de l'existence n'était que de la frime. Pas le moindre souvenir du passé, la mère, les belles heures de la vie, pas même une pensée pour Ellen... Non, le vide, le vide absolu de l'âme.

Soudain il perçut un léger bruit : le mécanisme d'ouverture de la trappe.

Quatre mille piranhas attendent leur banquet!

Il écarta les coudes et serra les dents. Surtout, Cliff, pas un cri, pas un...

La trappe s'ouvrit et Cliff disparut.

Cascal et Rita reprirent lentement la route de Rio de Janeiro. Dans un silence total. Cascal conduisait, Rita ne détachait pas le regard de la route brillamment éclairée.

En elle aussi, tout était vide. Elle avait beau tendre l'oreille, elle n'entendait même pas les battements de son cœur. Lorsque Cascal lui adressa la parole, elle tourna vers lui les yeux : il n'y avait plus trace humaine dans ce regard.

— Il est mort sur le coup, affirma Cascal d'une voix rauque. J'ai nettement entendu s'ouvrir la trappe. Il n'a même pas crié. Bon Dieu! Cette fois, je ne peux plus voir un piranha! (Il ralentit légèrement l'allure, au moment où la voiture longeait l'avenue somptueuse abritant les villas luxueuses des familles fortunées. Et il regarda sa voisine.) Était-ce vraiment nécessaire, Favorita? D'accord, il m'a eu et va me coûter ma carrière... Mais au fond, c'était quand même un être exceptionnel. On ne pouvait s'empêcher ni de taper dessus ni de l'admirer.

— C'était absolument nécessaire, répliqua sèchement Rita. Et, maintenant, je t'interdis formellement de prononcer son nom, sinon je te tue!

Il restait une heure de route encore jusqu'à l'appartement de Cascal. Une fois arrivée dans la grande chambre, Rita retrouva l'usage de la parole. Elle arracha ses vêtements, s'étendit sur les coussins, et offrit à Cascal le spectacle hallucinant de sa beauté nue.

— Je paie, dit-elle. Ouvre une bouteille de champagne. Deux, trois, dix bouteilles. Je veux prendre un bain de champagne ! Je veux célébrer la fête la plus folle de ma vie ! (Elle se mit à pousser des cris rauques et battit des pieds nus quand Cascal versa sur son corps brûlant la première bouteille de champagne.) Encore ! hurla-t-elle comme une hystérique. Encore ! Un déluge de champagne ! Je veux oublier... oublier...

Cette nuit-là, Cascal se démena comme un fou sur le corps enflammé de Rita. Impossible de savoir tout ce qu'il fit... Excité au-delà de toute limite tolérable, il se transforma en fauve, aperçut du sang et le lécha, entendit des cris et des gémissements et redoubla de fureur. Il sentit des ongles arracher son dos et des dents déchirer sa poitrine... Et il continua à se déchaîner au milieu d'une brume rougeâtre dans laquelle il finit par exploser, avant de rouler sur le sol, complètement inconscient...

Le lendemain, après de longues recherches, il découvrit enfin Rita Sabaneta sur le balcon. Empoisonnée. Le sein gauche maculé de sang... Cascal l'avait mordue dans sa démence. Et de son propre sang, avant que le poison lui fermât à jamais les yeux, elle avait écrit sur la pierre blanche de la balustrade, du bout du doigt :

— Cliff... I love you...

Puis elle s'était écroulée sur le côté, le visage tourné vers les collines de Pico de Tijuca.

José Cascal revint dans la chambre en vacillant sur ses jambes, et il se saoula à mort.

Au fur et à mesure que la paralysie s'atténuait, la surprise augmentait. Non pas que la sensibilité soit déjà revenue dans les jambes; elles lui pendaient sous le corps comme deux balanciers d'horloge, mais son cerveau du moins reprit progressivement un peu de souplesse.

« Je vis encore, se dit Cliff. Est-ce possible? Où est-ce

une hallucination?... Voyons, la trappe s'est ouverte, je suis tombé dans la mare, et je vis quand même... C'est complètement idiot. Je ne nage même pas, et d'ailleurs, à part la sueur, mon corps est parfaitement sec. »

Il ouvrit et referma plusieurs fois de suite les yeux, secoua la tête comme un chien mouillé, et les dernières brumes de son cerveau s'évanouirent.

La première chose qu'il entendit très distinctement, ce fut une sorte de rumeur au-dessous de lui. Il ramena légèrement les genoux vers le haut, tout étonné de constater que malgré l'insensibilité, ils répondaient aux ordres du cerveau.

Malgré tout, sa situation n'était guère brillante : au moment où la trappe s'ouvrait, instinctivement, il avait écarté les coudes, et c'était par les coudes qu'il était suspendu maintenant, l'ouverture de la trappe formant un carré aux dimensions ridiculement petites. Tout juste d'ailleurs si les semelles de ses chaussures ne touchaient pas la surface de l'eau... Une eau bouillonnante d'activité, un océan de dents aiguës et de petits yeux ronds et cruels.

Cliff Haller serra les dents. Il concentra toutes ses forces sur les muscles de ses épaules et de ses avant-bras, et prit prudemment de l'élan par le jeu de détente des jambes. Il lui fallut s'y reprendre à deux fois, et finalement, il réussit à tomber sur le pont, au niveau de la ceinture.

Un coup d'œil par l'ouverture lui révéla un spectacle de gloutonnerie horrible. « Plus jamais, je ne serai capable de manger du poisson », se dit-il, et rien qu'à cette pensée, son estomac se retourna.

Il roula prudemment sur le pont, puis sur l'herbe et dut faire un violent effort pour résister à l'envie de dormir. Malgré les menottes, il gardait l'usage de ses mains, ce qui lui permit, avec force contorsions, de libérer l'entrave des jambes. Puis il se remit debout et risqua quelques pas chancelants, jusqu'à un banc de pierre sur lequel il se laissa choir.

« Il existe encore des miracles, se dit-il alors en levant les yeux vers le ciel constellé. Bon sang!... »

Un quart d'heure plus tard, Cliff Haller descendait en courant le chemin de la colline, en quête d'un taxi. Il en arrêta quatre, mais dès que le chauffeur apercevait les mains enchaînées, il appuyait sur le champignon, et disparaissait à toute allure. Le cinquième, conduit par un métis, stoppa.

— Pour où?

— L'ambassade des États-Unis.

Cliff se laissa tomber sur le siège avant; le métis regarda les menottes en fronçant les sourcils.

— D'où?

— Ne pose pas tant de questions et grouille-toi!

— Ça fera cinquante dollars, Monsieur.

— Je t'en refile cent si tu te décides à la boucler et à démarrer.

Le métis grogna et fonça comme un dément en direction de Rio de Janeiro.

La soirée atteignait son point culminant. Rafaël Trulljo, le fameux ténor brésilien, de l'opéra de Rio, se produisait, interprétant des airs de Puccini et de Verdi, accompagné au piano par l'attaché culturel de l'ambassade. Les invités s'étaient rapprochés des artistes, autour desquels ils formaient un vaste cercle; la plupart d'entre eux tenaient en main un verre plein.

Tandis que Trulljo adorait les mains glacées de Mimi, Cook, Finley et Leeds, avec beaucoup de discrétion, s'étaient réunis dans un coin : l'alerte était donnée. Une sentinelle avait découvert la brèche au mur... Aussitôt Cook avait posé l'unique question sensée :

— Où est Cliff Haller?

On commença, toujours très discrètement, à rechercher Cliff parmi les petits groupes et dans le parc. Ellen

Donhoven, sans se douter de quoi que ce fût, était assise au premier rang des auditeurs, flanquée du premier secrétaire d'ambassade chargé de la distraire. L'ordre était clair : surtout qu'elle ne réclame pas Cliff pendant quelques heures.

— Il a disparu, annoncèrent les équipes de sécurité. Nous avons fouillé tous les coins et recoins du parc.

— Pas de doute, constata Cook. Ils ont kidnappé Cliff.

Il alla au téléphone, composa le numéro et, dès que l'interlocuteur se nomma, il fit une grimace.

— Mon cher Dariques, dit-il, pourquoi avez-vous subtilisé Cliff Haller? Cherchez-vous la bagarre? Rien de plus simple. Dès demain, nous liquidons vos collaborateurs... Ce n'est pas très fair play, mon cher.

Ensuite, Cook prêta une oreille attentive au long discours de Dariques. Sans l'interrompre une seule fois. Et quand l'autre se tut, Cook se contenta de hocher la tête sans dire un mot. Finley et Leeds ne pouvaient contenir plus longtemps leur impatience.

— Alors?

— Ce n'est pas lui qui a capturé Cliff. Il n'a absolument rien à voir avec cette affaire, et il ne sait rien.

— Et vous ajoutez foi à cette fable? hurla Finley.

— Oui... Il s'agit d'un règlement de comptes privé entre Cascal et Haller. (Cook regarda sa montre. Minuit dix.) Dariques m'a même donné l'adresse de Cascal...

— Bon, on y va! s'écria Leeds. Et si jamais il a seulement touché à un cheveu de la tête de Cliff...

— Vous êtes naïf... Nous ne pouvons plus rien pour Cliff, inutile de nous bercer d'illusions... Qui se charge de prévenir Ellen?

— Moi, répondit Finley. Tout de suite?

— Non. Attendons qu'elle le réclame. Et nous irons chez Cascal dans une heure. Actuellement, il y a de fortes chances pour qu'il ne soit pas chez lui.

— On ne peut vraiment rien faire pour lui?

— Non... Chaque métier comporte ses risques. Retournons au salon écouter Trulljo.

Dix minutes plus tard, le trio se retrouva à l'écart, sur un signe de Cook.

— Cliff est là! s'écria-t-il. Il attend au garage. Il vient de débarquer en taxi.

En pénétrant dans le garage, ils aperçurent leur homme installé sur une pile de vieux pneus, dûment surveillé par le métis.

— Il m'a promis cent dollars! s'écria ce dernier. Qui me les paiera?

— Hello, Cliff! fit Cook.

— Hello, boys! (Il agita les menottes.) Qui peut me délivrer de ces bracelets?

— Et mes cent dollars? hurla le métis. Moyennant quoi je n'ai rien vu et rien entendu.

— Parfait, mon brave.

Finley lui donna deux coupures de cinquante; le métis sourit et se sauva en courant. Une seconde plus tard, on entendit un hurlement de moteur.

— Ce n'est pas gentil de nous faire marcher comme ça, reprocha Cook pendant qu'on délivrait Cliff avec un marteau et des pinces trouvés sur un établi.

— J'ai découvert un job terrible... Festin de luxe pour poissons gloutons.

— Ah! je comprends... (Un frisson courut le long du dos de Cook.) Mais tu étais trop coriace, hein, et ils t'ont recraché aussi sec! Pourquoi ne nous en ont-ils pas parlé avant? On les aurait prévenus!

La chaîne venait de sauter.

— Cascal? demanda Finley.

— Oui.

— Nous allons riposter, compte sur nous.

— Attendez que je sois rentré *at home*... Et pas un mot à Ellen surtout. Elle en a vu assez. Demain, il n'y paraîtra plus. D'ailleurs, à partir de demain... Au revoir et merci, Messieurs!

— Ah! Tu t'entêtes à vouloir jouer le gentleman farmer à Tentown?

Cook s'installa près de Cliff sur le tas de pneus.

— Oui.

— Et tu crois que tu tiendras longtemps?

— Jusqu'à ma mort.

— Je suis prêt à parier le contraire... Mille dollars.

— Donne... Tu as perdu, Cook. (Haller se mit à rire. Il se retrouvait enfin lui-même.) Est-ce qu'Ellen m'a réclamé?

— Non, pas encore.

— Bon. Il va être temps que je m'occupe d'elle.

Il lança un coup de coude au petit Cook et quitta le garage sur un éclat de rire.

Lorsqu'il rejoignit Ellen sur la pointe des pieds, Trulljo en était à *Rigoletto*. Ellen leva la tête et appuya les lèvres sur les doigts de Cliff posés sur son bras.

— Où étais-tu? murmura-t-elle.

— J'ai fait un tour dans le parc...

Cliff lui caressa le bras et écouta le ténor. Non loin de lui, il aperçut l'inséparable trio Cook-Finley-Leeds, et leur fit une grimace.

« Demain, ce sera terminé, se dit-il. J'en ai marre de leurs combines. Mais ils ne me croient pas. Au fond, ils ne me connaissent pas. Je me sens vraiment l'étoffe d'un fermier de Tentown. »

Deux jours plus tard, les quotidiens brésiliens furent bien obligés de publier quelques articles sur le génocide dont une tribu d'Indiens avait été la victime dans la forêt de l'Amazone. Car la presse mondiale s'était emparée de l'affaire. Un témoin oculaire — Cliff Haller — raconta en détail l'anéantissement de Gaio Moco et de son peuple, et l'horreur se peignit sur les visages des lecteurs, quelle que fût leur nationalité. Bien qu'habituellement le gouvernement brésilien fermât les deux yeux devant de tels incidents, cette fois, il fut forcé d'exprimer également son horreur et d'ordonner un châtiment exemplaire pour les responsables. Les Nations unies discutèrent du génocide, le pape lança un appel, les premières images provoquèrent un frisson général dans le monde entier. Le Brésil perdit sa réputation de libéralisme et d'esprit religieux, car chacun se rendit compte soudain que ce n'était rien de plus qu'un masque. Les protestations venues de tous les points du globe s'accumulèrent à Rio et à Brasilia.

La C.I.A. s'était arrangée pour glisser adroitement le nom de José Cascal dans les notes concernant le génocide. Cascal... Ce nom devint le sujet numéro un de l'actualité et, en même temps, synonyme de monstre bestial.

Lorsqu'on vint l'arrêter, José Cascal espérait encore qu'il s'agissait seulement d'un semblant de procès, à la suite duquel il tomberait dans l'oubli et pourrait aller finir paisiblement son existence dans un coin retiré du pays. Il n'avait fait qu'obéir aux ordres reçus d'en haut; tous ses actes avaient été ratifiés par ses supérieurs. A ses yeux, il représentait l'innocence incarnée.

Mais la politique toute-puissante avait besoin d'une victime. Et son choix était tombé sur José Cascal. Un tribunal de Rio le condamna à mort, devant l'opinion publique du monde entier. Cascal accueillit la sentence avec dignité. Il n'y croyait pas. « Ils ne vont pas me fusiller, se disait-il. Ce n'est qu'une mise en scène adroite. »

Lorsqu'on vint le chercher dans sa cellule, au petit matin, pour le conduire dans la cour de la prison, il croyait encore fermement à sa propre version. « Je me demande bien dans quel coin on va m'envoyer... Manaus, peut-être? Personne ne s'y occupera plus de moi. Qui est-ce qui a entendu parler de Manaus dans le monde? »

Ce fut seulement une fois adossé au poteau d'exécution, en apercevant le peloton, qu'il comprit.

— Mais vous ne pouvez pas faire cela! hurla-t-il à l'adresse des deux soldats chargés de lui bander les yeux. Je n'ai rien fait! Les responsables, ce sont les officiers supérieurs, ceux qui tirent les ficelles derrière leurs bureaux, et les gros propriétaires de domaines. Vous ne pouvez pas me fusiller... Mes frères... Mon Dieu... Je ne suis rien qu'un minuscule maillon de la chaîne. Je... Sainte Mère de Dieu...

La première salve l'abattit.

Le lendemain, les journaux brésiliens mentionnèrent en quelques lignes l'exécution de José Cascal, mais il se trouva peu de monde pour les lire, car le départ d'Apollo XII faisait partout la une. Seul Dariques réagit. Il téléphona au petit Cook.

— Toutes mes félicitations, dit-il. Ça, c'est du bon travail. Je m'efforcerai de vous rendre la pareille.

— A votre aise. (Dans le téléphone, Cook riait gaiement.) Puis-je vous inviter à prendre l'apéritif chez moi, Dariques?

— Volontiers. Quand donc?

— Demain à vingt heures. Rhum et vodka, ça vous va?

— O.K.

Quatre jours plus tard, on fit sauter la base des fusées, au sud de Tefé. On ne conserva que la centrale électrique, la conquête pacifique de l'Enfer Vert nécessitant une grande consommation de courant...

La ferme de Tentown était vraiment un coin béni de la terre. Une vallée verdoyante le long de laquelle ondulait un petit torrent, des prairies grasses, une forêt aux arbres archaïques et la maison d'habitation elle-même en pur style colonial avec ses colonnes blanches et son toit plat, ses étables tout en longueur et ses immenses parcs dans lesquels le bétail se pressait.

Cliff Haller avait du travail par-dessus la tête pour entretenir son domaine avec quatre cow-boys.

Quatre mois auparavant, Cliff et Ellen s'étaient mariés devant le juge de paix de Tentown, dans la plus stricte intimité, loin du bruit et de la pompe. Seul le père d'Ellen reçut un télégramme, auquel il répondit immédiatement, par un autre télégramme, annonçant qu'il viendrait le plus vite possible... « Espérons que Cliff sera l'homme capable de te retenir, disait-il. Il est plus que temps que tu commences à te comporter comme une femme normale... »

— Et quelle femme! s'exclama Cliff en portant Ellen à travers toute la maison. La plus féminine que j'aie jamais connue!

Un jour de septembre, Cliff reçut une visite de Washington. Un certain Mr. Dreher avec qui il demeura en conférence secrète pendant deux heures et qui partit ensuite sans desserrer les lèvres. Cliff avala coup sur coup trois doubles whiskies, avec le sentiment d'être un enfant de chœur pris en flagrant délit de vider les burettes.

Il alla s'asseoir sans un mot dans un coin du canapé et serra ses genoux entre ses mains jointes. Ellen l'observait attentivement.

— Qu'est-ce qu'il voulait, ce Mr. Dreher? demanda-t-elle.

— Il est venu de Washington.

— Je sais. Quel type désagréable! Il ne m'a même pas dit au revoir.

— Je sais. (Cliff sauta sur ses pieds; il cherchait quelque chose qu'il ne trouvait pas, manifestement.) Ellen, j'aimerais bien un autre whisky.

— Tu as des ennuis?

— Hum... Ça dépend. (Il se tourna, et debout devant la fenêtre, mains au dos, il se plongea dans la contemplation des parcs à bestiaux.) Il apportait un message.

— Il voulait acheter une bête?

— Non. On m'envoie à Moscou...

— Cliff! (Le cri fit vibrer les vitres, et Cliff se tourna. Les yeux d'Ellen, démesurément ouverts, n'exprimaient que surprise et désarroi.) Cliff... Tu m'as promis.

— Bien sûr, je t'ai promis. Mais écoute-moi bien un instant sans dire un mot, Baby.

— Non! Je ne veux rien entendre. Pas d'explications, pas d'arguments, rien de cette maudite logique que tu ressassais toujours... Il faut prendre les choses comme elles viennent... Tais-toi! Tu n'as plus rien de commun avec Washington.

Cliff avait trouvé le whisky, et il en but une longue gorgée à la bouteille. Puis il s'adossa au mur et parla sans regarder Ellen.

— Moscou, dit-il lentement. Ellen, les Russes ont mis au point un nouveau procédé de fusées à direction automatique, meilleur que le nôtre. Si nous ne parvenons pas à leur damer le pion, ils nous tombent sur le grappin. Je... Merde alors, Ellen, je suis américain et je tiens à mon pays.

— Ils n'ont donc personne d'autre que toi? s'écria Ellen au comble du désespoir. La C.I.A. se compose exclusivement de Cliff Haller?

— Non, mais on semble persuadé que j'arriverai à mettre la main sur un de ces appareils. Je sais, je t'ai promis de ne plus jamais tremper dans leurs combines, et je n'en ai aucune envie, mais Ellen... Comprends-moi... Si les Russes construisent des nouvelles fusées... Je... Ah! Baby, ne me rends pas les choses plus difficiles encore. Je ne sais pas ce que je dois faire.

Fin septembre, Cliff Haller s'envolait pour Moscou. Il s'appelait Jeff Chandler et possédait un passeport en bonne et due forme. Profession : ingénieur agronome, spécialiste de la betterave à sucre.

Sur le gangway, il perdit quelques secondes à regarder en arrière; comme il était le dernier, personne ne lui faisait obstacle. Il leva les deux bras vers la barrière de bois qui séparait le terrain d'atterrissage de l'aéroport.

Une jeune femme mince, seule, lui répondit d'une main; de l'autre, elle se cramponnait à la barrière comme si le déplacement d'air provoqué par les réacteurs allaient la faire s'envoler.

— Bon courage, Ellen, murmura Cliff.

Puis, il tourna sur les talons et pénétra dans l'avion. La lourde porte se referma derrière lui et on éloigna le gangway.

La jeune femme cramponnée des deux mains à la barrière fixait intensément l'avion aux reflets d'argent qui roulait lentement sur la piste d'envol.

— Reviens, Cliff... bredouillait-elle. Mon Dieu, qu'il revienne vite! Pourvu que j'aie la force de vivre ces mois d'angoisse...

L'oiseau géant prit de la hauteur. Elle arracha sa veste et l'agita en un adieu ultime.

« Tu me vois, Cliff? dit-elle le visage inondé de larmes. Tu me vois? Je t'aime et je t'attendrai. Je t'attendrai jusqu'à ce que tu reviennes, quoi qu'il arrive en Russie. Pour moi, tu vivras toujours, éternellement... Cliff, reviens... Il faut que tu reviennes... »

Elle remit sa veste, se passa les doigts dans les cheveux, espérant y remettre un peu d'ordre, et sortit lentement. Dans le hall, un petit homme à l'air fort embarrassé s'inclina devant elle. Elle ne l'avait pas remarqué.

— Mr. Cook, fit Ellen sèchement, sur la défensive. Qu'est-ce que vous me voulez encore? Cliff est parti... Je n'ai pas besoin de vos condoléances.

Le petit homme se gratta le nez et emboîta le pas à Ellen, jusqu'à sa voiture.

— Je voudrais vous faire un cadeau, Ellen, dit-il.

Mille dollars. Cliff les a perdus dans un pari. Mais il n'a pas besoin de les payer. Il ne voulait pas croire qu'il pût exister quelque chose de plus fort que son amour. (Cook leva les deux bras; il ressemblait à une chauve-souris.) C'est une erreur, ma chère... Il est périlleux d'aimer un agent secret... On n'y peut rien, c'est comme ça.

Au-dessus d'eux, un petit point brillant disparaissait dans les nuages.

*Achevé d'imprimer en octobre 1980*
*sur les presses de l'Imprimerie Bussière*
*à Saint-Amand (Cher)*

Presses Pocket
8 rue Garancière
75006 Paris
tél. 329 12 80

— N° d'édit. 1012. — N° d'imp. 2119. —
Dépôt légal : 4e trimestre 1975.
*Imprimé en France*